格非·作品系列

迷舟

The Lost Boat

格非

浙江文艺出版社
Zhejiang Literature & Art Publishing House

目录

001 追忆乌攸先生

010 迷舟

040 陷阱

056 褐色鸟群

090 没有人看见草生长

125 大年

166 武则天

追忆乌攸先生

1

当两个穿着白色警服的中年男子和另一个穿着裙装警服的少女来到这个村子里时,人们才不情愿地想起乌攸先生。那个遥远的事情像姑娘的贞操被丢弃一样容易使人激动。既然人们的记忆通过这三个外乡人的介入而被唤醒,这个村子里的长辈会对任何一个企图再一次感受痛苦往事趣味的年轻人不断地重复说:

时间叫人忘记一切。

那三个穿警服的人让这个村子里的人见识了手铐和据说是报警器之类的东西。这三个外乡人办事总给人一种踏实感,但又总忘不了卖弄。他们喜欢在林子和墙角阴影里向那些正忙于农事的人打听关于乌攸先生的一切细枝末节,警察的询问得不到回答不是因为这些人一无所知而是他们缺乏热情,这个村子里的人对一切都感到无所谓。我倒是愿意和这帮外乡人结交。我清晰地记得那个早上枪毙犯人的情景。那天早上我和母亲说准备到三十里以外的地方去看枪毙乌攸先生时,她顺手给了我一巴掌,她说:"杀人就像杀鸡一样。"我就到后院去看我的弟弟老K杀鸡。老K还小,一只小手捏住鸡脖子,另一只手拿着一把四厘米的削笔刀。他见我进院子就央我帮忙。我说:"杀鸡和杀人是一样的。"老K说:"是一样的。"忽然那只鸡从老K手中挣脱出来,跳过一块石磴,然后飞过院墙。老K拿着那把沾着一线血迹的削笔刀,呆呆地看着院子上空飞着的鸡毛。我拉着他的手从院门跑出去,我告诉他说要带他去看真正的杀人。枪毙乌攸先生时他就站在我旁边,他张大了嘴,完全不是杀鸡时的那副样子。等到在回来的路上,老K才小心翼翼地说了以后三天中唯一的一句话:

杀人要比杀鸡容易得多。

我说这些的时候,三个外乡人都不屑一顾,也没有录音,可是当我告诉他们我和乌攸先生还沾点亲时,他们就又都和善地笑开了,又鼓励我继续说。他们说得一口官话,还夹着一些扭秧歌的调子,叫人听了就浑身发痒。我说乌攸先生被枪毙的那天是端午节,那个穿裙子的姑娘就说:非常好!

那天确实是端午节,妇女们有的通宵未睡,到河溪里去采苇叶,用竹筏、舢板以及脚盆之类的东西装回来包粽子。清晨,河上的薄雾像蒸汽一样还没有退去,空气里有一股浓浓的苇子的清香。男人们开始淘米,用大号的筛箩。小孩子们就跟在大人后面转,用剥了皮的柳条打溪里的水。这时有一个小媳妇从村东跑到村西,她一路叫着,村子里的人马上就知道了今天要枪毙乌攸先生,村子里的所有人都看着她跑。只有几个小伙子不知道发生了什么事,小媳妇的叫声他们一点都没听清楚,因为他们光顾着看小媳妇粉红的衬衣里面的小肉团在跳动了。事后,小伙子们向人们谈起那天早上的情形时,他们说,他们第一次看见那个媳妇跑,周围的一切生命都像停止了。

2

一听到"咣当咣当"的声音,村里人就知道那几个警察在街上转悠了。他们的腰间挂满了各式各样大大小小的铜块。他们在街心遇到一个中年妇女,就开始对她询问,一个警察随便从腰间取下一个铜圈套在她头上,说那叫作 P－W 高频测谎器,是世界上最先进的测谎器。只要你一个字故意说错了,它就会发出一声怪叫。但那名妇女戴上铜圈就说不出话,铜圈一取下,她便滔滔不绝地说开了,这是他们的仪器第一次失灵。

三个外乡人表现出前所未有的烦躁,他们让我带他们去乌攸先生的故居——一幢就要倾圮的四角祠堂去看看。乌攸先生的卧室从他死的那天起就被锁上了,一直没人进去过,我们费了很大的劲才把生锈的锁撬开。门一推开,就扬起一股厚厚的灰尘。室内的空气令人窒息,我们一进去就开始出汗了。屋子的一切都依照原来的样子保存完好,像是等待主人再次享用。墙上的一幅铅笔画已密密地爬满了白白的灰尘。黑色太阳垂落在黑河的苇滩里,两只鹭鸶在交嫁。这幅画是过路的肖像画家给乌攸先生画的。乌攸先生爱装饰,爱干净,用磨得锋利的三角刀刮胡子,洗碗的时候总爱在腰间裹上一块黑油布。许多年之后当有人问起村里人对乌攸先生的印象时,他们的回答几乎一样。

像个女人!

警察没有找到对于重新审查乌攸先生案件有用的东西,但是他们发现所有的书架都空着。乌攸先生是爱书的。当村里的头领突然下命令把乌攸先生屋里的书全部搬到外面烧毁时,那些书整整烧了五个多小时,村里几乎所有的人都在看着火焰把一缕缕纸灰往烟囱里送,火光将他们照得血红。只有杏子一个人哭了。杏子常常去乌攸先生那个祠堂看书,乌攸先生只教她一个人认字,不久她就从书上知道了一百零一种治麻疹的办法。

至于这场火的起因,有人说是头领喝醉了酒,另外一部分人就反驳说其实头领那天喝得很少。

3

乌攸先生那天的举动叫全村人都吃了一惊。他手里拿着一把刮胡子的七寸三角刀在全村最大的广场上和头领相遇了。人们看到他那副急不可待的样子就知道他已经在广场上守候多时了。头领把衣服脱了挂在一棵树丫上，露出棕黄色的栗树皮般的肌肉。乌攸先生握着刀像头野驴一样地冲过来，头领一侧身，挥拳猛击，第一拳就击中了乌攸先生的鼻子，鲜血四溅，像一只烂番茄砸在他的脸上。第二拳打中了乌攸先生的后脑勺，他向前摇晃了一下就栽倒了。那天清晨我打开阁楼的窗子，刚好赶上看这场格斗。聚集的人把广场塞得满满的，他们把头领和乌攸先生围在中间。乌攸先生从地上爬起来，他脸上的血已经凝结成块，他朝前走了几步，像小丑在马戏场上逗乐一样，踉跄着扭了几下，便仆倒了。

当三个外乡人从一个守林老人嘴里知道了这件事以后，他们竟乐得跳起狐步舞来，那个穿裙子的少女冷不防在老人满脸络腮胡的脸颊上亲了一下。那天就是他把乌攸先生背回家的，为这事他老婆每天都要骂他一回，因为他背上的血迹已经无法洗掉了。直到现在，我们还能从他那件发黄的衬衣上发现那个光荣的标记。守林人把乌攸先生放在床上，杏子就推门进来了，很显然她知道了那场格斗。她挨近床边，乌攸先生就冲她吐了一口血痰，她解开围裙，小心地俯身擦乌攸先生嘴角的血迹。守林人到现在讲起那件事依旧十分激动，他说：我从来没有见过这么迷人的姑娘，简直像个人精。

乌攸先生在村里的地位很普通，尽管原先他有一屋子的书。起先村子里的孩子生了一种叫"湿风"的病，人们唯一的办法是把河里的污泥糊在炉壁上烘干给孩子做枕头。乌攸先生在村里竭力宣传说吃一种草药能治这种病,但是村中无人相信。乌攸先生没有法子说服村子里那些狂热的"枕头疗法"的崇拜者,便举了一个例子说:公牛很少得病就是因为它们常吃草。村里的人就决计让乌攸先生试一试。吃草疗法的灵验使乌攸先生的祠堂一夜之间成为医院。

4

乌攸先生的书被烧曾引起村里人对他医术的怀疑,但是乌攸先生记忆力惊人,他竟然能背出那些被烧书的大部分内容,这就使他的医院不但没有倒闭反而更使人觉得神秘。杏子和乌攸先生整天形影不离。对于他俩的关系,人们众说不一,至少有人觉得他们的关系暧昧。杏子每天要到很晚才离开那幢四角祠堂,回家的路上要经过一片丛林。乌攸先生每次都送她,他们在林子里踩出一条路来,又亮又白。村里人渐渐开始喜欢杏子,开始崇拜起乌攸先生来,对于他俩的关系也没有深究下去,相反,他们觉得一切都在和谐而神圣的气氛中进行。当然,这个村子里的居民没有一刻忘记他们的头领,头领之所以成为头领不是因为他懂得森林防火或是阴阳八卦,而是他具有一身强健的肌肉和宽阔的前额。他是一只漂亮的狮子,村里的女人都这么说。当这个头领因为拉痢疾丧身后,村里的一个老人曾经跟我说过:有时他们尽管知道头领的演说是一种欺骗,他们也不禁要被感动得流下泪来。

村里来了一个外乡人,在雪地里扫出一块空地玩猴把戏,乌攸先生和杏子站在边上看。他们看见头领笑嘻嘻地看着他俩,头领慢吞吞地说:我要杀死你们两个人。头领说话声音极高,但是紧靠在他旁边的人被玩把戏的那个丑角逗得前仰后合,没有听到头领的话。我的弟弟老K听到后,拔腿就往家里跑,他事后告诉我那天他简直跑得飞起来了。他一推开大门就摔倒在堂前的地上,还没有爬起来他就使劲地叫喊:"头领要杀死杏子和乌攸先生……"母亲像村里的每个妇女一样在纳鞋底时总沉醉在一种诗意之中,她也许根本就没听清老K的话,就"嗯咿哈"了两声。

过去了不少日子,村头的断墙中偶尔长出的几棵柳枝已经吐青了,隔着溪水的苇子,已经望得见远处山洼里的草汪汪地绿开了,村里人突然传说乌攸先生杀死了杏子。对于这件事情,谁都不怀疑,因为乌攸先生本人供认不讳。村里的人请来了两个见习法医,他们都是第一次解剖人体。他们把赤裸裸的杏子放在一张三只脚的乒乓球桌上,每个人拿着一把杀猪刀。杏子安静地躺在桌上,就像人们常看到她夏天浮在溪水里一样,脸色红润富有生气。这两个见习法医手足无措,不知从哪里下手。尸体足足解剖了一整天,被搅得不成样子,分割成大小七块,最后法医得出结论:

杏子被强奸时窒息而死。

5

三个外乡来的警察手段高明,那个穿裙子的少女已经把那本三十厘米长、五十厘米高的笔记本记满了。那天他们走访了枪决乌攸先生的执行者,一个叫作康康的青年。端午节的前一天,他听到村里的一个法官说,明天由他来枪决乌攸先生。他决定把祖宗传下来的一根双筒猎枪拿来修一修。那猎枪挂在母亲房间的墙上。他去取猎枪的时候,他母亲刚起床。她原来是个瘫子,她的病就是乌攸先生给治好的。她见儿子去动那支三十多年没人动过的覆盖着厚厚尘埃的猎枪,就问了一句:"去打野猪?"康康头也不回地走了。

康康精心地把那支猎枪擦了三遍,然后去铁匠铺子里把那根早已弯成三十度的枪管敲直。他在枪膛里装好火药和子弹,来到河边对着一头山羊瞄准。他第一枪就把山羊的肚子打了一个大腿粗的黑洞,他满意地笑了。

第二天清晨,当我和弟弟老 K 从后院逃脱去看枪毙乌攸先生时,半路遇到了一个小脚女人。她走路带着小跑,样子就像踩高跷。乌攸先生被判了枪毙的一个多月后,我们才从她嘴里知道了那件人命案的真相:那天晚上她丈夫头疼得厉害,她拿了一沓纸去丛林的坟堆里烧,看见村里的头领把一个回家的杏子按倒了。她当时离他们只有二十几步远。她说那天晚上静极了,微风把溪水里散乱的苇叶清香送过来,使人沉醉,林子里弥漫着乳白色的雾气,月亮的周围有一层美丽的晕圈。她说:当她看见头领剥了杏子的衣服,最后扯下了那条白三角裤时,她激动得哭了。

杏子死后的一个多月中,她神情痴骏,茫然若失,她觉得再这样下去非发疯不可。那天清晨小媳妇叫喊着跑过村子的时候,她再也憋不住了,她决定揭露事情的真相,她发疯似的朝枪毙地点飞跑。

天上开始下起了小雨,围观的人有些就不耐烦了。康康在一名法官的示意下朝乌攸先生瞄准,法官将手中的红三角旗猛地向下一挥,康康扣动了扳机,"砰"的一声,猎枪走火,烧黑的硫黄把康康胸前雪白的衣襟弄得一团漆黑。康康狠狠地啐了一口,重新装上子弹,乌攸先生似乎有些害怕,他努力地张着嘴,但他的舌头一个月前被割掉了。乌攸先生开始做手势,就在这时,康康的双筒猎枪又响了。

当小脚女人满身是泥赶到枪毙现场,乌攸先生已经被埋掉了,她看到了地上的血水和几根像猪鬃一样的头发。雨还在下着,远处有一队迎亲的队伍,吹吹打打,穿着红衣绿袍正消失在河堤的另一边。

迷　舟

一九二八年三月二十一日,北伐军先头部队突然出现在兰江两岸。孙传芳部守军三十一师不战而降。北伐军迅速控制了兰江和涟水交接处的重镇榆关。孙传芳在临口大量集结部队的同时,抽调精锐之师驻守涟水下游棋山要塞。棋山守军所属三十二旅旅长萧在一天深夜潜入棋山对岸的小河村落,七天后突然下落不明。萧旅长的失踪使数天后在雨季开始的战役蒙上了一层神秘的阴影。

引　子

萧接到师部给他的秘密指令是在四月七日的上午。师部让他率三十二旅驻守棋山对岸的小河村落。这个仅有几十户农家的村落像犄角一样突出在涟水拐道的河口,是一个理想的防御地点。按照师部的命令,他必须于九日凌晨潜入小河村,尽快查明那里可以知道的一切详细情况。师部提醒他:既然我部已注意到这片没有遮掩的神秘区域,同样,北伐军对它也不会无动于衷。就在萧准备渡船出发的前夕,发生了一件意想不到的事。

四月八日,闷热的午后阳光使人恹恹欲睡。萧在涟水岸边的柳林里骑马独行。他经过棋山北坡谷底一片炫目的军用帐篷时,一匹枣红色的马追上了他。

警卫员拽住马的缰绳斜侧在萧的左边。阳光正对着他,他的双眼不能完全睁开,警卫员在还没有完全安静下来的枣红马上挺了挺身体,迅疾地举起右手掠过帽檐:

"有一位老太在旅部等着见你。"

萧继续稳稳地朝前遛了几步才拨回马头。天太闷热了,凉风越过山脊,从他的头顶上滑过,北坡谷底的空气是凝固的。警卫员还站在原地,他没有伸手抹掉脸上不断滚动的汗珠,而是怔怔地看着萧,等待着他的答复。

"你想个法把她支走——"萧不耐烦地挥了挥手。警卫员驱马朝前走了几步,压低嗓门怯怯地说:

"她,说是从小河来的。"

萧漫不经心地扫了他一眼,没有搭腔。他已经策马朝旅部疾走,警卫员在离他十丈左右的尘土中紧紧跟随着。战争使他厌倦了那些令人心烦的琐事。他知道,因为战争中的阵亡,士兵的家属突然出现在指挥部里是司空见惯的,这些捏着写有儿子或丈夫姓名字条的陌生面孔会提出一些荒唐的要求：索取遗物或打听士兵临终前的种种细节。由于这支没有番号的部队从来没有保留任何阵亡将士的名册，这些可怜的百姓常常在下级军官的叱骂声和枪托的威逼下悻悻离去。尽管萧所在的师是一支精锐的嫡系部队，他也不得不常在供给奇缺的情况下在前沿阵地作战。他的部下有时像夜与昼一样更替得非常彻底，一群仅玩过鸟枪的庄稼人也被临时招募来履行最艰巨的狙击使命。在这几乎和以前一样寂静的午后，对即将开始的大战的某种不祥的预感紧紧地困扰着他。

萧捏着马鞭走进旅部临时指挥所时，一眼就认出了这位来自故乡的老人。她是村子里的媒婆马三大婶，他离开家从军只有短短的几年，这位风流热情充满活力的女人一下子变老了。马三大婶对于村里大部分青壮男人的诱惑和慷慨大度曾引起女人间无穷无尽的纠纷。在战争的间隙中，她常常成为萧对故乡往事回忆的纽结。马三大婶是来向他报告他父亲的死讯的。

他的父亲一天傍晚在灶下生火，呛鼻的回烟使他想起很久没有捅一下烟囱了。这位七十八岁的老人颤巍巍地拿着一根绑满稻草的竹竿爬上了屋顶。他在踩碎了三片瓦和两根烂椽后，摔死在灶屋的水缸里。萧在媒婆尖细的嗓门几乎是滑稽地描述了父亲的死之后，显得格外的平静。他没有丝毫突兀的恐惧和悲痛的感觉。他简略地回忆了一下父亲生前的时光，就向警卫员要来一支烟抽。他划火柴的手指有些颤抖，他知道，那不是源于悲痛而是睡眠不足。萧旁若无人地走出了指挥所,朝着系马的一棵老杨树走去,萧在解马缰的时候听到了身后脚步踩乱草丛的声响,那是警卫员不安地跟了出来。萧回过头狠狠地瞪了他一眼,警卫员不由得止住了脚步。

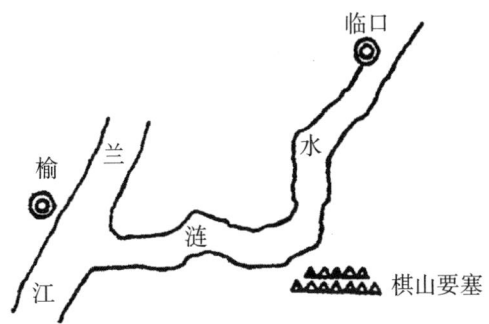

已是黄昏时分,他独自一个人骑马从北坡登上了棋山的一个不高的山头。连日梅雨的间隙出现了灿烂的阳光。浓重的暮色将涟水对岸模糊的村舍染得橙红。谷底狭长的甬道中开满了野花。四野空旷而宁静,他回忆起往事和炮火下的废墟,涌起了一股强烈的写诗的欲望。他的父亲是小刀会中为数不多的幸存者,也是绝无仅有的会摆弄洋枪的头领之一,他的战争经历和收藏的大量散失在民间的军事典籍使萧从小便感受到了战火的气氛。萧的梦中常常出现马的嘶鸣和隆隆的炮声。终于有一天,他走到父亲身边询问他为什么投身于一支失败的队伍,父亲像是被碰到了痛处,回答却是漫不经心的:从来就没有失败或者胜利的队伍,只有狼和猎人。母亲是一个谨小慎微的女人。对她来说,连绵不断的战争和孩子们的突然长大使她寝食不安。他哥哥去黄埔军校的前夕,母亲哭得死去活来,她大声叱骂丈夫的放纵和对于战争的荒唐的预料而将儿子送上绝路。她突然变得专横和坚强起来。她将瘦弱的兄长和两只山羊一起关了三天。第三天深夜,萧偷来了坚固的木栅栏门锁上的钥匙。他哥哥几乎没跟他说什么话就踏着月光走了,当时他的父母正在熟睡。后来,母亲担心萧会走上他兄长相同的道路,就雇来一只小船将他送到了繁华的榆关镇,让萧跟他的一位表舅学医。那是一个炎热的夏季。萧从哥哥出走的一连串麻烦中积蓄了经验。当萧准备跟孙传芳的一位部将当勤务兵时,他穿着浆得笔挺的衣衫回到村子里。他的无声的告别使母亲误以为他是去邻村相亲。

暮色四合。凉爽的晚风吹来了涟水河潮湿的气息。他的白马在山头不安地躁动着,四蹄刨着泥土。和他遥遥相对的村子已经淹没在黑暗之中了。他的白马在跃下山坡的时候,他想起了前些日子在师部开会时听到的战报:三月二十一日攻占榆关的恰恰是他哥哥的部队。

第 一 天

萧和警卫员是拂晓渡河的。他们的船到达对岸时听到了村中传出的第一声鸡叫。萧将小船划向岸边垂落下来的枝叶繁盛的晚茶花丛,那是藏船的好地方。汩汩的流水轻轻地摇动着小船,一只黑色的水鸟倏地飞出,沿河岸低飞而去。萧在挂满露珠的藤蔓中觉察到了一丝凉意,浓郁的花香和水的气息使他心中充满了宁静的美妙遐想。他对这个美丽的村落不久以后给他带来的灾难一无察觉。

萧上岸后经过一片密密的竹林进入他所熟悉的村舍。村子的背后是西沉的弦月,东方曙河欲晓,在井边打水的女人没有认出他来。偶尔也有一些早起的老人咳嗽着从他身边走过,消失在薄雾里。村民对陌生人早已没有了兴趣,他们只是对补锅的风箱、弹棉花的马头木弓和换麦芽糖人的笛声感到亲切。萧横穿过那些狭长的弄堂和茅舍,没有人打量他,只是引起了经久不息令人战栗的狗的狂吠。萧平静的心中泛起了一层涟漪,但他很快又在桃花和麦苗的清香中陶醉了。

萧家的宅子在村子的最西边,他远远地看见屋子的门是关着的,走近才发觉开着的门上挂着一匹黑色的孝布。他掀开孝布走进院子时,他的母亲正巧手里擎着一盏煤油灯,两个黑影突然挑起门帘闯进来把她吓了一跳。不过,那盏煤油灯她还是紧紧地握着,当她认出长着一撮漂亮胡子的儿子时,才把灯扔在了离她大约有一丈远的阴沟里。母亲足足打量了一袋烟工夫,她发现儿子完全地变了。他的眼神和丈夫临终前的眼神一模一样,深陷在眼眶里的眼球没有丝毫新鲜的光泽。丈夫从屋顶上摔进水缸在她心中引起的不祥的预感又开始泛滥起来,她将儿子领进灵堂的时候又烧掉了三沓黄纸。她的举动不是出于对丈夫的哀悼而是为儿子消灾。萧在父亲的棺木前重重地跪下了。他宁静的心绪没有被灵堂的肃穆气氛扰乱,在他看来,父亲在他的那支队伍消失后隐居在涟水之北的村舍之日起就已经死了。他唯一感到内疚的就是离家前对母亲的欺骗和轻蔑。他凝望着母亲瘦削的肩膀,大梦初醒似的意识到了战争带给他的变化。他感觉到像是有一根纤细的鹅毛在拨动内心深处隐藏的往事,这种感觉转瞬即逝。他站了起来,深深地吸了一口气,空气中弥漫了一股香灰和黄纸的气味。

母亲发现儿子面容苍老,头发蓬乱,就给他找来了一把木梳和剪刀,强迫他将胡子收拾干净了。萧若有所思地问起父亲的灵堂为何这样冷清,母亲说,父亲后半生几乎足不出户,不爱结交俗人。由于战争,远近的亲戚早都没有了音讯。家中空余的房屋和后院她只是在重阳节才去赶一次耗子。现在潮湿的地面上也许已经长满了水草和苔藓。萧对母亲说话时的啜泣无动于衷。萧又询问母亲关于葬仪的一些事,母亲像是没有听见,半晌没有回答。萧深深地吸了一口气,就此沉默了。

这是他和母亲最长的一次谈话。

午后,萧和警卫员查遍了村子的每一个角落,没有发现一个异乡人,他暗自庆幸北伐军还没有注意到这个涟水之北偏僻的村落。这个村子至少已有一千年没有受到战火的侵扰了,村民们相信它的宁静会像日复一日流逝的涟水向远处延续。他们丝毫没有联想到在清晨引动狗叫的两个陌生人和战争的瓜葛。在傍晚牧童的牛蹄声中,在屋檐下的阴影逐渐拉长的井边,人们只是传说着经年未改的往事。太阳快落山的时候,萧准备去涟水河面察看地形,警卫员向他报告说,一个来历不明的道人在村子中央的扇形晒场上,他算卦灵验,使那里的人越聚越多。

萧和警卫员从人群中挤进去的时候,晒场上的人出于对陌生人的恭敬,给他们让开了一条缝。老道正在预测村子的凶吉。他的牙齿几乎全脱落了,说话含糊不清。他的打满补丁的长衫上积了一层厚腴的油垢。他的面前铺着一张旧黄的旗子。由于墨迹的渗透,旗子上爻、兑、震、巽的字样已经模糊不清。老道盘腿屈膝坐在沙地上,他的脚边堆放着龟壳和蛇皮以及治疗跌打损伤的膏药,另外还有两座可以转动的轮盘和一只撒满黄米的畚箕。

老道沉吟了片刻,然后咕哝了一阵谁也无法听懂的话,朝等着预知村舍未来的虔诚的村民挥挥手:天蝎南游,双鱼北走,摩羯安西,处女嫁东——战争已经过去。

萧的腮边挂着轻蔑的不易察觉的笑意。他觉得人们总是生活在幻觉里。对于他来说,未来已经悄悄地向现在延伸,战争已经开始了。对村民的怜悯并没有扫除萧对自身迷惑的阴影。他同样也生活在一种幻觉里。今天拂晓他踏上薄雾中的小船,遥望对岸熟睡的村子,曾涌起一种莫名其妙的激动。他不知急于回家是因为父亲的死,还是对母亲的思念,或者是对记载着他童年的村子凭吊的渴望。他觉得像是有一种更深远而浩瀚的力量在驱使他。

晒场上的人陆续散去了，天慢慢地黑了下来。萧觉得老道不像是北伐军的密探，在老人收拾包裹和杂物的时候，萧不经意地在道人脚下扔了一枚铜板。道人没有理会那枚在沙地上无声滚动的铜板，也没有停止拾掇，他抬头瞥了萧一眼：客官莫非有意算一卦？是婚姻还是财路？

生死。

萧说。他点燃了一支烟。越过那些低矮的紫穗槐树丛，他的目光注视着远处涟水河面弥漫着的空蒙的蜃气。道人在掐算萧的生辰八字时，天已经完全黑了下来。

当心你的酒盅。

道人含糊地说了一句。

当天晚上，警卫员拎来了两瓶土烧和一包牛肉。像往常一样，警卫员在萧的面前放了一双竹筷，一只陶瓷酒杯。他坐在萧的侧面，两手垂放在桌沿上。萧将酒杯推到警卫员的面前并给他斟了一杯酒，自己点上了一根烟。

警卫员像个姑娘一样翻动着细长的睫毛，偷觑了他的长官一眼，迟疑地端起了酒杯。萧又从警卫员的眼睛里看到了道人双目诡谲的光芒。

警卫员一定看穿了自己的胆怯，萧想。尽管他的警卫员是一个未谙世事的孩子，他还是感到了一种按捺不住的烦闷和惆怅。

母亲推门进来的时候，萧看见母亲身后一个女人秀颀的身影迅速趃入灵堂冥幽的暗光中。

第 二 天

昨天在母亲身后消失的那个女人激起了萧无穷的联想，当时他像是在夏季的热风中闻到了一阵果香那样贪婪地吸了一口气。在第二天举行的他父亲的葬仪上他们再次相遇时，他才认出她来。

那天晚上，萧在灵堂喧嚷的哭泣声中进入了梦乡。午夜之后，一只调音的胡琴将他惊醒。村子很久没有死人了，这些为死人吹奏丧曲的乐师们失去了往日的默契。技艺的荒废使他们只能摆弄出一些断断续续的嘈杂的音响。萧从床上坐起来的时候，不协调的音乐使他一连打了好几个喷嚏。萧借着从朽浊的窗骨中泻进来的月光，发现怀表的指针指向三点。葬仪正式开始的时候，萧就紧跟在那些乐师的后面。他还没有完全从睡眠中醒来。月光被疾速移动的乌云遮住了，他的脚步有些蹒跚。晚风中混杂的刺树和青草的气息在他周围酝酿着。他注视着远处影影绰绰的山影，回忆起他在表舅家度过的那个炎热的夏季。

由于哥哥的猝然从军，在母亲的威逼下，他随一只过路的小船来到了涟水和兰江交接处的榆关，跟他的表舅学医。他的表舅是一个温良敦厚的中医。他平素四乡浪迹，行医谋生，妻子在一次难产中死去,他苦于女儿无人照料,在榆关临江的街面上开有一爿药铺。萧来到榆关的最初一段日子里,总是处在极度的不安和焦躁之中,他在临江而筑的竹楼里翻阅一本本发黄的医药典籍时,只有人体的插图偶尔能引起他模糊的兴趣。在夏季炽热阳光的辐射下,他从窗口远眺江面静止的帆影,耳畔常常响起杂乱而急促的马蹄声。随着日晷的长短伸缩,时间悄悄地流走了,他的舅父发现他对药理和书籍的兴趣不大,就让他学习针灸。这天晌午,天空突然布满了阴云,隆隆的雷声使他在竹楼里坐立不安。他的表舅出诊未归,萧正在一只冬瓜上练习扎针的时候,表舅的女儿走上了竹楼的书斋。她是上来找一把红纸的雨伞的。在她拿了伞要下楼的时候,她看见萧一针接一针地将冬瓜戳出一汪汪清水,就走近萧的身旁,给他示范针灸的扎法。萧那天从渡船上踏上榆关码头的时候,她和表舅来接他,他错过了一次认识她的美丽的机会。由于他对母亲的怨恨和炎炎烈日的蒸烤,他看都没有看她一眼。现在,这个叫杏的姑娘用食指、拇指、中指捻动那根细长的银针,萧忽然觉得喉头涌出了一股咸涩的味道。他的眼睛无法从她那白皙细长的手上挪开了,那根针像是扎在了他的脉上,他闻到了屋子里越来越浓的清新的果香。杏几乎没有和他说上几句话就离开了竹楼。她走后留下的气味像是凝固在这个竹楼内。在萧度过的这个夏季漫长的独坐中,这种气味一直没有消失。

表舅按照他行医的经验苦心孤诣地给萧安排了一次次的

练习。他扎了两个星期的冬瓜后,表舅让他试着在一只兔子身上进行练习,他觉得心绪突然变得比先前还要糟。手里活蹦乱跳的这种动物要比冬瓜难以伺候。他当着表舅的面,只能小心翼翼地将针插入它的颈脖和肚子,表舅一旦走开,他立刻不知轻重地乱捅一气,他几乎每天都要弄死一只兔子。表舅在萧面前的摇头叹气越来越频繁。他终于放弃了让萧学针灸的念头,开始让他学习搭脉。使表舅感到意外的是,萧只用了两个小时就学会了。

夏末的一个中午,表舅在书屋午休的时候,他来到了竹楼下的院子里。杏在银杏树下的一只躺椅上睡着了。她手里拿着一本关于节气传说的书,那本翻开的书在她胸脯上起伏着。萧痴骏地坐在离她很近的竹凳上,凳子发出的吱吱嘎嘎的响声使他吓出了冷汗。她另一只手在椅背上无力地垂着。萧能听见自己粗重的呼吸,涟水的河面上传过来划船的桨声。一只困倦的白蝴蝶在他眼前飞过,他轻轻地碰了一下她纤柔的指尖,然后将手搭在她的脉上。他觉得她乳白的皮肤下血流得很快。她一定不会醒来的,他想。

她真的就没有醒来。

在以后动荡的戎马生涯中,他躺在静谧的山洼里注视满天星斗、吞嚼草根和树叶苦涩的汁水时,他也偶尔记起了那天午后令人窒息的空气中飘飞的时间,他回想起他的指尖轻轻抚过她光滑的手臂,解开她领口的第一只纽扣时令人心醉的一幕,突然觉得杏也许是醒着的。这个念头从此一直没有离开过他。

现在,他又闻到了那股果香。

当棺木在墓地上停稳后,送葬的队伍缓缓朝这个开满梨花的低矮的土坡围过来,萧似乎觉得杏就在这个稀稀落落的人群中。他的脊椎骨上像是爬上了一条冰凉的水蛇。葬仪之后,他从母亲的口中知道,杏已于月前嫁到了小河村,她的丈夫三顺是一个兽医,这个能掀翻一头黄牛的青年对兽医这一职业有着发狂的嗜好。他通读《医学词典》《本草纲目》,另外还专门研究过很少有人读懂的《黄帝内经》,他在榆关镇的街上和萧的表舅邂逅之后,老人立刻被他渊博的学识吸引住了。当这位老中医得知三顺将给人治病的方法移植到畜生身上取得成功后,不由得感慨相见恨晚。他们在街角的一爿茶馆里谈到深夜,这次偶然的相遇便促成了他美满的婚姻。

父亲的棺木轻轻地安放在撒满铜钱和黄纸的墓穴中。一个拄杖的老司仪递给萧一把铁锨。萧铲了一块泥土撒在父亲的棺盖上。萧突然觉得背后有一种灼人的目光在打量他。他稍稍地偏转了一下视角,转过身,看见杏穿着孝服站在母亲身边。杏的背后是空空荡荡的田野。一棵孤零零的合欢树上憩息着一只喜鹊和一只绿头翁鸟。

墓地上参加葬仪的人陆续散去。杏和母亲在墓前栽下几棵湘妃竹和一棵雪松。萧站在一片黄灿灿的油菜地旁,杏和母亲之间无言的亲密使萧的心头掠过一阵宽慰的意味。萧从口袋里掏出一盒火柴走到墓前,把剩下的被露珠打湿的黄纸烧掉。他用一根棍子将那些在灰烬中卷缩的纸片挑起来。四月的风吹起了这些纸片,有几团灰白的纸烬随风滚到了新栽的雪松旁和杏的脚下。杏正弯下腰用脚踏平树根的新土,她将那些吹过来的纸灰踩进土里。顺着纸团滚过来的方向,她抬头瞥了他一眼,很快。萧蹲在杏不远处的侧面,除了杏秀颀的身体轮廓外,他的眼前一片空白。

他们回村的时候,母亲和杏走在萧的前面。警卫员也许还在熟睡,萧听不到背后跟随着的熟悉的脚步声,有点不习惯。但他眼前的天空却陡然变得开阔起来,他似乎觉得一切都在他的视野之下。

他们谁都没有说话,在他的背后,太阳刚刚升起。

第 三 天

葬仪结束后,村子又恢复了往日的宁静。清新的阳光在中午前后渐渐地增加了它的热度。眼前正在农闲季节,麦苗还没有抽穗,柳树的稚嫩的叶子还没有完全舒展开,耐不住闲暇的农人漫不经心地给桃树和桑木剪枝。午后,村子比夜晚更加宁静。杏去村后的茶林采摘雨前茶,她瘦削的身影在远处闪闪发亮的沟渠旁成为一个静止的黑点时,另一个人也走过村后的木桥,依她的原路朝茶林走去。

这是漫长而又短暂的一天。萧依旧起得很早。马三大婶来到他家院子里的时候,萧正蹲在阴沟旁用盐巴刷牙。警卫员还在熟睡。由于前天晚上的贪杯,出殡的时候,嘹亮的号声和人群的嘈杂没有惊醒他。眼下战情急转直下,部队的每一个将士都感到空前的疲倦,萧平素对下属总是极其严厉,但他性情温怜的一面总是被深深地藏匿着。萧曾一度对这位不谙世事的年轻人的反应迟钝表现出极度的恼怒,但战争使他周围一些熟悉的面孔相继离去之后,一直跟随在他身边的警卫员就成了他纷飞战火中唯一的伙伴。他在渐渐容忍了警卫员的愚钝的同时,发现自己和这位沉默寡言的下属关系日渐亲密。马三大婶是来借一只细眼的筛子的。她说去年积陈的菜籽生满了白虫,她准备把这些菜籽筛净后送到油坊去。马三大婶拿了筛子没有立即离开,她正想对萧说些什么,萧的母亲从地里锄草回来,她的头巾上落满了湿漉漉的花瓣。马三大婶忙着和母亲搭讪,从院子里盛开的木槿说到了涟水的涨落。马三大婶和母亲说话的时候,不时地朝萧瞥过来几眼。尽管这位昔日的媒婆已经失去了往常的秀丽姿容,但她诡秘的眼风依然使萧回想起了她年轻时的模样。马三大婶从遥远的山村嫁到小河村来的那一年秋天,她的丈夫突然跟一只过路的船走了,从此一去没有了音讯。村里人都在传说他是看上了船上的一个洗碗碟的女用人才走的。知道底细的告诉她,她男人是耐不住眼下越来越紧的饥荒去投了军。这样的猜测被证实是在三年以后,她丈夫的尸首被几个陌生人送了回来。村里的女人用眼泪来安慰这个本分的小媳妇的同时,村里的男人也用另外的一种方法来安慰她。没过多久,村里的女人就和她反目为仇。这个几乎和村里的所有女人结下了怨仇的年轻寡妇和母亲却相敬如宾。萧记得他的母亲常常带他到河边她的孤零零的小屋里去。女人间的许多事萧当时没法理解。一天深夜,母亲大口大口地吸着纸烟卷和马三大婶相对而坐。她们低低地叙说着早已消逝的往事,大部分时间,她们彼此不说话,各自揣着心事,陷入了冗长的回忆。墙根油虫的鸣叫陪伴着她们。萧在这两个羊羔子一般亲近的女人的静默中感到无聊。他伏在母亲的膝上进入了梦乡。天快亮的时候,巡夜人的敲更声音提醒了她们。萧清晰地记得马三大婶俯身吹灭桌上摇摇欲灭的油灯时垂向桌面的软软乎乎被青衫包着的乳房,以及黎明中的晨光渐渐渗入小屋的情景。

马三大婶替母亲掸了掸头巾上的花瓣,母亲回里屋去了。马三大婶把萧带到屋外。他们站在墙旮旯的一株盛开的杏花树前,马三大婶朝四周扫了一眼,压低了声音说:

三顺今天去涟水上游很远的水域捕鱼去了,两天后才能回来。

马三大婶说完,就提着竹筛走了。萧感到一种难言的羞涩。这种羞涩在他模糊地懂得了男女之事后母亲在一个澡盆里给他擦身时也感到过。女人们往往把复杂的事想象得太简单,而把简单的事想象得过于复杂。萧伫立在墙角,他渴望从媒婆那里得到更多的关于杏的消息。马三大婶的背影逐渐消失了。他悻悻地回到屋里。他坐在院内的两盆天竹旁,注视着天空缓缓移动的流云,处在一个极度兴奋和茫然不知所措的心境中。这种心境一直到他瞥见杏提着竹篮从河边的柳林里往村后走去才消失。

小河的村后是一大片辽阔的平原。平原的尽头被一线黑黢黢的防风林遮住了。杏的茶林在离村子很远的一个土丘上,土丘的东边是一条深陷的大沟壑。沟壑水底长满了青草。萧远远地看见杏的身影在茶林里湮没了。四下里空旷而寂静,正午的阳光使草尖和麦苗的叶子微微卷起垂落着,追逐野鸡的猎人和黄狗在涟水河弯曲的河道上懒懒地走着。萧看见猎人在一个捡牛粪的老人身边停住了,像是向老人借火。那条黄狗就举起前足舔老人的裤管。他们聊了几句,就各自走开了。微弱得几乎使人难以觉察的风吹过来浓郁的茶香。

萧重新陷入了马三大婶早上突然来访所造成的迷惑中。他觉得马三大婶的话揭开了他心中隐藏多时的谜团,但它仿佛又成了另外一个更加深透的谜的谜面。他想象不出马三大婶怎会奇迹般地出现在鲜为人知的棋山指挥所里,她又是怎样猜出了他的心思。另外,杏是否去过那栋孤立的涟水河边的茅屋?在榆关的那个夏天的一幕又在他的意念深处重新困扰着他。

褐黄色的土丘像是清澄的水中露出的光秃秃的沙洲。萧在接近土丘的时候,杏几乎没有觉察到。从沟底贴水而飞的雨燕惊动了她。

萧轻轻地将她扳倒了。

在墨绿茶垄阴凉的缝隙中,他闻到了泥土的气息。他的激动不安突然消失了。他匍匐在被太阳烤得恹恹欲睡的大地上,听到了由远及近轻轻搏动的浑厚的地声。一阵和煦的风吹过,他默默地记起了一支古老的民谣。这种静谧安详的感觉没有维持多久,萧又重新被一种漫无际涯的深深孤独融解了。杏在他怀里啜泣着。萧觉得这哭声和她紧紧扣在他腰间的双手仿佛将他的骨髓都吸尽了,他浑身冰凉。她紧闭着双眼,就像熟睡了一般。他越是用力抱紧她,她就仿佛离他越远。他觉得自己深陷在一个巨大的泥潭里,他的挣扎只会耗尽他的生命。他浑身被热气笼罩着,与生俱来的分离的经验在年轻女人的怀中迅速地蔓延了。萧体味到了一种从未有过的紧张和疲惫。

一只水牛的犄角在沟壑的拐弯处出现了。随后出现了另一只角。牧童坐在牛背上,用光着的脚丫驱赶着牛虻。

放牛的少年没有注意到他们。

第 四 天

这天,萧像是梦游一般地走到了杏的红屋里去。

三顺还没有回来。傍晚的时候,涟水河上突然刮起了大风。

第 五 天

雨是深夜下的。萧在梦中听到了预示着涟水春汛的雷声。他醒来的时候,到处都是鸟叫,吸饱了雨水的硕大的刺树花蕾沉甸甸地落满了被骤雨冲刷得净朗的沙地。诱人的花香和雨后的骄阳使萧有了钓鱼的渴望,他将父亲久已不用的渔竿从床底下翻了出来。用燕竹做成的渔竿已经发霉,它的衔接处的铁皮也已经布满了潮湿的黄锈。萧从院里找来了鸡毛,将它剪成漂在水面上的鱼浮。萧在整理鱼线的时候,警卫员从屋外的树根下找来了一小瓶蚯蚓做鱼饵。很快,他们来到了涟水河边。

小河位于涟水的下游。涟水在汇入兰江之前的拐弯处,水势并不平稳,那些漂浮在水面上的菜叶和柳絮静静地顺流而下,只是在经过一些水底布满凸凹石块的水面时,才突然被卷进旋涡。在涟水的石码头洗衣的妇女看见萧在对岸的一处流水很急的地方垂下渔竿,都忍不住地笑出声来。她们说:萧离家才有几年,竟连钓鱼的本领也忘得一干二净,在那样的水面只能钓到水草。

萧没有听到妇女们的议论,却听到了一向沉默少言的警卫的忠告:

"这里水很急。我们还是往下游走走,找一块平静的水域。"

"在流水很急的地方能钓到箭鱼和梭子①。"萧说。

警卫员不再吱声。萧点了一根烟,他知道在这样的水域钓鱼需要很大的耐心。他记得父亲生前常在涟水河边这块水面垂钓,从日出到日暮,他几乎天天空竿而归。萧坐在那片被榛树覆盖的浓荫之下,凝视着从村子上空飞过的雁阵和静止不动的云朵。他的视线渐渐移到了村西的一堵呈直角的红墙上。那是杏的家。萧知道他只有坐在这个位置才能让目光越过那堵红墙,清楚地看见院内的一切。

太阳已经升高了。空阔的院子里寂然无声。堂屋的门关闭着,有几只雏鸡在廊下啄食。昨天夜里,萧离开杏的院子时,杏倚在门边痴痴地看着他。南风掠过水面,在竹林里引起了一阵簌簌的喧响。遥远而冷清的星群中是一弯朦胧的晕月。杏衬衣的纽扣没有扣上,头发披散在肩头。萧凝望着她,料峭的春夜使他一连打了好几个寒噤。杏将黑漆大门掩上的时候对萧说:如果三顺今夜不回来,她明天就在院里晾衣服的绳上挂一只竹篮。

春阳温和地照临水面。萧不安地眺望雨后的院落。他没有看见院内晾衣服绳上挂上竹篮,却突然发现马三大婶正在河对岸村子的柳丛里向他招手。

"你找来的鱼饵太小了,而且是黑色的,"萧对警卫员说,

---

① 体呈狭长形的一种凶猛龟类,鹦鹉嘴。

"在这片水域鱼走得快,很难发现黑色的蚯蚓。走吧,我们回去。"

警卫员迷惑地看了萧一眼,他也正待得无聊,无风的天气使他昏昏欲睡,他帮助萧收拾鱼线的时候,像是对旅长的反复无常感到茫然不解,又像是丝毫没有猜透旅长的心思。来到小河的短短几天里,萧所经历的一切,他也似乎毫无察觉。

简直是个孩子。萧一边往回走,一边平静地想。

马三大婶咕咚咕咚地吸着水烟,将萧拉到一处无人的地方,好久没有说话。萧看到了她畏缩胆怯的目光正处处躲闪他,她踮着的小脚也有些颤抖。媒婆压低了粗哑的嗓门神色慌张地告诉萧:他和杏的事发了,昨晚杏的哭叫声惊动了四邻。

三顺是昨天深夜回来的。那是萧刚刚离开后不久。姗姗来迟的梅雨开始零星地下了。这个深夜归来的精明的兽医几乎是一踏进院门就嗅出了气氛的异常。他身上散发出来的浓烈的鱼腥气和连日捕鱼带来的疲惫并没有妨碍他细心的揣测。他将笨重的渔网搁在院里的鸡埘上,没有理会杏给他端来的烫脚的水盆。杏蹒跚的脚步和脸上还未消失的红晕激起他心中狐疑的涟漪。他将杏带到里屋,放下了窗帘。杏的双腿轻轻地战栗着,她温爱地摸了摸他长满粗硬胡须的两腮,推说去灶下生火做饭,正要离开卧室,三顺一把拽住了她。他轻轻地用手一推,杏倒退了几步就坐在了床沿上。三顺麻利地给杏脱掉了衣服和鞋子,将她抱起来扔在床上,随手放下了帐子,吹灭了桌上的油灯。杏在黑暗中听到了解皮带的声音,这种声音没能给她带来往日的兴奋,却使她预感到了灾祸的来临,她不由自主地哭了起来。当三顺潮湿的身体一接触到她的肌肤,杏的身体立刻就像触电一样变得僵硬。

萧从口袋里掏出了所有的铜板放在马三大婶手里,他并不是想付给这位连日奔波的老人酬劳,而是为了让她在说话的时候能安定下来。马三大婶的手握不紧这些铜板,她的手指像小兽一样跳跃着,有两枚从指缝中落到了沙地上。

三顺用粗麻绳将杏吊在了梁柱上,他打断了六根柳条之后,杏说出了萧的名字。邻人被杏的哭叫声惊醒,已是子夜时分。他们涌进了那堵红墙的院内,里屋的门上了闩,他们从门缝里看见杏赤裸的身体被吊着,就开始砸门。门是新银杏木做成的,他们砸扁了门上两个巨大的铁环,门上裂开了一道口子,有人想从门上的豁口伸手进去拨动门闩,但他们突然停住了。从门缝中和裂口朝里看的人都屏住了呼吸。人群圈外的人根本不知道屋子里发生的一切:三顺用一把劁猪用的小刀在油灯上淬了淬火,在杏的下腹处迅速地剜了一下。动作熟练得像从木瓜中往外掏瓤。杏已经无力叫喊了。她的身体剧烈地抽搐了几下,就昏过去了。

马三大婶的水烟早已吸完了。她像是被自己的叙述惊得目瞪口呆,又像是对这位一向老实巴交的年轻人荒唐的举动感到永远的意外。今天清晨,好心的几个女人将昏迷不醒的杏用小船送到了她娘家——榆关。对于这件事,村里人并不感到新鲜,将不贞的女人阉了送回娘家是常有的事。马三大婶没有告诉萧更多的实情。其中最重要的一点就是：

已经在村里失踪的三顺曾四处扬言要杀死他。

第 六 天

尽管萧知道了三顺已经在村里失踪了，昨天下午，他还是拎着手枪到杏原先居住的红墙内转了一圈。院内依旧空阔。就在他准备离开这幢散发着奇异果香的红屋时，他发现有一个人影在竹林里闪了一下，他下意识地捏紧了手枪。枪内共有六发子弹，他现在变得异常的暴躁，直想找个人将这六发子弹射出去。竹林的稠密的叶子像是打了个寒噤似的动了一下，警卫员从里面走了出来，萧长长地舒了一口气。

当他们回到家里时，警卫员极其小心地提醒萧是不是该回棋山了，因为大战即将开始。萧愤怒地将手枪的枪柄重重地敲了一下桌子。母亲被屋里的声音惊动了，推门走了进来。她已经知道了村子里发生的一切，她想找个机会和儿子谈一谈。她惊恐地看见萧愤怒地瞪着警卫员，她走到桌边将手枪抓过来顺手塞进离她最近的一只抽屉内。

萧站起来，一言不发地走了出去。母亲小心翼翼地跟出来。她觉得一定得和儿子谈一次，因为她相信：既然三顺扬言要杀死她儿子，他一定会做到的。她深知这位异姓家族后代的秉性。三顺的父亲原来也是一个本分的打鱼人，他曾经为一次微不足道的口角挑起了一场三四十人的格斗。萧没有意识到母亲跟着他。他走进父亲生前的书房,就将房门关上了。

在父亲葬仪之后,从来没有人走进这间阴暗的尘封的屋子。萧点亮了桌上的油灯,挑亮了灯芯,灯芯上积满了灰尘。萧坐在父亲的写字桌前,凝望着父亲的那张挂在墙上的半身像。画像的边缘糊上了一圈黑框。黑框是用一方幔布精心剪成的。他仿佛看见了母亲在油灯下细心缝制的身影。这个村子里的人还不知道世上早已发明了照相术,他父亲的像是请一位卖膏药的郎中画的,这位江湖画师把父亲的眼眶画得浅了一些。另外那套马褂也似乎太不合身。他能够从这张走了样的画像中看出画师在他父亲的眼神上耗费了匠心。这种深透而坦然的眼神是他曾经非常熟悉的。他离家出走的前夕,父亲正躺在院子里的藤椅上阅读一个姓梅的古行吟诗人的诗抄。父亲的后半生几乎天天都要捧起这本诗抄,他知道哥哥去黄埔军校曾得到父亲无言的赞许,他渴望父亲能像往日一样看穿他要从军的意图,从而给他指点。那天他围在父亲的身边踯躅了好久。父亲没有注意到他。这时,他从庭院的门中看见了远远的被太阳照得炫目的涟水河,河滩赭黄的沙地,沙地上搁浅的小船,和他一起去投军的一个同伴正在向他招手。那是黄昏时分。他一直没有弄清他给孙传芳的一个部下当勤务兵的时候,父亲是否也表示了默许。后来在频繁的战事中,他越来越怀疑自己是不是在无意之中违背了父亲的意愿。

父亲褐红色的坐椅被磨成了浅黄,雕花红木制成的高大书架依然明澈得能照见人影。他随手拿起桌上的一本父亲临终前的手稿翻着,那手稿压在一柄刻有"涟水糯墨"的砚台下。在他翻阅的一瞬间他突然看到这本父亲用来临摹汉魏碑帖的毛边纸簿中抄录了父亲写给兄长的一封书信。由于毛笔吸墨不多,字迹显得过于苍劲、粗粝。萧在这封信的最后几行发现了自己的名字。

萧的父亲写道:我不再奢望能见他一面,他的军队不久就要覆没,我现在不像以前一样担心,担心听到他的死讯。

萧觉得自己的脊椎像是被针刺了一下。尽管他的父亲在字里行间并没有多少责备他的意味,他还是感觉到了耻辱。他在父亲的桌前呆呆地坐着。下午的时光像沙子一样流走了。他天生的高傲和倔强使他强迫自己镇定起来,他像是第一次从小河这些天浑浑噩噩的梦魇中苏醒过来,本来他已不再期待什么了,现在,强烈的好胜欲望使他想立即赶回部队。他回忆起不久前看到的一份前线的战报,孙传芳的部队在北伐军的攻击下已濒于彻底崩溃的边缘。七十二师、三十一师的不战而降在本来就军心涣散的将士中投下了无法消除的阴影。萧似乎感觉到了一种不祥的预感正向他袭来,但这种感觉很快就消失了,他的任性和醉心于幻想的秉性使他寄希望于不久后开始的战役。他想,既然自己已没有其他出路,他只有铤而走险。他不知道这种荒唐的愿望是出于对父亲的怨恨和嘲笑,还是乞求父亲的在天之灵对自己的错误抉择给予原宥,他决定立刻赶回棋山。

就在他站起身准备离开父亲书房的瞬间,他意念深处滑过的一个极其微弱的念头使他又一次改变了自己的初衷。

他想到了杏。

他的眼前出现了杏那温柔而迷惘的目光。像是一阵清洌的果香在他面前飘拂而过。他回忆起在榆关过的那个炎热的夏天,临水而筑的药房竹楼。他想起了在纷飞的战火中她影子重重叠叠地闪现的时刻,想起了他来到小河的这些天给她带来的灾难。一种深深的原罪感在他的心头暗暗滋长了。

傍晚的时候,萧告诉母亲他今夜将去榆关。母亲对儿子的话没有感到意外。她知道自从萧去榆关学医的时候起,他的灵魂就被那个表舅的女儿悄悄地偷走了。她坐在桌边没有说话,无神地看着萧,身体有些颤抖。警卫员喝得酩酊大醉,他像是朦朦胧胧地知道了萧要去榆关,他挣扎着伸直了双腿,准备从床上坐起来,但他刚刚微微抬起了头,又重重地摔在床上,沉沉地睡去了。

榆关离小河有二十里水路,一个晚上来回足够了。萧走出院门的时候,天已经快黑了。他走过村子中间空空荡荡的扇形晒场,看到了上灯时分涟水河边零星的渔火。他深深地吸了一口气,加快了步子,他的耳畔传来了渐深的夜色中舂米的木桩敲击石臼的声音。

他来到涟水河边,正要去那片洒满夜露的晚茶花丛解开船缆的时候,黑夜中像是有几十个黑影迅速地在他身后闪了一下。萧回过头,看到了三顺和几个他不相识的人手持杀猪刀朝他逼过来。

黑影慢慢地朝前挪动着步子,九寸长的刀子在他们手里跳跃着。萧已经退到了河边,他能够清晰地听见涟水河静静地流淌的水声。他徒然地将手按在腰中空空的手枪皮套上。由于一阵忙乱,他出门时竟忘了带手枪。那支装有六发子弹的手枪此刻正关在卧室桌子的抽屉里。三顺没有走上来,他倚在一棵刺树下,嚼着树叶,冷静地看着他手下的人将萧围起来捅死。突然,他吐掉了嘴里嚼烂的碎叶,迅速地朝萧走过来,他像是突然想起了什么。

你的那个警卫员呢?

围着萧的几个黑影也像是猛然醒悟过来,他们立刻撇下萧钻入丛林,四下小心地搜索起来。他们现在相信,警卫员似乎应该就在附近。三顺用刀尖支起萧的下巴:

你的那个警卫员在哪儿?

他喝醉了——萧平静地说。三顺从鼻子里轻轻地哼了一声,没有再说什么。不一会儿,钻进丛林里去的人又一个个闪了出来,他们身上沾满了蛛网和露水。这时,月亮从云层里出现了,他们彼此能够看清对方的脸,三顺知道他手下的人没有搜出什么。

他满心狐疑地打量了一下萧,他对萧回部队不带警卫员感到茫然不解。他的目光紧盯着萧的脸,忽然他的嘴角浮现出一丝不易为人察觉的神色:

你是去榆关看那个婊子吧？

萧没有搭腔。他安详地看着跟前已经发生的一切，同时，他也明白那个阴冷恐怖的将来已经悄悄地来临了。

沉默又重新包围了他们。过了许久，萧听到了一声轻微的长叹，三顺已经将手里的那把杀猪刀扔进了涟水河，转过身径自走了。他在进入丛林前又回过头来朝他手下的几个人摆摆手：

放了他。

也许是萧对于一个已经废掉的女人的迷恋感染了他，也许是他内心深处莫名其妙的喜怒无常，三顺放弃了杀死萧的想法。

当萧朦朦胧胧地想到了这一切的时候，那些人已经在夜幕中消失了。

第七天（结局）

萧从榆关赶回小河已是次日凌晨，在天边泛出的紫红色熹微的光亮中，他依旧在那片晚茶花丛拴好了小船。迷蒙的水雾遮住了村子的轮廓，水牛在河边的柳树林里喷着响鼻。这是一个凉爽的黄梅天。萧轻轻地穿过弄堂的时候，狭窄的深巷里回荡着他的脚步声，蜷缩在村里竹篱旁的狗没有吠叫，它们显然把他当成了熟人。萧不禁回忆起第一天来到这个村子时几乎是完全相同的清晨,昨晚河边的幸免于难使他在黎明的和风中感觉良好。

萧来到自家的院门前,母亲已经起来了,她正在清扫院子。萧和母亲打了个招呼,径直朝里屋走去。

他跨进房门的时候,警卫员坐在桌边等他。他正在感叹这个一贯贪睡的年轻人第一次起得这么早,警卫员迅速地拉开抽屉,抓起那支手枪对准了他。

萧起先还以为警卫员在和他开玩笑,但是他立刻从警卫员嘴角的一丝冷笑中感到了情况的不妙。接着他听到了这位一向不善言谈的警卫员迄今为止最冗长的一段话:

三十一师弃城投降后,我就一直奉命监视你。攻陷榆关的是你哥哥的部队,如果有人向他传递情报,整个涟水河流域的防御计划就将全部落空。在离开棋山来小河的前夕,我接到了师长的秘密指令:如果你去榆关,我就必须把你打死。

萧似乎已经闻到了火药硫黄的气味。他强迫自己镇静下来,但由于连夜奔波的疲惫和突如其来的死亡威胁造成的紧张,他的双腿失去控制地剧烈颤动起来。他觉得自己的所有神经都绷紧了。喉咙几乎像被一团棉絮塞住了,他要说的话全被堵死在意识深处,这无异于是自己承认了背叛。最后他用不连贯的声调说了一句:

你可以把我押回去,让师部审问我。

警卫员狡黠地一笑:在你的军营里枪毙一个旅长会扰乱军心的。再说,大战即将开始——已经没有时间了。

萧没等警卫员说完,敏捷地蹬翻了那只桌子,一侧身跳出了里屋。他冲到院子里的时候,他的母亲正在把院子门关紧准备抓鸡。萧像是一只疲狼窜到了院门外,已经来不及拔闩了。他无可奈何地转过身。

警卫员握着手枪走近了他。

天已经突然亮了。黎明的暗红的光消失之后,天空飘飘洒洒地下起了小雨。面对那管深不可测的枪口,萧的眼前闪现的种种往事像散落在河面上的花瓣一样流动、消失了。他又一次沉浸在对突如其来的死亡深深的恐惧和茫然的遐想中。他回忆起道人闪烁其词的忠告,现在,迫使他跨入地狱之门的似乎不是盛满美酒的酒盅,而是黑乎乎的枪口,他莫名其妙地感到了一丝遗憾。他看见母亲在离他不远的鸡埘旁吃惊地望着他。她已经抓住了那只母鸡。萧望着母亲矮小的身影——在抓鸡的时候她打皱的裤子上沾满了鸡毛和泥土,突然涌起了强烈的、想要拥抱她的欲望。他在听到枪声的一刹那,感到有一股湿乎乎的液体贴着他的肚皮和大腿往下流。

警卫员站在离萧只有三步远的地方,非常认真地打完了六发子弹。

陷　　阱

　　我的故事犹如倾圮已久的废墟。建筑在一夜之间倒坍是我始料不及的。我已风烛残年，我不得不在宅子外面早已凋谢的园里度日，像绕着残墙橡木守望的蝙蝠。但我并不醉心于往日写满象形文字的房梁，也不留意天气预报即将下雪的消息。现在我确乎竭尽心力追溯往事。我知道，这很无聊，因为往事如烟。故事发生的那会儿我已经很不小了，是一个长胡子的青年，胡子不硬，但很帅。我的记忆就来自那些和故事本身并无多少关联的旁枝末节，来自那些早已衰败的流逝物、咖啡色的河道以及多少令人心旷神怡的四季景物，但遗忘了事件的梗概。从那时到现在，时间相隔不久。回望从前，我似乎觉得只是经历了一些事的头和尾以及中间琐碎的片段。甚至，这些湮没了故事的附属部分也许根本就没有发生。但无论如何，我想，故事应该是存在的。我急于叙述这些片段，是因为我除此之外无所事事。就是这样。

　　故事是从她的自叙开始的，当时我和她并不相识：一个夏天，我离家出走，那年我六岁。清晨或黄昏，一群鹞鸟在橙红染向天边的林子上空盘旋,在落满楝树果的地上布下飘忽不定的影子。当时我已经注意到了曾被释迦牟尼阐述但又忽略了的禅悟:要想认识村子,必须试图找到一条从中出走的路并且充满仇恨。我没有惊动任何人,村子在熟睡。我站在早年被人们用来踩水的一堆木堆旁,回望那片模糊混沌被人们称为村子的域地。我想村子也许不是村子,它至多只是一个普通的寒碜荒谬的物体。我在梦中和一位卖网的老妪相识。她告诉我在团山的背后,有一群疯子在镇江。我不记得老妪的面容了,但对她曾在湘妃竹林里小解这一点记忆犹新:她的前面有一块湿乎乎的冒热气的沙地。在村外我看到了一些在村中难以想象的事物。一个下肢瘫痪的老人坐在蒲团上,在一条狭长的阴沟中钓鱼。他神色安详若有所思,没有注意到我在他身旁走过。当我经过一片稀疏的麦丛时,提着裤子的女人恰好站起来,粘在她披肩长发上的麦穗的芒刺使她隐藏若无。随后起来的是另一个男人,江中心沙洲上的白鹭和野鹤在我抬头的瞬间安静地飞走,而在同一瞬间,我看到那些坠满了铅砣的风筝在飘。一群孩子在被太阳烤得赭红的土坷垃里收线。他们全都神情贯注,没有注意到我这个陌生人。黑暗来临的时候,荒野上听不到一点声音。村子在东方遥远的地方消失了,夜晚美妙潮湿。我在异乡他域的一片肥沃茂密的水草上入睡,我相信我正在把村子里熟悉的一切遗忘。我的梦毕竟没有做成。父亲带着一帮人提着马灯找到了我,我痛恨而又钦佩起站在我面前的这个粗壮的男人,因为我已经走得那么远了。我能够想象出他们怎样轮番把我背回村子,但更恐怖的事似乎远未发生。在以后漫长的岁月中我一直没想到离开那个村子,因为我已经习惯了那里的一切。但恐惧年复一年,永无尽日。我不能够指出那恐怖是什么,简单一点说,我觉得那天深夜将我抱走的不是我父亲,就是这样。关于这一点,我不能再说过多的了,也许从那时开始就弄错了,或者,我生下来之前,他们就弄错了。我为此永远出走。

在一条污浊的河道的高大的堤坝上,她向她叙述了这一切。我是一个窃听者。

她叫牌(这是在以后知道的),另一个窃听者被牌叫作棋。我知道,世界在那个时候已经发明了扑克和各种棋类,所以我对她们各自的称号一点都不感到奇怪,这就是故事的引言部分。我介入到这个故事中来完全是阴差阳错,我只是一个旅行者。我离开那座后来倒塌的建筑出门远行,在地球棕黄或浅绿色的等高线上走了二十一天。我在横亘在面前的河边等待上船,像所有分布在大坝两边等候上船的人一样焦灼。我叼着烟在堤坝上散步,她的关于童年身世的离奇叙述被我听到,也是一种万分之一的偶然。我为此庆幸。我之所以想到结识这个叫作牌的女人,还因她有一双令人迷惘的眸子,我眼睛的余波游遍了她身上每一个成熟的部分,并让时间和视线在她的遮蔽物的边缘静止。我说过,那时我已经不很小了,能够隐隐约约地分辨美和欲念的一念之差。我的胡子很帅。

牌不是一个纯洁的姑娘,至少看上去是这样。直到我们相识已久,当我在苦心孤诣地计划着和她最后一次交谈的时候,她突然提出和我分手(在这之前丝毫没有这方面的迹象),并且告诉我:美的东西并不光和善结伴同行,它常常是一种下流的外衣。这时我才彻底地消除了对她的外貌的不信任,当然我追悔莫及。现在,太阳阴影迅疾漫过堤岸,我意识到了时间的嬗递,也就是说时间让我摆脱了牌的羁绊时,我才想到了棋。她已经在刚才的某一时刻跟她不辞而别。在向天空弯曲的云河里延伸的堤岸上,她留给我一个失重的脊背,浓黑的长发遮搭的花格衬衫,谦逊地摆动着的臀。和棋的重逢似乎比和牌的分别要早一些时候,时值春分。我的目光追随着棋移动的时候,我背对着牌,我能够感觉到她仍坐在堤坝突出的畸石上,没有动。认识牌要比我预先想象的容易得多。她问我船什么时候来,我回答说只要你祈求,它总会来的。她又说等船的人都离去了,天也黑下来。我觉得这里没有回答的义务就没有吱声。在这之后很长的一段时间中我只注意河面。她没有说话。她把我看成一个等船人,一个无关紧要的搭讪者。这跟她没有注意到我潇洒的小胡子有关,我想,语言一旦凝结,一切成为多余。我懊悔自己的故作傲态成了她自然冷漠的阶梯。我紧张地搜索话题,我说你离家出走多久了?话一出口我就意识到自己恰好暴露了一个窃听者的卑琐。不过幸好她没有听见。我仍重复那句话。她看上去不是一个机智的逻辑学者,只是噢了一声。

> 河水在三天前,或许更久,暴涨过一次
> 是的
> 猫在嗅一只空瓶子里的气味在水边
> 一只空瓶上
> 你的眼睛很亮
> 很亮
> 到对岸去
> 到对岸去
> 你离家出走已多久了——

我的好奇相对于她童年故事的迷惑使我又拾起了那个中止的话题。我的担心和自卑感随之消除,因为她的智商不高。我预计她会喋喋不休地重复和棋叙述的往事,但是她的回答使我感到前所未有的对未知事物天生的恐惧。我注定落入圈套,我的离家出走完全是被迫的,她说。船来了,天色已晚,很少的几个人等到了她们盼望的船。牌在上船的时候问了一些我的情况,我还没有完全从她的回答中苏醒过来,所以无从回答。船开动了,河面漆黑一片,船头标杆上的航灯在夜幕中战栗。河的对岸是一座城市。我两只脚踏入彼土的灯光世界中,起先并不知道这一点,若干年以后,当我偶尔翻阅一本残缺的《地理概况》时,我得以重新整理我的记忆经纬。我和牌走上一条狭长的跳板,河的另一边的黄昏早已被悄然而至的夜色涂盖了,我们经历另一个时空。我怀疑仅靠幻想和回忆来连缀的故事是否可靠,我预感在这样一个灰蒙蒙的城市吸进的活气同样会被另一片高原的飙风荡涤殆尽,因为时序更替。牌在暗中拽了一下我的胳膊:我带你去看一个朋友。我说,好。我们沿着黄浊转成深黑的河道彳亍而行,刺眼的路灯光将我们的影子拉得很长,我说记忆也许不是连续交接的长链,而是往墙上刷上一层层的油漆(我们已无话不谈)。牌没有吱声。看得出她对于这类问题不感兴趣,她只对不假思索地编织故事的神秘氛围自我陶醉。我的左臂不时和她的右臂相碰,因为路面凸凹不平我乐于这样:也许你是带我去找一个朋友吧(我知道这很无聊)。她说那位叫作黑桃的朋友住在城郊。她的反应总是慢了半拍。我感到了语言的阻滞和堵塞,我沉入冥想。空气中弥漫了一股氨水和烂苹果的气味儿,令人窒息的街道被闲人灌贮。有人借着霓虹灯看牌,橙红交错的灯光使那些已届耄耋的人披上了一圈鲜艳的色彩,他们手捏钢球咔嚓作响。妇女们坐在河堤上,把脚伸入咖啡色的河道,进行着另外一个世界的永无休止的争议。河里漂满纸角和空瓶。一樽高悬在河堤上空的巨大的圆形漏斗朝河中倾泻呕吐物。城钟已响,声音缓缓地在深巷和街道、房顶上厚厚聚集。弹吉他的少年歌手漫不经心地附和这些回呼。

  城里的好朋友
  我让他们自在
  开怀喝足美酒

一觉睡得甜黑
　　此刻我正在出走
　　世界的荒漠——
　　我早已熟悉
　　这座空城,这样的黑夜

　　琴声如诉。灯光疏落的马路尽头,烂苹果气味儿中又掺和进牛粪的新鲜清香。远远的一带渔村若隐若现。网络交错的沟壑在梢末悬挂的月亮高处银铅色地闪动波光。我自以为来到了乡间。至少当我们发现城市夜色白光的地图上印上了一片巨大的温布尔森林的墨斑时,我意识到这不是一座纯粹的城市。所有的城市,牌说,依照野蛮到文明的自然进程可分为燧人城、伏羲城、畸人城诸种。你所看到的是一座伏羲城。随着太阳的重新升起,城市将会逐渐消失。不过,牌说,它还算不上一个四维的区域。担着湿淋淋的谷物的乡下人和练太极拳的养老院老人在公园里相遇只不过是空间上的重合。在这个城市里,我们既无法见到早年在湖边临水而居的游牧部落,也不能和若干年后被聚丙乙烯和 X 光玻璃分隔的人们交谈。和畸人城不同一时,它缺乏时间概念。牌说如果不出什么意外的话,她的朋友黑桃应该是居住在城内的。我感到对于牌的疑惑正在诞生的瞬时,就被一种隐形的潜流制约了,因为,此刻,我们已经走到了城市边缘一座古宅的小屋前,牌在一扇墨绿色的门板上一连叩了四下。

不用说我也知道这位白发垂胸的长者一定是牌要找的朋友黑桃了。后来在我和牌的唯一一次通信中我忽悟他是城里唯一的一位遗忘心理学权威。大概是由于那些满屋子积满尘埃的线装书籍的困扰，抑或出于职业本能的通病，他对于牌和我的介入莫名诧异，并且摊开双手声称自己在遗忘心理学研究的收尾工作中是无暇接见任何一位来访者的。牌一时找不到有力的曾经和他相识的证据。她说在一个骤雨初歇的清晨，她在这间小屋的一张三脚木椅上度过了一个不眠之夜，当时松枝摇曳，冰清玉洁。她的第二次拜访在三年之前，当然那天大雪封门。黑桃无奈地摇了摇头。他说由于天气中厄尔尼诺现象，这座城市至少有半个世纪看不到雪花了。不过，这不重要，黑桃说。他慷慨地打开了那扇半掩着的门，牌进入屋子后果然找到了那三脚木椅并且坐了下来。黑桃坐在另一张椅子上。我站在牌的背后。黑桃的一举一动都在无意识地证明他意念深处对牌的顽固的记忆。他自身无法察觉，我想这大约就是任何一门心理学的局限吧。

城里的歌剧院正在上演一出哑剧
那是有关一个愚人节的故事？
七个印第安人回归城堡，他们手执戟矛
他们在傍晚碰到一个广告商？
他向印第安人通报城池即将陷落的消息
是广告商还是预言家？

印第安人依旧走他们的路
他说什么?
月明星稀,鸡鸣未已将有陨星坠落
是预言家还是厌世者?
印第安人止步不前困死城外
厌世者还是说谎者?
危险不来自天上而在于你意念深处的一次滑坡
一次巧合?

波尔琳——黑桃浅浅地低吟一声,从木椅上飘然而起。记忆一旦复燃,情人终成眷属。黑桃面目玄黑,枯身剧颤。对话使黑桃辨认出昔日的恋人,他悠悠地俯下身去,灰色的身影淹没了她紧闭的双目。他青筋暴突的大手探入她雪白的颈脖,就在我陷入尴尬境地无可逃避之时(因为黑桃熟练地撩开她的裙裾),遗忘中枢很快就控制了他。一切复如从前,黑桃退至椅边,木然而立。好吧,过了好久,黑桃说,谈谈你离家出走的原因。不知黑桃从什么地方看穿牌的心理,我被这位高妙诚挚的心理学家惊得牙龈发颤。我离家出走完全是被迫的。牌说。冰川纪已过去多年从来没有被迫的现象,黑桃说,不过你还是继续说下去。我原来居住的家是一座八角祠堂,是我们家族早年祭祀和族令的场所。草木枯荣,风雨时至,仪式早已不复存在,我开始有记忆时就居住在里面。我父母双亡。祠堂孤零零竖在村东的河边,我没有邻居,也没有远亲。

因此,我平素一直没有跨出祠堂的门槛。一个晴朗的清明节,我站在窗口看河里的一位老人搭桥。河水浸没了他短裤的大部分,他其实不是搭桥,我想,而是用一些细长的树枝木棍架成桥的形状。一只山羊也许就能把他自命不凡的那座水上建筑踩塌。或者,他在玩一种水上积木的游戏。我终于走出了那幢宅子,来到河边。他正神情孜孜地将两根木棍连接的地方用红绸绑牢。那座浮桥上缀满了红红绿绿的绸结。

> 你的桥不牢。我说
> 它是给鸽子走的
> 鸽子能飞过河去
> 不用桥鸽子也能飞过去
> 它是给没有翅膀的鸽子走的
> 所有的鸽子都有翅膀
> 没有翅膀的鸽子没有翅膀

我说我同意你的。在我们聊天的时候时间走得很快。天色将午,我听到了从祠堂的瓦缝和砖墙中瓮瓮传出的喧哗声。祠堂拐角处的一簇木桃开得正旺,墙上的石灰沫剧烈地跳动,落入花蕊。整个宅子由于声音的振动明显地朝西斜倾,我踏上祠堂台阶厚腴的黑苔才发现,这屋子已经住进了另一些不相识的人。他们盘坐在地上、炕沿上、灶台上、红漆圆磙的梁柱上,像主人一样跷着腿。他们正在叽叽喳喳地议论着房屋年久失修而人口急剧繁殖是否迁入异地先请风水先生来算一卦预知凶吉以待解冻来年杀鸡宰狗完成壮丽庆典。我跨入门槛。恐怖传染开来,议论戛然中断,所有的人都在盯着我看。我们相向而立,我觉察到了这些人眼中伪善的诧异,他们在演戏,我已经看到了它的结尾。他们无非是造成一个他们自古以来就居住在那里的自然状态,他们自以为演技高超但又怕我看透。

  你走错了
  对,你走错了

这是我的屋子,我说。他们立刻面面相觑,一时不知所云。

  你是一个要饭的
  对,你是一个要饭的

这是我的屋子。我说。我知道他们非常害怕这句话。有些长者粘在嘴上的胡须掉了下来,其实他们年幼无知。

  你来这里是非法的
  对,你来这里是非法的

那些人又跟着附和,我想这伙人一旦有人挑头,其他的人立刻无师自通。我开始没有感到害怕。只是当一只硕大无朋的秤砣从暗处飞来将我脚下的泥地砸成一个黑洞时,我才夺门而逃。那伙人将我逐到河边,我成了一名被逐者。我想到寻找救星还为时不晚,因此我一直朝北走。就是这样。牌说。

事情还没有结束。黑桃的脸上重新沁出亮光,问题就在那个为鸽子搭桥的老人。你中了人家的圈套。每人都有各自的归宿,你有什么理由轻率离开自己的栖身之所?要是井里没水呢?牌说,那你就应该等下雨。黑桃毫不含糊地说。你如今已成了丧家之——人,你将终身命定没有归葬之途。唯有遗忘可以拯救你。黑桃走至覆盖着黑色帏幔的书架前,随手取下一本书递给牌。牌看了看又将它扔给我。书名写在扉页上:《遗忘拯救艺术之道》。

你来到这座城里一定是贪图艺术家的虚名,在劫难中投身艺术那将更糟,它会整个地毁了你。这座城市是一个避难所,也是各类艺术大师云集之地。这些艺术家从一流教授、油坊工人、离婚案的公诉人、染布匠和失意银行家中蜕变而来,聚散离合,将这座傍水而立的蝇蝇小城挤得水泄不通。近年来,大量移民风抵云至的现象有增无减,每当晨钟敲过,在市立书店门前等着购买新上柜的《莎士比亚全集》的人到午夜方散,在电车上和公共厕所里高声背诵《唐·吉诃德》的不乏其人,而这座城市可供发表的书刊却凤毛麟角。法院每月受理的案件中大约有一千种和抄袭作品有关,市政当局在起草从事艺术许可证的文稿,并责成铁路局和民航局增加将这座城市的稿件运往外地的列车和航次。因为城市规划局已经向有关部门发出警告说,如果这种作品的增殖率不严格控制,那么不远的将来,这座城市将变成一座海拔为三千米的纸状山脉。消息公布的当日,就有两万名小说家向市专利局申请获得为该山脉命名的专利。

那么从事艺术意味着误入歧途?牌说,不然。黑桃陷入了往事的陈说:我原是一名出色的摄影家,我改行搞遗忘心理学研究是一次偶然的机遇。那次我在温布尔森林拍摄风景,一座白色的房屋在荆棘丛生的林中吸引了我。暗光从绿篱中滤入,使人难以察觉。黄狗蜷曲在房前草地上。光裸的少女倚门而立。我按下快门,可就在这一刹那,少女用右手紧紧捂住了本来被屋檐的反光遮盖的阴影。我知道这片风景是一个诱人的圈套,艺术家在这里只能搓手嗟叹。因为我在市中心的摄影画廊中看到了不下千幅这类白房子门前穿西装的少女的摄影作品,我为此拆机焚纸,踅入偏僻之角,设造心理学研究门牌。记忆是一切艺术之源,我所做的只不过是矫枉过正而已。黑桃摆了摆手,叼起一根烟卷结束了他的谈话。他猛吸了几口烟,把目光第一次移向我。他的双眸浑浊阴险,没有丝毫将我长期冷落的愧歉,相反他仔细辨认我的脸色。牌没有把我介绍给他是因为她对我一无所知。牌起身说告辞了,黑桃坐着没动。我走过去和他握手的时候,他似有难言之色:你已患上了时下正流行的爱情疾病,由于已到晚期,我不便多说。有救么?!我问。他全然不顾我的惊讶和不悦,继续说道：看来你已经爱上了波尔琳（牌），你的气质和遗传基因将使你终身不愈。一切都已注定，你所想的你得不到，波尔琳成了你众多记忆混合物的复制品。这都是你过于沉湎冥想记忆泛滥所致，你已不能自拔，爱情成为疑难杂症只是近年来的事，你生不逢时，以上的部分是真实事件。

我们离开了那扇墨绿色的门洞。离开了黑桃踏上故土三年之后，我收到了牌从遥远的温柔之乡寄来的信。她在信中提到我和她由邂逅而进入这座城市之前，黑桃就已死于非命。牌说她和我分手后偶尔在一方刻有"山高水长"的泉边巨石旁发现了黑桃的墓碑，因而我推测我们深夜拜访黑桃可能是一次幻觉。实际上，我们从城市坠入乡间温布尔森林的夜间并未找到她的朋友黑桃，而是目睹了一次平常的葬仪，现在，葬仪已经开始。

黎明时分。

灰色中早已暗下去的猩红沉渣，在森林的弯成弧形的谷道中将天空分割。在枝叶缥缈的松木尾际，我们意识到已经误入坟场。七个掘墓人和两个和尚擎着火把在离我们约十丈的地方停下来。我一生中最重要而又最模糊的经历就是这样开始的。火把照亮了一个灰色的沉寂世界。灰色的沉寂部分。松明溅落火星，将来已经存在。在我的另外一篇小说中，我将以下部分写成一个桃色事件。我记得在那篇题为《陷阱》的小说中将七个掘墓人写成了轮奸者。我告诉牌，尽管在整个暴力实施过程中，除了和尚之外，我同样是一名旁观者，目睹了事件的全过程。在我有幸读懂一位姓弗的老人的书后，我就不会那样幼稚而伪善地为自己开脱罪责。我对牌说，实际上我自己也参加了那个桃色事件。在小说中，牌对于自己并非被那些掘墓人放倒而是自己躺下来这一点确认不讳。同时叙述两个故事是不可能的，我已心力衰竭。

掘墓人依照早先画好的石灰的印迹，铲除了草皮和树根。他们泪流满面。他们在开始刨掘墓穴之前，在长方形的坑印上撒满了纸折的花瓣，洒上香水。两个和尚在旁若无人地自语，为死者祈祷。我说死者大概是一位少女，或者少妇。牌说，这不重要。在地平线遥远的喘息中，由远及近的嘈杂哀号吮吸黑夜的剩余部分——它使死者安息。天光大亮，我们和送葬的白色队伍相遇。沟溪旁流水浇灌九月的桑林。一抹远山被格成块状和弧形的黄花和荞麦衬映着。在铁皮网罩着的花园里老人为花木接枝，另一洼山沟的水杉林中是三三两两的红男绿女。微雨飘至，太阳没有升起，我和牌从送葬队伍中穿越而过。他们正向天空抛撒剪成方块的纸片。牌提醒我说我们正处于城市的边缘，这里的人们用报纸代替了黄色的方块纸钱已有多年。我在开满三色堇的路旁拣起一张，恰好是《城市新闻》报的中缝。正面是一幅广告的结尾部分，反面是一则寻人启事。送葬的队伍绵延数里，还没有完全从谷底出现尽头。如果我们没有注意到这些人眉宇间露出的难以压抑的悲痛，我也许会以为穿着溜冰鞋送葬的人是去参加一次盛大的庆典。他们溜得很稳而且西装革履。高大的灵车从我们身边缓缓而过,灵车的速度和轮的转动均由电脑控制。灵车的底部有新的滚珠轴承,中间装有十只滑轮,十二只晶体管,二十三节干电池,而牌坚持说二十四节,我同意了。灵车的顶部装有四只立体音箱。原来哀号是事先录制好的。牌推了推我(我显然由于染上痛苦而浮想联翩)说是否应该和送葬的队伍告别了。在我转身的同时,我看到了自己对于死者的猜测的荒唐可笑。我又一次钻入别人设置的圈套。因为死者是一条良种的丹徒郎猪。

牌说这很正常,你陷入疑惑是因为你多愁善感。问题的全部意义不在于死者是谁而在于送葬。人们在世间的一切荣耀和耻辱都越过了时间的空当,跃入此刻,一切都是为你而准备的。

以下的都是不重要的了。不久我便和牌分手。她什么话也没有说。她用手指了指我的裤裆,我意识到自己裤子的拉链没有拉好,我拉上它,牌就走了。

和棋的重逢俨然是另一个故事,当时她已皈依宗教。我凝视天空的开阔就如正视自己的衰老。我已风烛残年。我在怀念牌的时刻,发现棋的背影常常和牌重合在一起。棋是一个纯洁的少女。对于这一点我无话可说。最后,当我思索棋是否存在时,我又遁入冥想,孤寝难眠。有若《圣经》所言:

你如何记忆着少女

褐 色 鸟 群

眼下,季节这条大船似乎已经搁浅了。黎明和日暮仍像祖父的步履一样更替。我蛰居在一个被人称作"水边"的地域,写一部类似"圣约翰预言"的书。我想把它献给我从前的恋人。她在三十岁生日的烛光晚会上过于激动,患脑血栓,不幸逝世。从那以后,我就再也没有见过她。

"水边"这一带,正像我在那本书里记述的一样,天天晴空万里,光线的能见度很好。我坐在寓所的窗口,能够清晰地看见远处水底各种颜色的鹅卵石,以及白如积雪的茅穗上甲壳状或蛾状微生物爬行的姿势。但是我无法分辨季节的变化。我每天都能从寓所屋顶的黑瓦上发现一层白霜。这些霜在中午温暖的太阳光渐渐增强了它的热度时,才化成水从屋檐滴落。这个地带从未下过一场雨。另外,在漆黑如鸦的深夜我还能观察到一些奇异的天象,诸如流星做匀速圆周运动,月亮成为不规则的樱桃形,等等。我想如果不是我的记忆出现了梗阻,那一定是时间出了毛病。幸好,每天都有一些褐色的候鸟从水边的上空飞过,我能够根据这些褐色的鸟飞动的方向

（往南或往北），隐约猜测时序的嬗递。就像我记忆中某个医生曾声称"血是受伤的符号"一样，我以为，候鸟则是季节的符号。

我的书写得很慢。因为我总担心那些褐色的鸟群有一天会不再出现，我想，这些鸟群的消失会把时间一同带走。我的忧虑和潜心谛听常常使我写作分心，甚至剥夺了我在静心写作时所能得到的快乐。后来，我怀疑自己是否出现了幻觉，我耳畔常常回荡着一种空旷而模糊的声响，我想它不会是候鸟渐近时悠长的哨子般的翅膀拍击空气的声音，它像是来自一个拥挤的车站，或者一座肃穆的墓地。那声音听上去像是落雪，又像是落沙。

有一天，一个穿橙红（或者棕红）色衣服的女人到我"水边"的寓所里来，她沿着"水边"低浅的石子滩走得很快。我起先把她当作一个过路的人，当她在我寓所前踅身朝我走来时，我终于在正午的阳光下看清了她的清澈的脸。我想，来者或许是一位姑娘呢。她怀里抱着一个大夹子，很像是一个画夹或者镜子之类的东西。直到后来，她解开草绿的帆布，让我仔细端详那个夹子，我才知道果真是一个画夹，而不是镜子。

我的寓所里从未有过任何来访者。她见到我并未遵循两个陌生人相遇应有的程序，而是表现出妻子般的温馨和亲昵。她说她叫棋。她在给我看她的画夹时顺便提了一句现在是秋天了。我的记忆深处痛苦地抽搐了一下，但并未就此而唤醒往事。我为秋天而感到高兴。她站在寓所的门前和我说话，胸脯上像是坠着两个暖袋,里面像是盛满了水或者柠檬汁之类的液体,这两个隔着橙红(棕红)色毛衣的椭圆形的袋子让我感觉到温暖。和棋的初次相遇就使我错过了一次注视候鸟的机会,我想,它们可能是在我和棋说话的时候飞走的。我徒劳的目光越过棋的双肩,投视远处"水边"青蓝的水线时,她问了一句:你在看什么?

那些候鸟……

她转过身朝"水边"的石子滩望了一眼,又用一种天真而老练的目光看我。

我将棋让进了屋内,接着我们就在两只矮凳上坐下,看她带来的那些画。那些画上也画着一些女人,脸形和身材与棋相似,也许就是棋的画像。她有时倚在一根电线杆上,远处是一望无际的戈壁滩。有时她穿着夏装斜躺在海滨,也有一些画公园的落叶的,她跷着细长的腿俯卧在覆盖着厚厚叶被的逶迤小径旁。

她在给我看这些画时,两个暖暖的袋子就耷拉在我的手背上,这两个仿佛就要漏下水来的东西让我觉得难受。

这些都是你画的?我说。

不,是一个叫李朴的男孩给我画的。棋说。

李朴?

是啊,李朴。

我摇了摇头,我说我不仅不认识什么李朴,而且您是谁我一时也想不起来了。恕我冒昧,我接着说,李朴给您赠这些画大概是想和您谈恋爱吧。不过,我又说,我对这些画也一样不感兴趣。

好哇。格非——

棋陡然坐直了身体,一字一顿地说:李朴你也不认识,我你也不认识,你难道连李劼也不认识吗?

我猛然一惊,我的如灰烬一般的记忆之绳像是被一种奇怪的胶粘接起来,我满腹焦虑地回忆从前,就像在注视着雪白的墙壁寻找两眼的盲点。我隐约记起来了,我和棋说的那个李劼相识那是很久以前的事了,大概是一九八七年……

不过,你是怎么知道我的名字的?

别装蒜了,格非。你离开都市到这个锯木厂旁的臭水沟来才几年,你的神志竟垮成这样啦。我三个月前曾到你这里来过,你还答应给我看你的小说,还答应过其他一些事。你的记忆全让小说给毁了。

棋说完了这些话,静静垂手而坐,像是等待我沉入往事的梦境,又像是等待我从冥想中挣脱出来。

渐渐地,我眼前的这红色的影像模糊起来,但立即它又重新变得异常清晰。

好吧,我认识你,我说(实际上我想说:我认识你算了)。

棋显出满意的样子,她突然抬手在我脸上皱纹最深的地方抚摸了一下——这是一个仪式,一个我们本来就已相识的仪式,我想大概不会是所谓"情不自禁"。但是我立刻嗅闻到了皮肤相触的一刹那蛋白质释放出来的臭鸡蛋的气味。我觉得这种气味很不错。棋看了我一眼,又将画夹摊在她拢起的双膝上,她在看画的时候不断地注意我的神态,我想她一定是想知道我是否也在看那些画。她从那些画中挑出一张递给我,就是画着公园秋天的那幅。

这幅画上是什么?棋问。

一个人的背影。

还有什么?

枯叶子。

落叶象征着什么?

一个人的背影。

棋没有再问下去,她说了一句你这个人怎么一点都不懂画就沉默了。过了一会儿,棋又说:

你一点也不像李劫。

李劫?

他不仅懂画而且懂诗懂开密封罐头懂治疗牛皮癣甚至——他还懂不生。

不生?

不生是一种哲学,棋说。

我不懂。

晚上,棋没有离开我的寓所。当然也没有一对男女在一处静僻之所的夜晚可能有的那种事。整个晚上她都在静静地听我说故事,关于我的婚姻的故事。我想棋的聪颖机智使她猜测我在意念深处一定存在着某种障碍或者她宁愿称之为压抑。这是不是我们在看画时她发现的呢？整个晚上她充当了一个倾听诉说的心理分析医生的角色，这也许不仅出于对我的怜悯，而且我似乎看出来我们都信奉这样一句格言：

回忆就是力量。

夜晚，奇异的天象没有出现。"水边"的石子滩变成一种冰莹的纯蓝色，就像化学实验中几种物质产生化学反应后析出的某种蓝色晶体粉末。这些玛瑙似的蓝色石子泛出的冷清的光亮和故事的氛围大相径庭。

后来呢？棋问。

后来——我尽量用一种平淡而真实的语调叙述故事，因为我想任何添枝加叶故弄玄虚都会损害它的纯洁性。

后来，我就在那个卖木梳的老女人身边站住了。

那时正是四月，春天来得很迟。我看见积雪和泥浆冻在一起，高大的城市建筑物挡住了南下的寒流，形成了巨大的风的声音。那些早已废弃不用的商店霓虹灯上挂满了锥状的冰凌。我在企鹅饭店被一个漂亮的女人招引，不知不觉尾随着她走下了半个城市。我想处在我当时那个年龄被一个女人所迷惑是常有的事，但我决定跟着她走一段，仅仅因为我喜欢她走路的姿势。她的栗树色靴子交错斜提膝部微曲双腿棕色——咖啡色裤管的皱褶呈沟状圆润的力从臀部下移使皱褶复原腰部浅红色——浅黄色的凹陷和胯部呈锐角背部石榴红色的墙呈板块状向左向右微斜身体处于舞蹈和僵直之间笨拙而又有弹性地起伏颠簸。

我想这样一个在风中行走的女人要在火炉旁烤火或者在浴缸里洗澡不知是怎样一个模样,我还准备往下想下去时她突然站住了。我也在那个卖木梳的老女人身旁停了下来。

买木梳吗?

接下来离奇的事发生了。

我想那个女人毫无缘由地在街道上停下来,是因为我在意念深处产生了一种当时我认为是下流的臆想——譬如裸体之类。不过随之我又认为这个女人停在人行道上是由于她自己遇到了什么事,并非我的意念感应所致。

买木梳吗?

我在思索该不该买一把木梳,同时又朦胧地感觉到她不久就会回过头来。她果真回过头来。她的目光像是注视着我,又像是留意着别处。我回避着她的目光。我知道,心灵感应术曾在这个城市里风靡一时,人们只要在一所称之为"心灵感应中心"的地方训练三个月,就能用意念驱使幻想中的情人来到自己身边。有一些造诣精深的通灵大师还能使意念和星际相通。我心里意识到了一些隐隐的恐惧感,这种恐惧感是只有当一个罪犯在明朗的月光下撬锁行窃才会有的。

我又感觉到她马上就会朝我走来。好像她在行动之前她动作的信号就从她身上散发出来穿透冬天凝固的空气,预先告知了我一样。

现在,她正朝我走来。

我看了看岗亭上在冷风中瑟瑟发抖的警察。行人各自走着自己的路,没有注意到我正在遭遇的一幕。

她朝我走来干什么……

她迎面走来的姿势跟我刚才在她背影中看到的一模一样,她的魅惑力像泉水一样从她浅黄色、深棕色、栗树色的衣饰皱褶中流淌出来。我等待着她走近,我的心情一点也不轻松,她双腿轻盈地朝前迈动,我突然有了一种感觉,好像她是静止的,而我正朝她走近。

她在我跟前停下来,朝地面俯下身去。

她在我脚边捡起了一枚亮晶晶的靴钉。

后来呢——棋问。

后来我就再也没有见过她,她捡起靴钉,转身走远,在人流中消失了。

棋审判一样的目光紧盯着我,让我觉得不舒服。棋说,你有自恋情结。我说大概有吧。棋沉默了片刻,继续说,事情好像还没完。我说,什么事情?

你和那个女人的事。

我不由得一怔。

那个女人捡起靴钉后,朝一个公共汽车站走去,她上了一辆开往郊区的电车,你没能赶上那趟车,但你叫了一辆出租车尾随她来到郊外她的住所——棋漫不经心地说。

事情确实如棋所说的那样,不过她说错了一个无关紧要的细节,我当时没有足够的钱叫出租车,而是租了一辆自行车来到郊外。

不过,我说,你是怎么知道事情还没完呢?

根据爱情公式,棋说。

爱情公式?

我想事情远未了结并不是棋所说的所谓恋爱公式的推断,它完全依赖于我的叙述规则。我之所以不愿意将这样一个故事和盘托出,是因为它触及我内心深处极其隐秘的角落,想起这件事就让人觉得不痛快。下面我就来讲讲这件事。

我去车铺租自行车的时候,天空已经飘起了鹅毛大雪。雪花在春天的幌子下布下寒流的种子。城市通向郊区的路一会儿就变得非常狭窄了。渐渐地我的车轮下露出泥土和煤屑混合的路面。路上行人和车辆渐渐变得稀少,雪花落在上面很快就积成了白白的一片。大路两旁的农舍和绵延的丛林突然出现在眼前。我前面那辆电车开得不快,我的自行车全速追赶,使它不至于从我视野里消失。

电车在郊区站停下后,天已快黑了。我想大概是狂啸的西北风裹着漫天大雪使黑夜提前了,她下车后就沿着一条低洼不平的路朝远处亮着忽明忽暗灯光的村舍走去,那个村舍在傍晚的雪中显出一带黑魆魆的影子。这条路不算很窄,但是车轮的印辙和马蹄踏成的圆洞在雪中封冻住了,形成一条条硬深的凹槽,我的自行车轮常常在这些凹槽上打滑,发出挡泥板和车架的黑铁碰撞的铮铮之声。她在距离我约有二十丈远的地方不紧不慢地走着。我们仿佛在路上走了很久,但是在郊外迷茫的雪原上,我很难看到它的尽头。我的自行车链条被坎坷不平的路面震得脱落过几次,当它最后一次脱落时,我的双手已冻得发麻。我不得不花了很多时间才把它重新装好。这一次,当我重新跨上自行车的时候,她的身影已经在远处变得模糊不清了。我狠命地蹬着自行车,它就像是一匹盲马跌跌撞撞地朝前疾奔。

这时,我的前面出现了另一个骑着自行车的人。这个人伏在车上显得很小。他也像是在朝前急急赶路。在这样一个寂寥无声的风雪之夜,遇到他让我觉得亲切。他的身影在路面上歪歪斜斜地画着漂亮的弧。在黑夜中,他像是一只黑蝴蝶,或者像一只蝙蝠在翩然飞动。

我的车轮又一次滑到了大路的边缘。大路和田野之间仿佛有一条很深的沟渠,我想这大概是农人为铺设排水管道而挖的。

我的自行车和他相错时,我觉得我右胳膊的袖子和他左边的一只擦了一下,我像是听到了一种轻微的刷子在羽绒布上摩擦发出的声响。

前面那个女人的身影终于又在我眼前出现。在雪夜中我分辨不出她的栗树色的靴子和浅黄色——深棕色的腰部衣饰的皱褶,以及她圆润的臀部呈豆瓣状分裂的节奏。她像一摊墨渍在米色的画布上蠕动。我不知道她的住宅是否就在我依稀能看见的灯光闪烁的村子里,我也不知道我究竟会被她带到一个怎样的陌生地带。但我似乎有了一种不祥的预感,冬天晚上凛冽的风和远处传来的狗的吠叫使我的呼吸越来越急促。

大约又过了二十来分钟,她走上了一条窄窄的木桥。这座桥架在很宽的河道上显得很不坚固。我来到桥头的时候,犹豫了一下,因为我没有看到桥面上她刚刚走过去留下的靴印。那些半圆形的靴印在河边消失了。我想,也许是大雪将那些靴印遮盖住了——桥面上覆盖着一层厚厚的积雪。我推着自行车不得不放慢了步子。

深黛色的河流在孤零零的木桥下冥寂地流淌。我竭力在桥上寻找她的影子。

这是一座一边有扶手的木桥。扶手的铁链连接着一些东倒西歪的木桩,像是被毁坏了的栅栏的残骸。西北风不断地吹散铁链上的浮雪,铁链在风中发出重金属滑碰的橐橐声响。我有时也偶尔扶一下那铁链,因为桥面没有扶手的一面边缘已经和桥下的黑影悄悄缝在一起了。夜色已渐渐地深了。远处一直在招引我的村舍的灯火也不知什么时候熄灭了。我仿佛置身梦境,从一个很高的冰坡上朝山下滑坠。我似乎感到,那个穿栗树色靴子的女人像是已经到了对岸,但我又觉得她像是仍在我前面不远的桥上——黑夜和风雪将我们分隔了。

我的平底胶鞋踩踏积雪在木桥上摩擦着,我的心情不像刚走上桥时那样糟,或许是因为我深信对岸就在不远处,根据桥面微微下斜的弧度判断,它离开我最多不过三四丈远。可就在这时,我站住了,因为我看不清桥面朝前延伸的灰暗的轮廓。我不得不摸索着桥的铁链朝前移动,但是突然我感到桥链也没了。我的脑袋一阵晕眩。我迟疑了一下,回过头。

有一个提着灯笼的人影朝我走过来。那灯光在稠浓的黑暗中像一只毛茸茸的小鸡。

他走近我的时候,我才看清他手里拎着的是一只马灯。他是一个花白胡须的老人。他在我跟前停下来,他的长须上结满了玻璃碴似的冰凌。

这桥你不能往前走了。

为什么?

它在二十年前就被一次洪水冲垮了。

老人将马灯抱在怀里,从腰间摸出一支旱烟管,点着了火。在马灯模糊的亮光中,我看见絮絮扬扬的大雪无声地落着。老人猛吸了几口烟,用手指指远处的河面:

那边有一座水泥桥。

我朝老人指向的地方看了一眼,在风中打了个冷战。

刚才有一个女人从这桥上过去了。

没有女人从这过去。

你是谁?

老人没有搭理我,他熟练地将旱烟管别在腰间,将马灯递给我,然后从我手里接过自行车。我们开始往回走。我想他大概是一个看桥人。

我守在桥头劝告每一个黑夜上桥的人,不听阻拦的人注定要走到河里去。

可是,刚才有一个女人从这桥上过去了。

我没有看见什么女人过去。

我们已经来到了桥头。我把马灯递给老人。雪花飘落在马灯的玻璃罩上化成水滴滚落。老人说你上车吧,我举着马灯照你一段,他说话的时候,呼出的气柱在空中迅速凝结了,宛如一束手电的光亮。我像是又想起了什么,我对老人说:

你们为什么不把桥拆掉呢?

还会有更大的一次洪水。

在我跨上自行车的时候,老人又对我说:没有女人从这桥上过去,你可能是在雪夜中看花了眼,雪的光亮会给人造成错觉,而错觉会把人领入深渊。

我就此和老人告别。他在桥头举着马灯,照着那已经封冻的路面。过了一会儿,我身后的灯光消失了,我又重新陷入黑暗之中。

我又想起了那个穿栗树色靴子的女人——我似乎看见她上了那座桥。她现在在哪里?那个老人是谁?那究竟是一座怎样的桥?也许等天晴了,我该重新到桥边来看看。我正想着,自行车又开始猛烈地跳动起来。我记起了这段路面。这路面被车轮和马蹄压轧成一道道深深的凹槽,车轮在上边不断打滑。我还记起了那个骑自行车的人,我的耳畔又响起了我和他袖子相擦的那种刷子在羽绒布上划出的声音。想起那个像蝴蝶一般歪歪斜斜的骑车人,我的心情变得轻松了一些,因为我能够通过他把自己和现实连接起来,我担心自己是否丧失了理智,而处在一个桥边老人所谓的雪夜错觉之中。

我的自行车更加剧烈地颤动了一下,下轮像是碰到了一个硬物上,我差一点从自行车上摔下来。我的好奇心和探究心理使我停下车来,想看看那个硬物是什么。

那是一辆歪倒在路边的自行车。

接下来我看到的事情或许棋早已猜到了。她在我"水边"寓所的椅子上不安分地躁动着。她一会儿拿起她的画夹,一会儿哼哼唧唧地看着天花板,对我的故事显出极度的不满。

这是一个非常庸俗的结尾。棋说。

什么结尾?

你在路边发现了那辆自行车你马上意识到了是你刚才追赶那个穿栗树色靴子的女人时匆忙之中将他撞倒的你开始四处寻找他的人影最后你在路边那个埋排水管道的沟渠里发现他的尸体。尸体已冻得僵硬他的脸上落满了雪花。

是这样。

我开始陷入了沉默之中。棋也呆呆地托着下巴,凝视着"水边"青蓝色的石子滩。夜色正浓。"水边"的凉气沿着远处水面朝公寓斜升的坡道悄悄越过窗格爬进室内,我感到一阵微微的凉意。我打了一个长长的呵欠,棋在沉思中黑眼珠朝我突然翻动了一下,含糊不清地说:你困倦了?我说没有。我想在夜阑人静的时候,面对一个姑娘独坐,大概不大适宜提出诸如睡觉之类的要求。我想我们都已忘记了时间,也许在天亮之前我们会一直这样默坐下去。我试着找出一些无关紧要的话题来润滑一下现在多少变得有点尴尬的气氛,我觉得我的大脑像是一个空空落落的器皿，里面塞满了稻草和刨花。就在这个时候，我想到了棋在和我初见时谈到的那个李劼。

你是怎么认识李劼的？我说。

棋的脸上慢慢地浮现出一层红晕。她似乎立刻沉浸在幸福的回忆之中。她潮湿的眼睫毛参差错落，像一排芦苇的篱笆掩住了黑白的眼球。她用妻子般空旷而充满诗意的语调告诉我：她先认识那个叫李朴的男孩。

李朴是谁？我问。

李劼的儿子。

我思索着这个被棋称作"李朴"的男孩在我记忆中的印象。我记得在一九八七年，我在李劼的乡间别墅做客，我们隔着会客厅透亮的玻璃看见后花园的雪地上，一个男孩正在滚雪球。我想那个玩雪的小男孩会不会就是棋所说的李朴？

棋的目光仍注视着窗外。她的双眸熠熠发亮，像是要沁出白色或黑色的水汁。我想所有的女人沉入对恋人的回忆和想象之中大概都是这么一副自命不凡的神态，对于女人来说，生活有时就是想象。

我真的感到困倦了。我点燃了一支烟，但它并未使我清醒。我倚着公寓白色的墙壁昏昏欲睡。"水边"的夜晚静极了。微风轻轻吹拂着窗帘，潮水有节奏地漫过石子滩。我在混沌而沉重的睡意之中，仿佛听到棋在呼唤我的名字，她的童音未脱的呼唤像是从一个遥远的地方传过来。她的衣服在椅子上摩擦发出窸窣之声。棋像是又处在焦灼不安之中，她的飘忽不定的影子在我眼前不断地徘徊。我渐渐坠入梦乡。

时间过去了很久,棋轻轻地将我推醒。

那个女人——

什么女人?

那个穿栗树色靴子的女人——

怎么?

你后来再也没见过她吗?

天还没有亮,棋蓬松着长发站在我对面。有一些汗粒顺着她的发梢慢慢滴落。我听到棋的呼吸声很重。我想她大概已经被故事的那些悬念和细节织成的网罩住了。她对故事的过于敏感使我注定要谈到以下所叙述的这些事。这些事离我很久很远了,但是当我每次重温许多年前的阳光和空气,我仿佛觉得伸手就可触摸到它。我无法不回忆往事。即使在这样一个平常而宁静的夜晚棋不向我提起它,"水边"的那些候鸟也会叠映出它们清晰的影子。我在决定如何向棋叙述那些事时,颇费了一点踌躇,因为它不仅涉及我本人,也涉及我在"水边"正在写作的那部书,以及许多年以前我的死于脑溢血的妻子。

我和那个穿栗树色靴子的女人的重逢是一次意外的巧合。一九九二年春天,我应黑鸭出版社之约来到郊外修改一部长篇小说。我住在歌谣湖畔的一幢白色小楼里。这幢新建的小楼没有人住,因为自来水管道还未铺设,房间的设施很不完备,楼前的花园还是一片荒芜。小楼竣工后多余的一些建筑木料和钢筋混凝土的梁柱被横七竖八地搁在楼房的四周,让人觉得有些压抑。我来到这里之前,黑鸭出版社的几个董事副董事把我的右手握得又疼又酸:很抱歉条件很差连撒尿的抽水马桶还没有运去格非你看着办吧。

我的卧室朝南,有一个很大的阳台。现在正是早春时节,太阳在午后照临阳台时,我就在那儿抽烟憩息。远处歌谣湖浩瀚的水面上空,白色的云块很低很厚,静静地悬挂着,湖水由于酸雨和城市排泄的废气和残渣已变得污浊不堪,湖面边缘的沼泽上绵延的原始森林蒙上了一层灰黄的颜色。有几只白鹤和鹭鸶贴水面盘旋而过。每天黄昏的时候,我总看见几个园丁在那片花园里忙碌着,他们将长在荒地上的荆棘和杂草拔掉,然后在上面栽金盏花和鸢尾。我有时也来到花园和那些园丁聊天。这些如土地一般沉默的老人回答我的问话时显得非常吃力。对于农事和天气他们并不像我那样感兴趣。我一有空就到花园里帮助他们编织花圃的竹篱,给金盏和鸢尾花浇水。当花园里到处都盛开着灿烂的金盏花和鸢尾时,我的小说快要完稿了。我在歌谣湖的这段日子里,时间悄无声息地过去了,这个远离城市噪音的地带给了我安定的心绪和美妙的感觉,但是不久以后发生的一些事却使这幢白楼在我的心中留下了灰暗而并不愉快的记忆。

这天下午,我像往常一样来到歌谣湖边散步。湖边枯黄的草地正在抽出新芽。那些新翻的泥土像波浪一样在广阔的田野上匍匐着。

我觉得我已经走了很远。我回望波光斑斓的湖面,那幢傍水而筑的小白楼已看不见了。温暖的阳光中裹挟了一丝北风,这些风像清晨还未完全褪尽的夜色,让我觉得有点冷。我脚下的地上渐渐出现了一些米黄色、灰白色的鸟粪。我在一只正在湖边饮水的山羊旁停住了脚步,因为在这时,我听到了一缕很不清晰的哭叫声。我四下里张望了一会儿,宽阔而高远的田野上不见一个人影。我点燃了一支烟继续往前走,不久我就看见在一片微斜的坡地上,一个高大的男人和一个女人滚在一起。他们沿着山坡往下滚,女人茶绿色的头巾脱落在坡地上,她的长发飘散开,沾满了草屑和泥土。

当我憋足了劲冲到他们身边时,那个男人已经把女人松开了。那个女人俯卧在地上,轻轻地啜泣着。我走到那个男人面前,正想揪住他的衣领问个明白,没想到他先给我的膝盖来了一脚,我倒在地上趴了三分钟。我昏昏沉沉地从地上爬起来,那个男人已经走上了那个斜坡。女人的脸上几排牙印还在不断地往外渗血。她整好了衣扣,跌跌撞撞地从我身边捡起了那茶绿色的头巾。她朝我歉意地笑了笑:

那是我男人。

我的脑壳"咯磴"一下,像是关节错位的榫头弥合了一样,我突然发现她就是我早些年在企鹅饭店碰到的那个女人。我的眼前一遍一遍地重现她刚才俯身捡头巾的动作,它仿佛和我早已在眼帘的屏幕上成为定格的捡靴钉的姿势叠合了。这个女人我觉得已全力将她忘记,今天却突然出现在我的眼前,使我感到胸脯一阵阵抽搐。她扑闪着泪花看着我,她也像是觉得我有些面熟,异样的目光中透出疑问的猜忌。

我看了看那个已经走远的男人,又看了看她。

刚才你干吗哭叫?我问。

他——女人显得有些语塞,她的脸涨得通红。

他刚才把我弄疼了。

女人将头巾搭在头上,匆匆追赶她的丈夫去了。我走过那道斜坡。我看见那个高大的男人步履蹒跚地在田野上走着,他的腿脚看起来不太灵便。果真,他一会儿就在面前的一条闪亮的沟渠里跌倒了。女人朝前跑了几步,又远远地回过头来朝我叫了一声:

他是个瘸子——

瘸子?我苦笑了一下:他刚才在我膝盖上那一脚倒是踢得很卖力。

我手里玩捏着一枚镍币,沿湖边颓然若失地往回走。那个女人已经跑到男人身边。他们的身影在我的眼前越来越小了。在我们之间,潮湿的风在一望无垠的田野上吹着,我看着他们消失的方向——西斜的太阳暗红色的光照亮了那片密密的白桦林和村舍白色的屋顶。我想他们也许就住在离我的小白楼不远的村子里。

以后的几天,我再也没有在这一带的田畴上看见他们。每天午后,我的影子伴随我来到离白楼很远的这片坡地上,我等待着那个女人到田野里来耕作。麦子已经长得很高了,几场大雨浇过,田野里到处都是绿色植物的清香,成群的蜜蜂飞过来预示着气候日渐温暖,但是那个女人的身影一直没有出现。

黑鸭出版社的一位常务编辑来到歌谣湖畔看我。我告诉他,我的稿子只完成了一半。我想在我没有重新见到那个女人之前,我不打算离开这儿。

我在小白楼渐渐觉得孤寂无聊。一天,一个老园丁答应带我去白楼附近的村子里喝酒。我们在狭窄的田垄上一前一后地走着。我在路上向老人打听村子里的情况,同时我请他回忆一下村里是否有一个常穿栗树色靴子的女人。老人说村里的女人很多,但是他不知道她们穿什么颜色的靴子。

那个酒店就在村口。我吮吸着晚风中浓浓的酒气走进了酒店院门的木栅栏。栅栏旁有一个腰间围着泥黄色裙布的人正从一口大缸里往外掏酒糟。酒店墙上原先像是涂抹着一排深红色的大字,字迹经过长年的风吹日晒已经变得难以辨认了。我几乎在挑起门帘走进酒店的同时就看到了坐在墙角的那个瘸子。他似乎已经喝醉了。

酒店里昏暗的灯光被劣质烟草的雾气笼罩着,潮湿的地面散发出一阵腐烂霉饼的气味。我要了一瓶洋河大曲,挨着离酒柜最近的一张桌子坐了下来。酒店里没有什么人,柜台上那个店主模样的老人手里握着两个咔咔作响的钢球正在打盹。

瘸子在墙角独自喝着酒。他的背像是有点驼。黧黑的脸上刻着衰老的沟纹。他的胡须卷曲着,沾满了晶莹的酒滴。他高大的身躯稳稳地坐着,像是永远在聆听着什么,只是当他伸出手在桌面上摸索酒瓶时,我才看到他被烟熏得焦黄的手指有些颤抖。

那个女人来到酒店的时候,我一点也没有察觉。当一些类似于酒瓶或酒杯之类的玻璃器皿砸在地上,发出很响的破碎之声时我才在朦胧的醉意里看见那个女人正在把已瘫倒在桌下的瘸子扶起来。瘸子踉踉跄跄靠着桌沿站起来,将脸凑近那个女人,朝她脸上啐了一口痰。女人刚想摘下头巾擦去痰迹,我看见瘸子的手在她眼前挥动了一下,那个女人就在酒店潮湿的地面摔倒了。女人像一摊墨渍一样卧在反射出酒店暗绿色灯光的地上。她软软的腰肢扭动了一下,双手撑着地面,浑身的筋络像杯子里盛满的水一样晃浮着。这时,我已经走到她身边,我拽起她的一只手把她搀起来,那个男人已伏倒在桌上睡着了。女人的脖子上被手指抓破的细长的血印像一条美丽的蜈蚣。女人用手指拢了一下湿漉漉的发尖,走到桌边拉了拉那个男人,同时她哀怜的目光朝我瞥了一眼。我走过去将男人背起来,女人从地上捡起那个瘸子脱落的一只胶鞋,我们就走出了酒店。店主手里仍然捏玩着两个亮晶晶的钢球在打盹,有一缕稠浓的口涎在他嘴角挂着。我们走到院子里的木栅栏门边,一个黑影依旧在一只巨大的缸里往外掏酒糟。我仿佛感到这个酒店里的时间是静止的。

在路上,那个女人没有说话。漆黑的夜里有只狗在村头猗猗地叫着。

她的家不像我想象的那样邋遢。我在路上一直被背上的男人喷出的酒气呛得想吐,当我在她卧室明亮的窗前坐下后,女人已将丈夫在床上安顿好了。女人朝我招招手,我们来到外间的一个很小的客室。她为我沏了一杯茶。我手抚茶杯的边沿,转动着它,女人在我对面坐下来,双手合抱在胸前痴呆地看着茶几的桌面。这时我站起来,女人也跟着站起来:你喝杯茶再走。我说我想再到你卧室里看一眼。女人先是迟疑了一下,随后就说:好吧。我们又回到她的卧室。我看见她的床前整齐地放着一双擦得油光锃亮的栗树色靴子:她的栗树色靴子交错斜提膝部微曲双腿棕色——咖啡色裤管的皱褶呈沟状圆润的力从臀部下移使皱褶复原腰部浅红色——浅黄色的凹陷和胯部呈锐角背部石榴红色的墙呈板块状向左向右微斜身体处于舞蹈和僵直之间笨拙而又有弹性地起伏颠簸。我的眼睛眨闪了几下从卧室出来,女人说你有什么东西丢了吗?我说没有。我们重新在客室里坐下。我想从企鹅饭店和这个女人偶尔相遇,至今已有许多年,重新浇灌这棵在我记忆中已枯死的青春之树显然已经没有太大的意义。我正视着面前这个女人清澈的眼波,嘴里隐隐有了一种酸涩的咸味。我点燃了一支烟,又递给她一支。她重重地吸了一口,眼角变得有些潮湿。腾起的烟雾在日光灯管上切割缭绕,灯管发出哑哑的声音。

烟草的香味使我在浓浓的酒意中感到异常清醒,我的脸有些烫。女人抽烟的姿势很好看,她夹着烟卷的白皙的手在我眼前晃动着。我们听到了里屋男人悠长的鼾声。

我第一次看到你是在七八年前。我说。

七八年前?

我在企鹅饭店的门外遇见你。

企鹅饭店?

后来我跟着你来到大街上。

什么大街?

后来你在一个卖木梳的老人面前站住了。

卖木梳的老人?

你在我脚边的街道上捡起了一枚靴钉。

靴钉?

你随后上了一辆开往郊区的电车。

你说什么?

那天雪下得很大,我租了一辆自行车追赶那电车。

我不明白。

你下车后天已经黑了。

你喝醉了。

后来你上了一座木桥就消失了。

你喝醉了。

你喝醉了——女人温存地对我说:在我们这儿没有什么企鹅饭店,没有大街,也没有卖木梳的老人。你喝醉了,要不你是记错人了?

我说我是在城里遇见你的。

女人笑了一下,她伸手端起我面前的茶杯呷了一口茶将茶叶末轻轻吐掉:

我从十岁起就没有去过城里。

夜已经很深了。我呆呆地凝视天花板。那个雪夜我尾随那个女人来到郊外的种种细节又一次清晰地呈现在我眼前,我看了看面前的这个美丽的女人,她诚挚而坦然,脸上浮现出乡村淳朴的妇女特有的腼腆。她站起来给我的茶杯倒满了水,然后问我是不是觉得冷,要不要关窗。我说不用了。

那么,我说,你们这儿是不是有一座倒塌的木桥?

通往城里的方向是有一座断桥。

是洪水冲垮的吧?

不,是给人偷拆了木料。

女人像是突然想起了什么,她告诉我这样一件事:有一天,夜里,雪下得很大,我男人从邻村喝酒回来曾路过那座木桥。他提着马灯走到桥头,他看见木桥上有一些胶鞋的鞋印和自行车车轮的胎辙。他举起马灯朝桥上晃了晃,看不见人影,他看见桥一侧的铁索链上积满了雪,有些地方显露出手抓过的痕迹。桥面上的那些鞋印和胎辙还没有完全被大雪遮盖,他想也许有人推着自行车刚刚从这断桥上过去。但那天他喝得醉醺醺的,另外他的腿脚也不灵便就没有上桥去看看。第二天雪晴了,人们从河里捞起了一辆自行车和一个年轻人的尸体。

女人打着呵欠说完了这件事。

我说我该走了。

女人没有吱声。她的沉默似乎是她有意挽留我的一种隐晦的疗式,我想。我坐着没动。

你住在哪儿?女人问。

我告诉她那幢白楼。

女人像是知道那幢楼。女人说夜已经很深了,春天麦子和油菜都长高了,有一些狼夜里常在荒野上转悠,要不就明天早上走吧。

我们就在客室里坐到天亮。

"水边"的夜幕悄悄隐去了。天亮的时候我和棋都没有察觉。现在阳光穿透公寓的玻璃窗投射到棋橙红色的衣服上。在早晨清晰而温暖的光线中,我看见棋的脸有些憔悴。我问她是不是饿了?要不要喝杯咖啡?棋点点头。我从厨房给她弄来了咖啡,棋似乎仍在想着我的故事。

你和那个女人一直坐到天亮?棋用塑料小勺在杯中轻轻搅动着,问我。

是这样。我说。

你那天是不是有些醉了?

是的。

你没有碰那个女人?棋诡秘地微笑着。

黎明的时候天有些凉,她给我披上了她男人的大衣,我在浑浑噩噩中抓住了她的手,但她马上把手抽了回去,像一些水从我指缝中流走了一样。

我坦白地对棋说。

我发觉你的故事有些特别。棋说。

怎么？

你的故事始终是一个圆圈，它在展开情节的同时，也意味着重复。只要你高兴，你就可以永远讲下去。不过，你还是接着讲下去吧。

我呷了一口咖啡，继续对棋描述以后发生的事。

一天深夜，歌谣湖一带突然下起了瓢泼大雨，雨下到第二天早晨还没有停。我拥着薄薄的棉被坐在床上吸烟。现在梅雨季节来临了。我看见绿色的田野上空，雨幕像密密的珠帘一样悬挂着。大风将白楼的木栅栏院门刮得砰砰直响。我谛听着大雨中的各种声响，又渐渐入眠了。到了晌午的时候，我恍惚听到楼下有人砸门。我想那大概是白楼花园里的园丁。可是下着这么大的雨，园丁来干吗？砸门声越来越响。我懒洋洋地披上衣服下楼开门。我轻轻地拨开门闩，大风扑面直灌进屋来，我一连打了好几个冷战。

那个女人站在雨中。

她的衣服已被雨水淋得透湿。她的披肩长发上不断地有一些晶亮的水滴滚落下来。她告诉我，她的男人死了。

我披了一件雨衣就跟着她走出了白楼。

大雨模糊了村子的轮廓，我们在狭窄泥泞的田埂上朝影影绰绰的村舍跑去。女人由于焦急和慌乱，在路上摔倒了几次,使得我们的速度反而慢了下来。女人说,她的丈夫昨夜又去了那家小酒店,晚上回来时跌倒在村中的一个粪池旁。第二天早上,两个清理阴沟排水的老人发现了他的尸体。他的脸已被雨水浇得煞白,耳朵里灌满了大粪。我拽住女人的手——她的小手像鳗鱼一样冰凉。我的思绪像是给大雨搅乱了,眼前一片空白。

当我们来到村头的时候,我看见有几个中年人拢着袖管,抱着扎有红绸布的铁锹往田野里走。女人啜泣着轻轻地说,他们要去墓地挖坑穴。

女人的院子显得依旧清朗。大雨把黄泥地面冲刷得又硬又平,地上有一些稀稀落落的鞋印。有一个木匠模样的人正在盛开的木槿花丛弯腰锯着一段木料。屋子里传来叮叮当当钉棺材的声音。

那个男人躺在一扇破旧的门板上。他的身体已被几个年老的妇女收拾干净了。他穿着硬挺的哗叽制服,刮净了胡须的脸显得清癯而红润。尸体旁那些钉棺材的人像是完全沉浸在熟练的操作中,榔头敲在腐蚀的木板上,松针一样的木屑由于振荡而不断地跳动着。一个巫婆模样的女人走到尸体旁,双膝跪下,她高高地举起了双手,正准备哭叫,又突然想起了什么,灰白的眼珠朝我翻动一下:钉子还不够。我去院子里木匠身旁找来了钉子,巫婆又看了我一眼:再去找些绳子来。我刚一转身,巫婆高举着双手往地上一拍,伤心地哭了起来。

我去房里找绳子时,那个女人紧紧地跟着我,她哆嗦的身体和我贴得很紧。

尸体入殓的时候,呼啸了一夜的大风突然停了,雨还在淅淅沥沥地下着。屋子里静寂无声,女人伏在棺材的边沿,久久地望着她男人的尸体。她的哭声感染了室内尘封的空气。钉棺材的几个男人把榔头扔在地上,拍了拍手里的灰尘,蹲在一旁吸烟。

时间过去了很久。

女人的嗓音显得有些喑哑了。我看见她一边哭泣着,一边骨碌碌翻动着清亮的眼球朝四周察看,一片蜘蛛网像胸环靶一样悬挂在梁下,青绿色的蜘蛛攀缘在一根细长的丝线上,像钟的下摆在微风中晃动。我忽然意识到这个女人的悲伤也许是装出来的。又过了一会儿,木匠冲着我做了一个手势,我们抬起那块像隧道的穹顶般的棺盖,将它轻轻盖在棺木上。巫婆过来把那个女人扶开了。在盖棺的一瞬间——那几个钉棺的男人朝棺木围过来,准备将它钉死,我突然看见棺内的尸体动了一下。我相信没有看错,如果说死者脸上的肌肉抽搐一下或者膝盖颤抖什么的,那也许是由于人们常说的什么神经反应,但是,我真切地看见那个尸体抬起右手解开了上衣领口的一个扣子——他穿着硬挺的哔叽制服也许觉得太热了。

我没有吱声。

送葬后的当天,我没有离开那个女人的屋子。女人对我说,她一个人在晚上的时候会感到害怕。她让我至少陪她三天。

第三天晚上,梅雨连绵。

女人坐在我对面,她的眼圈微微泛红。我们之间冗长的话题已经在前两个晚上谈完了。我觉得在喋喋不休的对话中,时间流逝得很快,而面对沉默,我们的心力都显得非常脆弱,我还在想着那个男人的死。他的死多少有些蹊跷,有时我觉得这也许是一个阴谋。

你的男人醉死,你怎么想起去白楼找我?我说。

不知道。

他深夜未归,你为什么不去酒店看看?

别去提它了——

女人妩媚地对我笑了笑。我觉得她笑得有些勉强,但我的内心还是悸动了一下,她摊开双手平放在桌面上,我迟疑了一阵,我手心朝下,轻轻地滑向她的柔润的手腕。接下来我们俩做的事不便详尽描绘,但有一些和那种事本身并无太大关联的枝节,如下所述,权且当作这个故事的结尾。

窗外雨声越来越大。女人叹息般的目光久久地注视着我,她俯下身帮我解鞋带的时候,天空炸过一串闷雷。我的腿一阵抽搐。女人抬头看了看我,又低下头去解鞋带。我们俩在床上躺下来,由于连日梅雨,我觉得棉被有些潮湿。我在无意中碰到她青蛙皮一样冰凉的皮肤,闻到了散落在她发中樟脑丸的气息。我木然地凝视着帐顶,好久没动。

我凝神屏息谛听室外风雨。

你在想什么?女人说。

屋外像是有一种奇怪的声音。

什么声音?

一个女人在哭泣。我说。

那是大风溜过树梢的声响。

不,是有人在哭。

什么地方?

院子里。

女人和我翻身下床。我裹了一条毛毯,趿着鞋子推开房门来到院子里。院子里什么也看不见。那个女人按亮了手电筒。随着那条惨白的光柱的缓缓移动,我看见了废旧的鸡埘,在大风中摇曳的木槿花树和泛着污秽黑水的墙根阴沟。

大概是一只猫——女人说。她把我拉进屋内,关上了门。

我们重新在床上躺下。女人伸手拉灭了电灯。过不多久,那哭声又出现了,它像是来自一个死神笼罩的病榻,又仿佛从更加遥远的河面上传来。那哭声稚音未脱,时隐时现,我觉得我的头颅在这种弱节拍的声音中正逐渐膨胀。

我第二次下床的时候,女人躺着没动。

我拉开通向院落的大门。一道耀眼的闪电在天空中无声地出现,远处墨绿色的田畴和宽广的湖面一下子被闪电照亮了。

在闪电出现的一刹那间,我看见一个少女站在院子的当中,她赤裸的身体在地面上的水洼中形成了清晰的倒影。她婴儿一样的脸上挂满了泪珠。

我的记忆似一条锈蚀的铁链寸寸断落。在记忆消失的瞬间,我脑子里浮现出在我六岁时,看着我的妹妹在澡盆里洗澡的画面,同时我的耳边又回荡起那场如梦的夜雪,我在那段凹槽封冻的路面上曾听到的羽绒布摩擦而发出的微弱声响。剩下的什么都不知道了。我扶着门框的手无力地滑落——我在门边晕倒了。

我醒过来的时候,那个女人守护在我的床前。她如母亲一般深沉而温暖的目光正注视着我。她静静地吸着烟,朝我嫣然一笑。我也要了一支烟点上,浓郁的烟味使我慢慢镇定下来。

你刚才看到了什么——

我把我看到的全对她说了。

你的胆子比我还小,那都是你的幻觉,你累了。女人说。

我说在我刚才昏睡的时候,做了一个奇怪的梦。什么梦,女人问。我梦见你的尸体漂浮在那断桥下的河面上,你的乳房上长满了青草,桥头有人在唱着《玫瑰玫瑰处处开》。

女人苦笑了一下。

我们结婚吧?我说。

好吧。

后来你就跟那个女人结婚了?棋长长地舒了一口气。

是的。

现在"水边"一带正是中午时分。炽热的阳光将退潮后棕红色的石子滩晒得灰白。棋追问着我和那个女人结婚以后的情况,我说在结婚的当天她就死了。结婚的日子是按她的意愿选定的,那天是她三十岁的生日。我们在恬静安详的烛光中喝着葡萄酒,她突然一连说几声"灯灭了",脑溢血模糊了她的视线,我眼看着她红润的脸色转为蜡黄,但我知道,已不可救。

棋从我公寓的椅子上站了起来,她一定是知道我的故事再也没有任何延伸的余地了。她说她该走了。她还说今天下午她要去"城市公园"参加一个大型未来派雕塑的揭幕仪式。她说这座雕塑是李朴和一些自称为"彗星群体"的年轻艺术家共同完成的,她说过一些时候再到"水边"的公寓里来看我。

现在是什么季节?我说。

秋天。

棋在跟我临别的时候,我觉得她跟来时一样陌生。她抱着那个帆布裹着的画册,匆匆离开我"水边"的公寓,没有说再见。

我仍然在写那部圣约翰预言式的书。"水边"一带像往常一样寂静。那些"水边"的鹅卵石,密密麻麻地斜铺在浅浅的沙滩上,白天它们像肉红色的蛋,到了晚上则变成青蓝色。棋曾经别有用心地把"水边"称为锯木厂旁边的臭水沟,我一度被她的话所困扰。有一次,我沿着"水边"枯白的茅穗绵延的水线,朝北走了整整一天,没有发现什么锯木厂。回到公寓的时候,已经是深夜了。黑洞洞的天空中又出现了那拖着亮晶晶尾巴旋转的星辰和不成规则的樱桃形的月亮。时间像是过去了很久。棋一直没有到公寓里来。我每天坐在公寓的窗口,看着那夜霜化成的水滴从高高的屋檐下坠落。

我天天期待着棋的出现。

不知过去了几个寒暑春秋。有一天,我终于看见棋沿着水边浅浅的石子滩朝我的公寓走来。她依旧穿着橙红色(或者棕红色)的罩衫,脚步在乱石中踩出空落的声响。她耸起的双乳不驯服地窜动着。她怀里抱着那方裹着帆布的画夹,而远远地看起来,那更像一面镜子。我坐在公寓的门前,等待着棋朝我走近。

棋走到正对我公寓大门的路口,突然停住了。她看了看明净宽阔的水面,又转过身来看了看我。我想,她大概是示意我过去。我走到棋的身边。

有水吗?棋说。

在晌午的阳光中,她一定是走渴了,我给她弄来水。她仰起脖子喝完了水,抹了抹嘴唇,将杯子递给我。

你又给我看画儿来了吗?我说。

什么?!

她像是没有听清楚我的话,漠然地看了我一眼。

那大概是李朴为你新画的吧。我说。

什么李朴?棋说。

李劼的儿子——

棋无可奈何地笑了一下,她说我不认识什么李朴、李劼,而且也从来没人给我画过画——您是谁?

我一愣。

棋——我说,前一段时间你不是到我的公寓里来过吗?你让我看了你说是李朴的画,那些画上画了一些落叶和电线杆,我们在夜晚说着故事,通宵未眠——

我竭力搜寻记忆中那次和棋初逢的每一个细节。然而棋固执而有礼貌地打断了我的话。

我的名字不叫棋,我是一个过路人,天热了,我跟您讨杯水喝,您一定是记错人了。

那么——我指指她怀里抱着的画夹。

少女将那个帆布包裹搁在膝盖上,熟练地解开青绿色的带子。

那是一面锃亮的镜子。

少女将镜子重新包好,夹在怀里,她将了将披散的长发,朝我摆了摆手,转身走了。

少女的身影离我远去了。

褐色的鸟群扑闪着羽翅,掠过"水边"银白钢蓝色的天空,在看不到边际的棕红沙滩上布下如歌的哨音。这些褐色的候鸟天天飞过"水边"的公寓,但它们从不停留。

没有人看见草生长

另一个故事

我曾经写过一篇题为《陷阱》的小说。故事在进入高潮之际突然结尾,使读者感到失望。这些天,对小说结尾咨询的信函像季候风一样朝我居住的这座城市刮过来。来自遥远的乌拉尔汗的一位著名评论家在信中这样写道:你将一个个装满珍珠玛瑙的箱子搬下了船,却把钥匙遗失在货舱里。这位评论家的指责虽然很有见地,但是作为作者本人,并非没有难言之处。我想,一场美尼尔氏猩红热是那个备受非难的小说结尾诞生的真正原因。在那场蔓延一年零四十九天的灾难中,本城有七十六人丧生(其中两名教授,一名牙科医生),而我作为这场猩红热的第一名患者却侥幸活了下来。现在,当笼罩在城市上空的阴云消散之后,当繁荣再一次从萧条中生长起来之后,我没有理由不接下去叙述我的故事。我记得那篇题为《陷阱》的小说末尾有这样一句话:和棋的重逢俨然是另一个故事。

现在，亲爱的读者，我将这"另一个故事"，也就是《陷阱》以后发生的故事的梗概记述如下。

我和棋的重逢是在一次城市安全用电演讲大会上。我走出演讲大厅时，天色已晚。等待签名的听众在门外瑞雪飘飘的寒风中已经站了很久。在这些人当中就有棋。棋说：这是我有生以来所听到的最激动人心的讲演，你对那些因触电致死的人的尸体的描述太逼真了，它使我闻到了烤焦了的耗子的气味。我说哪里哪里，然后我们就交换了住址。许多天后的一个周末，棋来到我的住所。我们面对着咖啡罐和桌上的一只盛有柠檬水的杯子，做了一次彻夜长谈。这次长谈使我们在如下问题的看法上形成了一致的观点，那就是，我们认为，尽管对于我们来说恋爱尚未开始，但结婚的条件似乎已经成熟。我们结婚的当天，坐火车去阳关一带度蜜月。在车上我们结识了一对新朋友：油漆匠官子和他的妻子梅。官子是一个沉默的人，看起来显得有些猥琐。梅却长得楚楚动人。

我们结束了那次愉快的阳关之旅回到城里后不久，我和妻子棋曾去拜访过这对夫妇。他们居住在一个有黑色尖顶的房子里。我和官子不常见面。但当我匆匆穿过这座城市的腹地时，也会偶尔碰见他，有时在街道的另一侧，有时在地铁车站上。

我和妻子婚后生活一度非常融洽，但是好景不长。一天深夜，棋在睡梦中突然从床上坐了起来，我问她是不是做噩梦了。她喃喃自语道：

我不久就会离开你了。

不久以后,她果真离开了我。

故事大体就是这样。至于她离开我的原因,我一直不辨经纬。仅仅是因为我和官子的妻子之间的几次幽会,还是别有原因?

有关这个故事的具体细节已被我遗忘。幸好我保存了一些我和棋婚后的日记(它也不过是一些零星的片段),我将它附在后面。另外,我和许多聪明而又敏感的读者一样,对日记出现在小说里极为反感,因此我改变了它的形式。

如此而已。

咖啡罐和盛有柠檬水的杯子

我不知道我们在那张靠窗的长桌前坐了多久。

咖啡罐放在桌子的中央。印有深棕色飞鸟图案的桌布覆盖在桌面上,和这张长方形桌面相比,它显得有些小,就像一个成年人穿着儿童衣衫。桌布没有遮住的部分露出漆成白色的桌面,桌子的边缘有一些啤酒瓶盖之类的硬物磕碰留下的锯齿般的痕迹。桌布上溅落着一些颜色鲜艳或模糊的肉汤和渍印——它已经很久没有洗过了。

咖啡罐旁边是一只杯子。空空的内壁凹陷下去的部分在外壁上凸出来。这只有半圆形把手的茶色玻璃杯给人以透明的感觉。杯子放在一只染成蓝色和红色的草编垫上。由于光线的照射,盘垫上有一条狭长的杯子的阴影,阴影漫过盘垫延伸到桌布上。旁边是一块风干的橘皮。

你想喝点什么吗？我问。

这张桌子的一头抵靠着墙壁。那里有一扇窗子。

窗帘布是用墨绿色的灯芯绒做成,没有褶皱的一面朝着屋内。它像幕布一样敞开着,从窗口可以看见屋外街道上落净了叶子的树木和闪动的人影。

好吧,棋说。

我站起来给她倒了一杯柠檬水。她伸手将杯子朝自己的面前挪了挪,但没有喝。她的长发像是刚刚褪洗掉多余的油脂,蓬松而富有光泽。她穿着一件立领半长花呢大衣,大衣最上部的两颗纽扣没有扣上。里面介乎淡黄色和奶白色之间的毛衣的领子盖住了她的嘴唇(这个嘴唇在我的记忆中有着蚌壳一样的线纹),护士般的眼珠黯淡无神。

我还记得那个像现在一样的冬天,那个黑夜。园中树木的枝条中有风的声音轻轻滑过,你瘦削的双肩轮廓分明,它像一堵墙在我眼前静静地移动,我仿佛看见你的背影朝我走来,越来越近。我还记得那个积雪的清晨,是星期四,还是星期六？你的影子出现在我的窗口。窗口上挂满冰凌,你撮起嘴唇朝它吹了一口气,模糊了我的视线——

棋将杯子重新挪动了一个位置,没有说话。

有钢琴的声音飘进屋子里来,那是城市"白洞"音乐群体最著名的曲子《初恋的地方》。琴声像是从街道的另一边传过来的。那大概是一个儿童在练琴,因为有一段节奏感不强的过渡音程,一连重复了许多次都没有弹准。

那么你是否还记得——

我不记得过去的事,棋说,回忆是一杯毒酒。过去的事,比如说一条挂在门口的竹竿上晒干的咸鱼,或者童年时用过的滑雪板,在一个傍晚或早晨在梦中听到了雷声,还有在炉子上——

电话铃响了。

在客厅和卧室连接处的过道上,有一只小方凳,上面搁着一部老式电话机,我去接电话的时候,棋停止了说话。

电话里传来一个陌生男子的声音。他说近来气温骤然下降,他的胃部隐隐作痛,一连七天呕吐不止,他问我服用哪一种类型的药更有效,是咪希替丁,还是澳大利亚胃宁片?我想电话是打给医院咨询部的,他拨错了号码。我告诉他,大概服用一些止咳糖浆就可以了。他说谢谢,就挂断了电话。

我回到棋的身边,在她对面坐下。她重复了一下刚才的话又接着往下说:

回忆是一杯毒酒,过去的事比如说一条挂在门口的竹竿上晒干的咸鱼或者童年时用过的滑雪板在一个傍晚或早晨在梦中听到的雷声还有在炉子上烘焦的尿布——我们怎么能每件事都记得呢?

我慢慢地吸着烟。贴着裱纸的墙上有一只壁灯。它的光亮并不引人注目。棋侧着身体坐着,面向着壁灯的脸上细而白的皮肤显得非常清晰,另外半边脸则有些暗。壁灯的灯罩上两三只羽翅沉重的苍蝇蜷伏着取暖。

你想想我们的嘴唇曾经怎样紧紧地贴在一起——

棋将她的浅黄色或奶白色毛衣的领子往下拉了一下,露出了嘴唇优美的曲线。她笑了一下。她的动作是为了让我欣赏她的嘴唇,还是留意她的笑?

我们都陷入了沉默。沉默是没有水分的空气,它爬附在屋内的每一件物品上,包裹住了钢琴潮湿的乐音,并越过门窗,蔓延到大街上。

我不知道我们在那张靠窗的长桌前坐了多久。

电话铃又响了。

我站起来准备去接电话,却把桌面上的咖啡罐碰翻了。赭色的咖啡沿着桌面流到木质地板上。我把倒了的咖啡罐扶起,没有理会那些黑色的残渣,去过道接电话。

等一等。棋说。

我已经走到了那部老式电话机旁。

那是隔壁的电话铃在响。棋说。

我侧耳聆听,铃声确实是从隔壁传来的。同时我还听到了咖啡落在地板上的嘀嘀嗒嗒的声音。但是我还是拿起了电话的听筒,然后又将它放下。

黑鸽子圣女

清晨,我仿佛听到有人在我耳边悄声说话。那时天已大亮,太阳在草原消失的地方泛出橙红的光。

她的话并非毫无意义,但句子有些不连贯,像草原上刮过的飘忽不定的风,让人难以捉摸。她说有一件事情让她透不过气来。

现在高原上正是草枯季节,地上覆盖着一层厚厚的鸟粪。我们的汽车到达这里后已经是深夜。旅途的疲劳使我们来不及选择更好的地势,我们在草原朝湖边延伸的斜坡上铺了一条被单,倒下后便沉沉睡去。第二天清晨,当我耳边响起呓语一般的说话声时,我还在做梦。她说有一件事情让她透不过气来。当我在混沌的睡意中辨别这句话的含义时,她却没有了下文。过了一阵,意犹未尽的话又以相同的语调在静谧无声的旷野里重复。

有一件事让我透不过气来。

一股温暖的气息慢慢爬上了我的脸。我知道,太阳已经升高了。我的眼珠感到了被眼帘隔着的刺眼黄色——蓝色的背景。我睁开眼,梅躺在我身边。她的脸紧贴着我的脖子,她长长的发梢撩得我的脖颈有些痒。她的一只手搭在我的手背上(我记得昨晚我是挨着妻子棋躺下的,黑夜中,我们移动了位置)。

我躺着没有动。

云团在湖水的上空堆积得很厚。在深秋的季节,我看见高原和湖水连接处的那些深黛或银白的色块层次分明。从我们躺着的这个斜坡往下,有一个更加低洼的避风的地域,昨夜与我们同车而来的大部分人都躺在那儿。女人们大都侧卧着,蜷曲着双腿,使臀部看起来更加突出显眼。有一些男人将帽子盖在脸上,遮挡阳光,这一摊正在熟睡的人群再往下就是湖的边缘。那里,湖水卷起薄薄的泡沫正悄悄地从沙滩上退走,露出一片湿地,阳光很快就将沙滩上的水分吮吸干净。

梅的发梢飘散出树脂的清香,混杂了潮湿空气中枯草的气息。我轻轻地翻动了一下手,准备将它抽出来,我的手心在她汗涔涔的掌上错开,我感到有些气短。我的手停在了她上衣的边缘。在那里,玄黑色的衣边和裤子的腰带之间,露出一段椭圆的肚皮。我的手指迅速地滑过那片有凹陷肚脐的皮肤(肚脐以下的部分被她不太合身的裤子遮盖住了,但我还是可以看见她腹部以下三角形区域的轮廓),我浑身一阵冰凉。

这是一个寂静的清晨,高原上光线的能见度很好。在离我不远的地方,官子还在熟睡,棋却不见了踪影。

我从梅的身边站起来,她没有醒。在我的左侧,两个司机睡眼惺忪地拎着铅桶朝湖边走去,铅桶在他们手里晃动着,发出刺耳的锈蚀金属的声音。在湖边,棋正蹲着身子在漱口,在她背后,我看见耸入云端的格格祁林山脉的山顶覆盖着积雪。

我走近棋的身边。

我在她身后站住了。她回过头来看了我一眼,又转过身去继续刷牙。湖面上浮动着牙膏泡沫和血的混合物。

你昨晚睡得好吗?我说。

被单底下有一块鹅卵石硌得我的脊背疼,你呢?

我睡得很好。

我在棋的身边蹲下。棋伸手拂去水面上污糟的漂浮物,捧起一汪水,将送到嘴边时又停住了。我看着水从她的手指缝中慢慢漏走。

这湖里有鱼吗?

没有。

怎么会?

这个盐水湖里微生物不能生存。我说。

棋喃喃自语。她说小时候居住在一个僻静的山村里,每天清晨她去河边刷牙,都有一些小鱼在她面前蹿上蹿下。过了一阵,棋突然问我:

你对梅这个人怎么看?

我一愣。

我不是故意的。我说。

我是问你对梅这个人怎么看?棋说。

她像一只黑鸽子。

你是不是觉得她很迷人?

是的,很迷人。

很美?

不。

这时棋已经站了起来,她用毛巾擦了擦嘴角。我们沿着高原的那个斜坡朝原先我们躺着的地方走去。

梅和官子也已经起来了。他们正在把那张蓝白相间条纹状的被单卷起,梅伸手将沾在上面的草茎拣去。我们走到他们跟前时,棋又对我说:

黑鸽子在我们那儿被称为乌鸦。

是的,乌鸦。

乌鸦?

梅像是听见了我们的对话,她回过头看了看棋,又看了看我。问了一句。

棋笑了一下,她抬手指了指天空。

一只黑色的鸥鸟飞过湖面的上空,消失在远处。

昨晚我一直睡不好,好像有一件事让我透不过气来。梅说。她的身后,我看见官子勉强地笑了一下。

油漆的气味

一场寒雨打暗了树枝。

伞状的树木的花籽浸透了雨水,落在潮湿的沙地上。突如其来的阵风卷起街面上的树叶和纸品包装盒,带来冬天的气息。太阳停在远处光秃秃的矮树和楼房平顶的上空很久没有移动。

以前很少出现这样的天气,官子说。他朝我走过来,递给我一支烟。

这是一幢古老的房子,它有着白色的尖顶和圆形的老式排水槽。这幢房子年久失修。侧面青灰色的砖墙上有一些十字形的铆钉。墙基已经歪斜,爬满了青藤和苔藓,风吹雨打变成黑色。

房子的前面有一个竹篱围成的院子,鱼形竹枝和叶子已被吹落。院子堆放着待漆的床板、橱柜和窗骨。那些用洋松、榆槐做成的新式家具上雕满了浮藻一样的花纹。官子正从一只八脚圆桌(它的脚微微翘起)上刮下旧漆。扁形刀在木器上刮动的声音听上去有些刺耳。

梅不是一个很坏的女人。官子说。

是的。

坏还是不坏?官子停下刮漆的动作,看了我一眼。

不坏。

以前我们两个相处得很好,现在可不行了,我不知道是什么时候开始变化的。现在我们两个人不能在一张床上睡觉,其实也不是她不愿意。她每次在我身边躺下就呕吐。结婚反而将我们远远地隔开了。

官子拿起一张砂纸磨掉圆桌上残剩的漆斑。

你看前面楼房上空的阳光,天空被分隔成两半,官子说,一边有阳光,另一边没有。没有阳光的一半恰好是另一半的影子。

我朝远处看了看。

你和梅是什么时候认识的?官子问。

就是那次去阳关,在火车上。

官子没有接着问下去。他的鞋子、裤管和上衣着满了各种油漆,就像我常常在城市阴暗的咖啡馆里看到的先锋艺术家的服饰。而我想象,官子衣服原先的颜色是黄色。在官子的身后,我看见梅端着碗盘之类东西的身影在屋子里闪现。有一种搪瓷碰撞的声音清晰地传出来。

她常常一个人外出,深夜也不回来。

我没有吱声。

有时我想,她大概爱上了另一个人。官子说。

谁?

不知道。

那张八脚圆桌旁边停放着一樽黑漆的棺材,我用手指敲了敲棺盖,里面发出空空洞洞的声音。

这棺材的声音听起来有些不对。我说。

那是用硬纸板做的。

屋顶上有两根电线穿过,电线上停息着七八只鸟。全是麻雀。我不知道它们为何待在那里。屋檐下窗帘的一角被轻轻掀起,梅从窗口露出脸来,她朝我们招了招手。

官子将手里的猪鬃毛刷搁在一只蓝边碗中,撩起围裙擦

了擦手,朝屋里走去。过了一阵,官子又重新从屋里走了出来。他来到我面前,碰了碰我的胳膊:

叫你。

我走进了那间房子。

梅正从一只大圆木盆里将洗净的被单拉出来,她让我帮她拧干。风吹起屋里的堂灰,梅走过去将门关上,用一杆木杈将门抵住。

他的手里全是油漆——梅解释说。

阳光终于照临了这幢房子。有一线亮光从门缝中透进来,像一束手电的光。屋子里梅的身影有些暗。她将湿漉漉被单的一头递给我,自己捏住另一头。

他的手上全是油漆。梅接着刚才的话往下说,身上也是。晚上睡觉的时候,油漆的气味从床上,被子上,他的头发、皮肤里渗出来——不知道他的(以下几个字她说得非常轻,我没有听清楚)有没有?我讨厌油漆的气味。它让人憋得透不过气来,我每天都要洗一次床单。不过,也有人喜欢油漆的气味,你怎么样?

我还可以。

棋怎么样?梅问。

她很好。

我是问棋喜不喜欢那种气味?

不知道。我很奇怪梅为什么问这个。

一只老鼠爬过窗台,碰翻了一根半截的蜡烛。屋子里很乱。靠墙放着一个煤炉,炉膛里塞满了煤灰,好久没人捅过了。

我该跟你说一件事。

什么事?

这事一直缠着我,我做梦都在想它。

什么?

那次阳关之旅,我们一直玩得很愉快。梅说。

是的。

不过——

梅没有接着说下去,因为我和她都看到有人在推门。我拿开抵在门上的木杈,官子走了进来。

天气真好——官子说。

车　厢

车轮启动的时候,车外的空间陡然开阔起来,站台的最后一个绿白相间的方柱慢慢从车窗里闪过。一节正在调度的火车头迎面开过来,吐着白烟,在布满道岔的亮铮铮的铁轨上消失了。车轮碾轧轨道的噪声逐渐增大,间或插进来一阵刺耳尖利的鸣叫;写满广告的长条形的矮墙像电影胶片一样旋转。

棋的手里捏着一只扁桃形的米黄色小包,断断续续地讲着一个故事。我的目光一直注视着窗外。她一边讲着故事,一边歪过头注意我是否在听。

她说到宇宙在经历了一次亘古未有的阴阳大裂变之后地球上唯一的幸存者是一个美丽的女人她的名字叫苏珊一天深夜天空降下大雪苏珊裹着大衣穿过荒无人烟的焦土走进一座简陋的木结构住宅她打开卧室的门看见一只猴子握着手枪等着她你就是美女苏珊吗猴子说——棋睡着了。

车厢内很乱。越过车厢连接处的黄色小门,我能看见另一节车厢的内部——它的不锈钢货架和晃动的人影,有争吵的声音从那边传过来。

我对面的黄木长椅上坐着一个中年人。他穿着浅灰色的旧式西装,西装的领口开得太小,露出一截黑紫两道斜条的领带。他手里握着一个女人的手,那个女人头靠在他的左肩上,看上去显得沉静。在火车沉闷单调噪音的节奏中,他显得有些不安。他用大拇指在女人手心里写着字,不时地站起来,想看看另一节车厢内究竟发生了什么事。

那个女人偶尔朝我瞥过一眼,当她发现我也在打量着她时,又垂下眼睫,看着脚下棕红色的地板。

我仍旧看着窗外,地平线的尽头隐约可见的树木和起伏的山丘常常被一些楼房、电线、桥梁隔断。我的眼前不断闪过锈点斑斑的储存煤气的圆形铁塔、田野上蓬乱的枯草、理发店里重叠的白色人影。在一条窄窄街道的拐弯处,一个骑红色自行车的人正在转弯。

我叫官子,对面的那个男人对我说。他像是一直寻找着和我搭话的时机。

我点点头。

我正想对他说些什么,火车驶进了一条很长的隧道。隧道中不时闪过红色信号标志灯的亮光。

我的眼前一片漆黑。

有一张老式木床的房间

那张木床在卧室的一角靠墙放着。它的形状和其他式样的床没有什么区别。床的四角有一些涂着刺眼红漆的圆形柱子支起一个竹编的顶篷。床上没有挂帐子。它在整个空阔的房间里并不显眼,我在房间里待了很久才注意到它。

房间的天花板上有一个吊灯,在我和棋走进那个房间的时候,它还在不停地晃动。乌贼鱼一般的金属灯架的阴影投射在白色的墙壁上,像钟摆一样来回移动。房间里所有东西都被移动了位置,看上去显得有些凌乱。印有斜条花边方格的水泥地板上,铺满了酒瓶、玻璃杯、瓷器的碎片(我们走进房间的时候,不得不非常小心,摔碎的玻璃片在我们脚下咯吱咯吱直响)。

屋子的正中央放着一张小方桌。我和棋进屋后就在方桌的两边坐下。

官子蹲在墙角,他的手里抚着一只橡皮做成的婴孩(我无法判断出它是男婴还是女婴),他的头顶上方是一扇被细长木条分隔的窗子。梅坐在那张床上。床沿有一些褐色的棕榈树的树皮从床单下露出来。她的臀部压着的部分陷得很深,她的脸上有几道被手指抓破的血印,已经不再往外渗血。我并不觉得她的脸上的疤痕损坏了她的美丽。

在我们来到这座有黑色尖顶的房子之前,我不知道他们在这个房间里静默了多久。

夜已经很深了,窗外沉闷的敲打木桩的声音听起来显得非常短促,它的余音像是被夜晚的风吸掉了。

你是否还记得从前,官子说(他的喉咙里发出盥洗室的下水道被塞住的呜咽)。

从前,

从前,

从前——

我不记得过去的事。梅说。

可是我还记得。官子说,我记得那个和现在一样的灰色的星期三,我们在一棵榕树的影子里避雨,看雨线把天空和地面缝在一起,聆听珊瑚海的涛声,我不知道在那棵树下我们停留了几分钟还是几个小时。在另一个星期天,我们的电缆车从祁祁格连山的山顶往下滑,在你飘动的长发的空隙中,我的眼前依次呈现出雪坡、森林和草原的景色。我还记得许多年前的那个舞会,在舞曲停顿的瞬间,我朝你走去,灯光下你的影子被拉得很长。我还记得——

我不记得过去的事,梅说,回忆是一杯毒酒。过去的事,比如说一条挂在门口竹竿上晒干的咸鱼,或者童年时用的滑雪板,在一个傍晚或早晨在梦中听到的雷声,还有炉子上烘焦的尿布——我们怎么能每件事都记得呢?

一些冗长的毫无意义的句子在这个房间里回荡了一阵,他们的谈话像是被冰封住了。我想在另一个房间,或者另一个黄昏清晨中午和夜晚,这些话已经被另一个陌生人重复了许久。

我正对面的墙上有一幅油画。油画的下面是一沓日历,日历的前面已被撕掉。我所看到的这一页其形状如下:

```
公元一九九四年
   十月大
     22
   星期三
   今日霜降
```

梅坐在那张老式木床的床沿,显得非常轻松。她的脚边有一只打开的木箱,木箱内壁裱着暗红花格的衬布,飘散着浓郁的樟树的气息。那张木床上堆满了各色各样的物件:一串带有银白色珍珠项链的旧表,一把折叠式黑伞,两只鸡血石手镯,一双牛皮栗色靴子和一些橙红色深红色玫瑰红色黄色青灰色深绿色的雪花呢腈纶羽绒布各种衣物。

每一个热恋中的人都无法想象现在。棋说。

现在?

官子和梅分开了。

并不是每一对恋人都要经受分离。我说。

热恋有时就是分离。

……

它们就像一条环环相扣的铁链的头和尾,形状没有什么不同。棋说。

我看着棋白皙的脸。她像是已完全进入了角色。她像是被房间里令人窒息的空气感染了。她一次次回避我的目光。

梅已经将她的东西塞进那个樟木箱子里,由于装的东西太多,箱子的正面被一件硬物顶出了一块。

梅提着箱子走到了门边。

我走了——梅说(而我宁愿相信她是在跟我说再见)。

官子蜷曲在墙角开始抽泣起来。在悲痛中他的手挤压了那个橡皮婴孩的肚脐,它发出一声刺耳的怪叫。我和棋都忍不住笑出声来。

梅正在转动门上的把手,她转过身来,笑了一下。

你的背后是红帆划过海面

……缀着黄昏。你的白色太阳帽的蓝色饰边在人流中沉浮。我和棋站在岸边沙滩上。朝那条大船围拢过去的黑压压的人群将我们挡住了。棋说，我们等下一班船吧。我说只好这样了。我的视线停留在河面浑浊的裹挟着泥沙的水线和你之间，炫目的阳光刺得我的眼球一阵阵酸疼。你的左手举着那只扁桃形的米黄色小包，右手拽住官子的胳膊，你的一只脚已经踏上了那条布满铆钉的跳板，你的身体倾斜着，一个装着绿尾鸟的笼子在你的眼前晃来晃去。你回头来，目光像是在焦急地寻找一个人。你看见了站在岸边的我。一辆湿漉漉的自行车的前轮撞到了你的腿，你皱了一下眉，回过头去。官子在你的脊背上重重地推了一下，你就上了那条船。你扶着栏杆，看翻腾的河水撞击着船帮，又转过身来看着我，你是在向我告别？刚才在那节沉闷的车厢里，我们一句话都没说。我和官子漫不经心地谈起秋季的天气，雕塑和花园以及一年一度的城市流行歌手大赛，你的目光灼闪着妒火。当我侧目看你的时候我发现你也在打量我。我盯着你的脸，你垂下长长的眼睫看着脚下深棕色的地板。我想着一个男人一生中至少要被女人迷惑一次。我的足尖抵着你的鞋，一股冰凉的气流爬遍了我的全身。在车站的月台上，我们一下车就被拥挤的人群隔开了。我和棋赶到渡口的时候，人流将你和官子卷上了船，却把我们留在了岸边。我看见一个穿粉红色救生衣的水手模样的人开始转动船头的轱辘，一只鸡爪般的铅灰色铁锚露出了水面，机舱顶篷的烟囱里喷出一股黑色的气体。船要开了，我看见官子在底舱里向你招手。你走下那个潮湿的阶梯，又一次回过头来。下一班船来得很迟，当时天已经黑了,我和棋在暮色四合的傍晚谁都没有心思说话。我们到达对岸后,发现你们在岸边的苇丛里等我们,你们为什么要留下来等我们? 我想一定是你劝说官子留下来——

不,是官子让我留下等你们的。梅说。

官子?

是的,他说他不认识去阳关的路。

这是一个星期天的上午。我和梅坐在窗口,柔和的阳光染黄了她的发梢。早市还没有散,有一些虚弱的叫卖声从街道的另一侧传过来。梅转动着那只有半圆形把手的茶色玻璃杯,等着我继续说下去。

那天我们的汽车在阳关的一个荒无人烟的草原上抛锚,已经是深夜了。司机让我们在湖边露宿。我们在地上铺了一条白色的床单,倒下就入睡了。第二天清晨我醒来的时候,太阳已经升高了,你的脸贴着我的脖颈,你的发梢的针芒撩得我的脖子有些痒,你的一只手搭在我手背上。我记得前一个晚上我是挨着妻子棋躺下的,如果不是你故意这么做,那一定是在夜晚我们不知不觉移动了位置,你不是故意的吧(梅插话说:不是故意的)。汽车将我们带到阳关的海边。我记得那是一个平静的海湾,漫长而荒凉的海滩向远处伸展着,乳白色的海水的泡沫一次次爬上沙滩的斜坡。你在海里真像一条鳗鱼。你的水性很好。你甚至远远地甩开官子,游到了有红蓝白塑料漂浮物的安全线外面。阳光直射海面。天空没有一丝云彩,也没有风。湛蓝的海水连接着远处茫茫的天际。我们隐隐看见有一些大型船只和军舰在很远的地方驶过。我们在海水中泡了一个小时。官子说,海水有些凉。我们游向岸边。你走上沙滩的时候,你的身后潮湿的黄沙中留下了一串浅浅的脚印。你穿着一件褪了色的亚麻布的游泳衣。这件绛紫色的游泳衣显得太小了,你的胸脯像是要将它撑破。有一些晶亮的水珠从你的背脊滚落,在你黝黑的大腿上形成一条条细长的水线。我们朝海滨的一间红房子浴室走去,在那幢房子旁憩息的鸥鸟被我们惊动了,它们在海滩上走了一段,扑闪着翅膀飞走了。我从浴室里出来,在那条雪白的走廊上又一次遇见了你,你朝前走了几步又转过身来。你说你忘了关自来水的龙头了。你又重新走进了浴室。我听见浴室里自来水冲刷着瓷砖的哗哗的声音。我站在那儿没有动,等着你再次从浴室里走出来,在你的背后,越过白色走廊里的那扇窗子,我看见一只三角形的红色帆船从海面上划过——

给我冲杯咖啡好吗？梅说。

要加冰块吗？

梅点了点头。

你的叙述像我做过的每一个梦,梅说。我不知道该不该认识你。

她重重地叹息了一声。冰块在玻璃杯里慢慢消融。它碰撞着杯子的内壁,发出叮叮当当的声音。我没有吱声。

地 铁 车 站

官子已经站在那儿好久了,我穿过广场侧翼走下地铁车站灰色的阶梯——那条阶梯上落了一些硬果的外壳和纸折的花瓣——就看见他站在那里,好像他从来就站在那里一样。车站上很暗,我在走下阶梯的时候就已经意识到了——随着我脚步的下移,光线越来越弱。今天是一个似是而非的节日,地铁车站上没有什么人,一两个人影在我眼前晃过,我看不清他们的脸。卖票的老女人脑袋耷拉在胸前白色的肚兜上打盹。一辆列车开过来,光线从温暖的车厢里射出来,照亮了车站上潮湿的地面。官子显然已经看见了我。他站着没动。他像是在等着什么人。我朝他走过去,在他身边站住。大概他觉得紧挨着我站着不太舒服,他悄悄地移动了位置,我们又隔开了一段距离。他穿着那件旧式的西装,开得很小的领口露出一截黑紫两道斜条的领带。他的手里提着一只空的漆罐。节日的夜晚,广场鞭炮的声音隐约地传进来,我仿佛嗅到了硫黄的香气。这班地铁开走后,车站又归于沉寂。官子不是一个能忍受沉默的人。他侧了一下身体,眼睛正对我,他看了我一阵,像是突然发现了我一样,"啊,是你。"他说。我握住了他伸过来的虚弱的手,我的掌心有了一种被混合胶粘住了的感觉。

那班地铁开走了,官子说。

我来这里是为了避风雪,广场上下起了大雪,我说。

这么晚了,你为什么不待在家里?

家里?我想看看节日城市的夜晚,我穿过一条空无人迹的街道,最后我来到了广场上,可是天空下起了大雪,你呢?

跟你差不多,官子说。

我从口袋里掏出了烟盒,里面剩下最后一根香烟。我把它递给了官子,他拿起那根烟,划亮了火柴。火光照亮了他脸上苍老的皱纹和灰烬一般的头发。官子吸了几口烟,又把它递给我。

我已经好久没有看到梅了,官子说,她那天晚上离开我之后,一直没有在这个城市里露面,我想她或许去了另一个城市。

可能。我说。

她是一个很不错的女人。

是的。

我在认识她的时候,官子吸了一口烟,又继续说下去,我就看出来她已经在考虑如何离开我。

……

我想——我说,她的离开或许是因为我。

因为你?

是的。

又一辆地铁开过来。隔着那些车厢透明宽大的玻璃窗,我看见车厢拱顶上垂吊的一个个圆形铁环在没有停留的车子上晃动。有一个穿着翻毛大衣的女人从车上下来。她把手里的皮箱放在地上,朝手心哈了一口气,搓搓手,又拎起箱子从我们身边擦过,走上了那道通向广场的阶梯。

你刚才说梅离开我是因为你?

是的。

她爱上了你?

不知道,那次阳关之旅使一切都有了变化。

她跟你睡过觉?官子说。他的脸上镌刻着恐怖和悲凉,他显然不愿意正视现实。

是的。我说。

你跟她睡觉,你——怎么弄她?官子说。

我记不清了。我说。

官子没有说话。我们像雕塑一样站立在广场下的地铁车站上。我想,官子也许对男女之间的事过于敏感,他大概一直想着梅和我的事。

我已经受到了惩罚,我想了一下,对官子说,棋也为这离开了我。

官子苦笑了一下。我想我的不幸并不能使他宽恕我的过失。

一阵嗡嗡喧嚣的声音从黑暗中传过来,我看见水泥路基上铺着的两根钢轨痉挛似的颤动着。过了一会儿,惨白的车头的灯光直射过来,最后一班地铁喘息着在车站停下。

官子没有跟我道别,他拎着那只空的漆罐,上了那班地铁。我看见空荡荡的车厢里闪过一个女人的身影,她像熟人一样跟官子打招呼。

我看着那辆地铁开走了。

日记：十月二十一日

中午的时候，太阳的耀眼的火球烤炙着起伏蜿蜒的沙丘。我们沿着那道黑色的砖砌台阶走上了城墙顶端的烽火台。梅说她想拍一张落日的风景，我们背靠着城墙的马蹄形雉堞，等待着黄昏的到来。沙漠中气温冷却得很快，我们感觉到脚下蒸腾的热流渐渐消退了，从城墙上空刮过的风夹杂着细沙，呜咽一样鸣叫着，在远处卷起一缕缕灰白色的雾。我听见官子说风沙要到晚上才会停。他又说阳关一带的人把风沙称为干雪。我不知道他还说了些什么，每当风沙从城头刮过，我就看见妻子和梅抖落掉散发中的沙粒。太阳慢慢地移向西边的团城，一片乌云遮住了它。本来我们准备当天下午赶回阳关旅店，等候落日使我们不得不在这个颓圮的烽火台上过夜。

城墙的右边是一条扁桃形的护城河，河流的尽头像是被太阳点燃了。河边有一丛纤弱的芦苇，一辆运水的车停在那儿。没有人。我不知道这个烽火台建于何时，刻着银圆和卍字图案的砖块被风沙磨得溜圆。城墙墙面上有一排深幽的圆洞，我想它可能是被古代守城的军士用来插刀条旗用的，我的耳边仿佛响着旗帜扑棱棱的声音。月亮升起来的时候，远处祁格尔山的雪峰和漫无边际的戈壁滩都成了黑色的背景。我看见一串列车亮着白光在沙漠中爬行——就像一个人提着灯笼在走。我倚着城墙的墙角,开始慢慢入睡。我隐约听见官子,梅,还有我的妻子都在悄然说话。

我不知道自己是否爱上了梅。我带着妻子到阳关来旅行,在火车里我和她不期而遇完全是巧合。我觉得她那黑潭一般的目光总是在背后盯着我——它在慢慢消耗我的生命。直到现在我都没有怀疑过自己对妻子的爱,但梅的影子一直在妨碍着它。我又想起了昨天的阳关海边的一幕:她走上沙滩的时候,她的生命从那件褪了色的亚麻布的游泳衣、她的胸脯、她的流淌着水柱的黝黑的大腿上溢出来,留在了她身后一串浅浅的脚印里——每次想起它,都使我增加了对自己的厌恶。现在,爱情、欲望、伪善、真心的永无休止的迷惑又一次困扰了我。我还记得《圣经》里的一段话:爱情存在于哪里呢?它或许是一种疾病,我们看到的只是欲望。上帝的声音并不能使我得到平静,因为我感到妻子实际上已经构成了生命中的一个部分——她不仅存在于我们待过的每一个房间,而且填满了我的记忆。我想我在中国这块自相矛盾的土地上生活了近三十年,对道德和灵魂安宁的渴望与日俱增,而来自另一个世界的文明(我讨厌这个词)正在悄悄地改造我。我似乎觉得这种"文明"在改造我的同时,也粉碎了我。我的身躯正在被撕裂。我想写一篇小说,记下这次旅行。我或许应该在小说里给妻子一个别名:棋——她在我的那篇题为《陷阱》的小说中只是一个陪衬人物。我想用一种我自认为是新的方法来结构我的小说。读者会宽容我吗？不过我想,他们对于我这样一位作家的作品不会有太大的兴趣——至少目前是这样。

我的嘴唇筏一样滑向你的脊背

给我冲杯咖啡好吗？梅说。

要加冰块吗？

梅点点头。

你的叙述像我做过的每一个梦,梅说,我不知道该不该认识你。

她重重地叹息了一声。冰块在玻璃杯里慢慢消融,它碰撞着杯子的内壁,发出叮叮当当的声音。太阳在城市的上空升高了,气温开始暖和起来。她紧抿着双唇,眼睛漠然地看着窗台。阳光又一次染黄了她的睫毛,照亮了她脸上纤细的毛孔,她的发网下翘着乌黑的发梢。屋子里充满了她的呼吸的气味。我挨在她身边坐下,我的左腿抵着她的膝,我感到腹部一阵空虚。我把手放在她的手背上,她将手心翻过来,我看见在强烈的光线照射下,她手心的掌纹像叶络一样清晰。她的皮肤里深藏着一丝不易为人察觉的忧虑,血液里跳荡着微妙的警觉。我的身体渐渐靠近她,她没有动。她的鼻息在宁静的房间里很响。

梅推开我的手,脸转向我:棋什么时候回来?

她去危城体育馆了,可能要到很晚才能回来,一年一度的城市流行歌手大赛今天演出第一场,我说。

是旧金山摇滚乐团?

不,是圣地亚哥山羊三人合唱小组。

他们弹三角琴伴唱?

是的,三角琴。

你是怎么认识棋的?梅端起那杯柠檬水喝了一口,突然问我。

我遇见她是在一次城市安全用电演讲大会上,也许在这之前,我们就已经认识了。在那次演讲大会后不久的一个周末,她来到我的住所。我记得我给她倒了一杯柠檬水,像今天一样,我在柠檬水里掺了冰块,她没有喝,那天晚上时间仿佛是凝固的。天快亮的时候,我送她回家。那是一个平常的灰蒙蒙的清晨,我们走到一个有红绿灯的街口停下了。她说她将项链忘在我的房里了。我给了她钥匙,她返身去取。我站在街口的冷风中等她。那天清晨确实很冷。我一直等到太阳在天边泛出紫红的光亮,戴白口罩的清洁工出现在阴暗街角的路灯下,她还没有回来。我走回房间发现她早已脱了衣服在我的那张单人床上躺下了——这样我们就结了婚。

你很爱她吗?梅问。

大概是的,不过,你对这一点是不是很在乎?

不知道。

我的手轻轻地抚摸着她的手背,她的有突出腕骨的手臂。她光滑的皮肤上泛起一层如青稞般的疙瘩。

我在车厢里第一次看见你,就预感到了今天。我说。

今天?

是的。我天天梦见你,梦见你的乳房像白鼠一样跳上我的阁楼,爬上我的床。

……

她将头靠在我的肩胛上她的发梢又一次撩拨着我的脖颈我的太阳穴像被一块火炭灼伤我的血管仿佛化脓的伤口在不停地跳动着我的手拂过她平坦的背部停在她蓬乱的发上风从窗口吹进来把她的头发吹到我的嘴里我吮吸着她的淡幽幽的体香呼喊着她的名字梅梅她说你慢着点我的孩子我感到她的身体开始发软我俯下身体帮她脱掉了她的沉重的皮靴拉掉她的散发着奶酪味的蓝色的袜子我开始吻她的纤足——她走路姗姗的脚跟那么白净她的脚背那么富有曲线我将她的小脚趾含在嘴里她痒了咯咯咯地笑起来我掰开她的右手——它揪皱了我的衬衣我将她的手放在她自己的领口她解了第一颗纽扣接着第二颗然后是第三颗我的手刚刚接触她的胸脯她就惊叫起来她的身体逐渐变硬我停下来我们大声地喘着气她的身体像一个发光的胴体她黝黑的大腿紧紧靠着我告诉她哪里是她的膝盖哪里是她的腰哪里是她的双肩她哭了露出白闪闪的牙齿什么爱情婚姻让妻子见鬼去我抱起她把她轻轻放在床上我的嘴唇像木筏一样沿着她的脊背滑下——

当我们重新在靠窗的桌边坐下,时间已过了中午。梅神情木然地看着墙壁。

我觉得胃里很难受。梅说。

我没有说什么。

看着那幅画,我就要呕吐。梅说。

你是不是为刚才的事后悔?

不。

梅的目光注视着的白色墙壁上贴着一幅画。我想梅也许对它感兴趣。那幅画的风格近乎甜腻,我不喜欢它:覆盖着繁盛青草的山坡上,一对恋人正在走近。太阳的逆光将他们的身影衬成黑色。

这不是一幅普通的装饰画,梅说,在这对恋人伸展着双臂互嵌的阴影中有一块空白。

是的。

那是一具骷髅。

我又仔细地看了看那幅画:那片空白确实是一具骷髅。

电话铃又响了

我不知道我们在那张靠窗的桌前坐了多久。电话铃又响了。我站起来准备去接电话,却把桌面上的咖啡罐碰翻了。赭色的咖啡沿着桌面流到木质的地板上。我把倒了的咖啡罐扶起,没有理会那些黑色的残渣,去过道接电话。等一等,棋说,那是隔壁的电话。我已经走到那部老式的电话机旁。我侧耳聆听,铃声确实是从隔壁传过来的,同时我还听到了咖啡落在地板上滴滴答答的声音,但是我还是拿起了电话的听筒,然后又将它放下。

棋从桌边站起来,走出了我的屋子,她的鞋跟在楼梯上踩出咚咚的声音。我听见它正在消失。棋永远地离开了我。

附记:雪中

在那场蔓延全城的猩红热的阴云消散之后,我谢绝了城市福利会的疗养邀请,藏身阁楼专心写作。尽管医生一再叮咛:在病体没有痊愈之前,从事艺术创作可能会危及生命,但我想我的这篇小说中出现的人物和事件都是真实的,它似乎不能算是严格意义上的"创作",这篇小说是我的一些亲身经历的片段的连缀——回忆这些经历使人沉醉,恍若隔世。我的婚姻以及那次离奇的阳关之旅的种种细节,在小说中已交代完毕(我努力保持事件的原貌),只留下了一件事没说。这件事和故事中的年月相去甚远,但和小说本身倒也不无关联。下面我就来谈谈这件事。就在我的小说写到三分之一篇幅的时候,我接到了一张梅从城市近郊寄来的明信片,她在明信片的背后抄录了一首唐诗:绿蚁新醅酒,红泥小火炉。晚来天欲雪,能饮一杯无? 事实上,梅在离开官子之后一直蛰居在乡间。接到明信片的当天我就来到乡间她的住所。她在一幢白色的低矮的房屋前已等待很久。她的门前有一个静静的池塘,池塘边的树木掉光了叶子。池塘中的一条脉形沙丘积雪未化,有几只鸽子停息在房顶的瓦楞上。

我朝她走过去的时候,她正扶着门框从路槛上站起来。我从她的脸上看出了自己的衰老。她面容沉静,我从她灰白的发丛中再也看不出她昔日的影子。

我们倚着白墙坐着,这天下午太阳很好,正在消融的雪水从屋檐一角滴落下来。

前一段时间听说城里正在蔓延热病,梅说。

是的,很奇特的热病。

官子死了?

死了。

棋呢?

她死在疗养院里,我说。

你想喝一杯啤酒吗?

好吧。

梅起身进屋去拿啤酒,她跨越门槛时显得有些吃力,那扇开着的木门很像一张落光了牙的嘴。

天气预报说今晚会有大雪,梅把啤酒搁在我面前的一只木凳上,对我说。

看上去不大会。

你看天上刮起了东南风。

是东南风。我说。

我每天都坐在门前,看着池塘沙丘上的雪慢慢化掉。我觉得化雪的情景很像时间。

时间过得真快,我说,想起那次阳关之行——

我想请你给把门窗修一下,梅打断了我的话,晚上风从外面灌进屋里,很冷。

天气是很冷,想起那次阳关之行,我就厌恶自己。我觉得从那以后,一切都变了。

梅笑了一下。

我觉得是我引出了这场灾难。我说,棋在疗养院病逝前,本来我可以去看看她。

一切不幸都源于同情,梅说。

同情?

是的,有一件事我一直想跟你说。它压得我喘不过气来,我不知道现在是否应该和你谈这件事。

什么事?

你还记得那天夜里我们在阳关的一段古城上的露营吗?

记得。

那天晚上你睡得很沉,半夜时分,在沙漠中行进的一列火车的汽笛声惊醒了我。我发现官子和棋不见了。我顺着那道烽火台长长的台阶走到城墙下,我走过一道道圆形的拱门和砌着飞檐的亭阁,最后在离护城河不远的一个枯草丛中看见了他们。

那天晚上月色很好,梅说。

是的,很好。

所以我看得很清楚,梅继续说,当我到护城河边的时候,我恰巧看见棋正在解开官子腰上的皮带。我一直忘不掉那个皮带的搭扣的声音,后来我常常梦见它——你要不要再来一杯?

再来一杯。

……

这天晚上果真下起了大雪。我和梅围着一只小火炉烤火,那扇坏了的窗户,我在黄昏就帮她重新钉好了,又在上面糊了一层牛皮纸。屋子外面北风在树林里卷起哨音一般的啸声,我觉得屋里很暖。

第二天我就离开了梅。天空仍然飘扬着大雪。我在返回城里的路上,梅昨天跟我说起的那件事一直缠绕着我。道路非常难走。我突然想到那件事也许是梅故意编造的,她会不会也像我一样,在风雪还没有把我们吞没之前,陷入了对往事的追悔之中,她或许是在用一种离奇的幻想来为自己年轻时的冲动开脱。现在,我似乎已心力衰竭,我没有力量来仔细回忆那个夜晚的月色。对于爱情这个似是而非的字眼,我没有更好的见解。当我在追忆那些不可重复的往事时,我的干涸的心灵常常被《圣经》的氛围所困扰,在这个问题上,我宁愿信奉一句古老中国的伟大格言,叫作:

爱情像流水。

大　年

我想描述一个过程。

——题记

1

腊月初二,清晨。大雪压断了树枝。光秃秃的村子模糊了原有的轮廓。丁家大院的门前已聚集了很多人。他们裹着棉袄和被絮,已经在凛冽的冷风中站立了许久。这些乞丐模样的人都是本村的居民。眼下,瘟疫一样的饥荒正四处蔓延,大雪封住了这个孤零零的村落通向外界的道路。他们簇拥在丁家大院高大的墙根下,眼睛盯着那扇镶有圆形铜钉的大门,巴望着能从丁家得到一些过冬的粮食。门前有几个人正朝远处张望,那里大雪纷飞,微弱的号哭声被风的呼啸裹挟而来,隔着那道枯苇飘摇的河道,人们能看见一些影影绰绰的人刨开冻土埋葬死人。

这个清晨就像许许多多个从村子上空流过的平常日子一样，看不到一些吉祥的云彩，但是大雪像是停了。天边露出黎明的曙色。一个戴着护耳皮帽的用人将那扇大门拉开了一条缝，他的怀里拢着一把扫帚。他朝门前的人群瞥了一眼，又将门关上了。

太阳出来的时候，人们看见村子里的私塾先生唐济尧从河边朝这里走过来。

"你早哇——"人群中有人向他打招呼。唐济尧朝他摆摆手，径自走了。他身材高大、结实，看上去不像一个读书人，在村人的眼目中他不仅精通阴阳五律，而且是一个能给人畜治病的医生。

唐济尧绕过院墙的一角，从一个侧门踅身进了丁家大院。早上八九点钟光景，那扇朱漆大门忽然打开了，人呼啦一下涌进了院内。

2

院内的淤雪已被打扫干净，水珠不断地从屋檐上落下来，把铺着螺纹青砖的地面浇得湿漉漉的。有一些麻雀停息在瓦楞下黑色的排水管下。丁家的几个用人刚刚抬来的金灿灿的谷子就搁在柱廊上。丁伯高脸上阴沉沉的，咕咕咚咚地吸着水烟斗。

唐济尧站在丁伯高的一侧，尽管他一再解释这些谷子是来年春天的麦秧种子，丁老太爷的善举无异于割肉活友（丁伯高皱了皱眉头),人们还是簇拥着往前挤,他们似乎没有注意到"谷子"和"种子"两个词之间的微小不同。

"这鬼天气,真冷!"站在柱廊另一侧的丁伯高的大姨太自语道。

"是啊,雪都化了。"玫有些心不在焉。她嫁给丁伯高做二姨太已经两年了,可是,她和大姨太并不显得很熟稔,此刻她正在侧面看着那几只排水管上的瘦弱的麻雀。她穿得比较单薄,她的身体在寒风中有些颤抖。玫注意到人群中一缕缕飘浮不定的眼光正包围着她。她返身朝里屋走的时候,有几个领到谷子的年轻人一边走向门外,一边回过头来瞟一眼她瘦削美丽的双肩。这时,丁伯高就不耐烦地朝他们挥挥手:

"走走走走走!"

丁伯高跟着二姨太进了内屋。

3

中午。丁家的客厅。酒过三巡。

"眼下的饥荒真是百年未遇,今天百姓虽说分到了一点粮食,可熬得了正月,熬不过清明啊。"大姨太一边朝唐济尧面前的碟子里夹菜,一边忧心忡忡地说。

丁伯高一阵猛烈的咳嗽。

"济尧兄,"丁伯高清了清嗓子,"听说永安、长顺几个村都闹起了暴反,新四军——"

又一阵咳嗽。

"是啊,"唐济尧说,"不过,我们这一带倒也平静。再说伯高兄在四乡一直是个乐善好施之士,今天你将春上的谷种分给百姓,民心大顺,以我之见,本村恐无此忧。只是……"

"什么?"

"新四军很快就要北上,丁家捐给新四军的粮款应早日送去才是。"

"那是那是。此事还望济尧兄在挺进中队严副队长跟前多多美言,粮款月内一定送到。"

唐济尧点了点头。

玫脸色阴郁地坐在丁伯高的左边,慢慢地往口里扒着饭,想着她的心事。

"二姨太的脸色不太好。"唐济尧忽然说了一句。

玫抿嘴勉强一笑,低头不语。

"她近来肠胃有些不适。"丁伯高搭腔道。

"我来为你搭搭脉怎么样?"唐济尧说。

丁伯高站了起来,唐济尧移坐到丁伯高的位置上。玫犹豫了一下,将手伸出来。

唐济尧按住玫的手腕,眼睛看着别处,过了一会儿,唐济尧笑了笑,报出了药方:

苍耳白术各二钱;厚朴二钱;白叩仁三钱;九香虫二钱;佛手二钱……

丁家的一个用人很快取来纸笔记下了它。

4

腊月初二,晚上,豹子将小船靠在岸边的一排紫穗槐树丛里,猫着腰摸到了那堵黑色的高墙下。他背倚着石灰墙闭上眼睛,长长地舒了一口气,又朝河面看了一眼。河上水流碰击冰块的声音很响,那条比捕鱼盆稍大的小船在树丛中藏匿得很好,他的脚下横放着一棵巨大的刺树。他又想起白天当他将树干从河滩上拖上岸来时,一个拾粪的老头奇怪地瞪着他的古怪眼神。现在,他要攀着这棵高大的树木爬上丁家大院北楼粮仓的窗子。

夜已经很深了。湿冷的北风透进他的肌肤,豹子把捆在短袄上的那根粗麻绳解下来,又重新将它扎紧。雪化了以后,野鸡在晚上也会到荒漠的田野上来觅食。它的叫声听上去像一个女人在哭。

豹子静静地蜷缩在墙根下。他那副安逸的样子不像一个夜晚偷粮的贼,倒像是在等待着一个什么人。他在那里待了足有两袋烟工夫,他没有急于爬上黑色高墙上的窗子——它仿佛是一个昭示着运气不幸的深邃的洞——并不是因为他缺乏胆量。事实上,村里的每一个人都可以朝他的脸上吐痰,就和他早就丧失了羞辱的感觉一样,他也不知道害怕是什么,现在他需要想清楚一些事。

他想起了他的父亲。在一个晴朗温暖的午后,他跟着父亲来到了村外一个干涸的河坡上。那时他还很小,尽管他亲眼目睹了那个场面,但现在回想起来也已经模糊不清了。他的父亲摇摇晃晃地举起锄头准备将那片地方开垦出来种粮食,可是父亲突然又将高举的锄头放了下来,睁大了双眼看着豹子。豹子从来没有见过父亲那样看他,父亲的眼白翻了出来,脸正在变形,他呼哧、呼哧、呼哧吐出三大口血,父亲浑身都在动,看上去威风凛凛的,他最愿意看见父亲浑身有劲的样子。他的父亲在往后仰倒之前,从口袋里掏出四枚铜板交给他。豹子手里捏着四枚铜板使劲地朝村子里跑,他似乎明白父亲的意思是让他将这些铜板交给娘,可是他没有这样做。他来到了村里的一家酒店。

从那以后,豹子就成了一个贼。

再也不干啦,豹子想。每当他偶尔回家看见村里那些丢失东西的人任意作践他的母亲时,他就这样想。

有一次他看见村里的一个老头在灶间叱斥母亲(豹子偷了他家两只鸡),老头临走之前还在她的胸前捏了一把。

现在,看起来母亲似乎熬不过这个饥年,他又想起了那四枚铜板。今晚是最后一次,以后再也不干啦,做一个正经的人,最好做一个丁老太爷那样的富人。今天早上他从丁家分得二升金灿灿的谷种时,他就想过,丁伯高也许是一个不错的人。

现在他想好了。豹子朝手心里吐了一口唾沫,把那根刺树干竖了起来。他顺着树干爬到了窗口。一切都很顺利,他锯断了窗框上木质的横格,弓身钻了进去。他先将一麻袋谷子从窗口抛下,然后攀着刺树溜到地上。

丁家大院像一个酣睡中的婴儿那样安静。豹子把麻袋驮到船上时,天已经快亮了。他的内心被一种安详而甜蜜的情绪笼罩着,他在以往的一次次行窃中从未感到过这样的快乐。

以后再也不干啦。豹子想。

豹子站在船头,他麻利地拔出插在污泥中的竹篙,用篙头朝岸边的石块上轻轻一顶,船就离岸了。就在这时,他发现自己脖子上的一条围巾不见了。也许是搁在粮仓里了。那围巾是父亲死后留下的。他瞥了一眼那口黑洞洞的窗子。算啦,他想,可是他像是瞧见了窗子上有一缕长长的东西在寒风中飘动。豹子将船拢向岸边,把船停稳,又走到了那堵黑色的石灰墙下。当他再次顺着刺树干爬到窗口时,他发现那缕在风中飘动的东西是一块糊窗纸。

既然上来了,就进去找找吧,豹子想着就从窗口钻了进去,黑暗中他的手在那些麻袋和干草上乱摸了一阵,然后,他在靠墙的一个旮旯里找到了它。他正要把围巾扎在脖子上,谷仓的门突然被打开了,丁家的几个男用人提着马灯出现在他面前。

5

豹子没有想到要逃,当那几个提着马灯的人朝他走过来时,他只是向窗外看了一眼,那条小船还停泊在墙外闪耀着冰凌花的河里。现在天已经亮了。

他被那些人带到丁家的一个堆放木料的厢房里,那些人把他的衣服剥去时,他觉得有些冷。豹子被反剪着双手吊在一根横梁上。他的眼前,一个手里握着长鞭的年轻人甩了甩鞭梢,这次他没有细心地去分辨那根鞭子的末梢是用什么做的,没有去留意判断鞭子落在身上的部位和时间,好让肌肉调节好来承受它。他现在不去琢磨这些了。他知道那个王八羔子每甩一鞭子,另一个站在一边的中年人就大叫一声:好!这些都没什么,豹子一声不吭。

厢房的门半开着,他看见这间厢房外是一条狭窄的长廊,不时有一些人从厢房外走过去,那些人都没有留意这边。要是有人把那扇厢房的门关上就好了,豹子想,他不知道自己是害怕裸露的身体让用人们瞧见,还是从那扇门里灌进来的冷风让他咬不紧牙齿。

他不知道那两个交替着揍他的人是什么时候离开的,他觉得自己睡过了一觉,现在一个女人的说话声让他苏醒了过来。屋子里空空荡荡的。背脊上有一些黏糊糊的东西在流。房间里木料整齐地堆放在一角,他看见一只老鼠从圆木上面窜过。

那个女人站在门边和另一个人说话。豹子吊在梁上垂着头,他看见门外长廊的方砖上有一双穿绣花鞋的小脚,脚尖的方向正冲着他。他仰起头就看见了二姨太漂亮的眼睛,二姨太也正朝他看。二姨太不认识他,可为什么她一边说着话一边看他呢,豹子觉得难受。

二姨太是一个美丽的女人。

豹子又一次仰起头,背脊上一阵火辣辣的感觉,他的目光接触到她脖颈上的肌肤,腑脏里聚集了一种模糊的欲望。他不愿意那个女人看他的裸体,不仅仅是因为羞怯,他感到一股咸咸的痰堵在他的喉咙口。他现在完全清醒了。二姨太在厢房门前驻留了很短的一段时间。她走开的时候,这个妖艳的狐狸精的模样在豹子眼前并未消失。他不觉得身上怎样疼了,肌肉里又注满了力量,他意识到一种他从未体味过的紧张和新奇感觉正在悄悄弥漫他整个深不可测的内心。

那个握着鞭子的人又回到了屋子里,他走到豹子的跟前,他用鞭棍在豹子两腿之间撅起的那个阳具上狠狠地敲了一下。豹子叫了一声,咬破了舌尖。

豹子从梁上被放下来的时候,他看见丁伯高站在他的面前。丁伯高紧锁着眉头,只是漫不经心地对那个握鞭子的人说了一句,放了他,就转身走了。

豹子在冰凉的地上蜷伏了一会儿,他慢慢地爬起来,朝墙角走去,他的衣服就搁在那儿。他走了没几步,屁股上又重重地挨了一下;那个人抖抖鞭子对他说:"就这样出去。"

豹子穿过那些回绕曲折的长廊。他用双手捂着腹下的羞处,他的身上开始出汗了。

豹子走出丁家大院,户外强烈的阳光使他睁不开眼睛,他

回过头朝那扇朱漆大门重重地啐了一口:

操他娘的狗屎。

6

腊月二十二,傍晚。

老人从上午开始就这样坐着,头倚着门框,朝远处张望。她的目光跳过那条狭长的枯苇河道和荒凉的山丘,停留在一簇低矮的树丛旁。那里有一些在视线中很小的人影从土坡下爬上来,朝村口走。太阳的光从西边照过来,远处的荒野有一半沐浴在阳光中,另一半却被阴影笼罩着。豹子已经有很多天没有回来了。这个年老的妇人目光痴骏地坐在门口,注视着天上飞过的鸟。她并不是在等待她的儿子。她知道,今天邻村的一个麻脸汉子要到她的茅屋里来。

她早上熬的一点稀粥还在锅底搁着,她不想吃。日落的余光照耀着她,她觉得很舒服。半个月前,她就听说了豹子半夜去丁家偷粮被捉,随后被吊打的事。她不为儿子担心了,只是想知道豹子究竟去了哪里。

豹子是一条牲口,他还是不回来的好,她想。

大年快要到了。村子里却格外冷清。换麦芽糖的人在村中敲着破锣,天就要黑了。

"老四——"

老妇人听见有人在叫她,她侧过身,看见一个抱着干柴的老头在茅屋前站着。

"唉——"她答应了一声,撩起衣角擦了擦眼睛。

"在等谁啊?"

"噢,不——"

"不要哭哇……不要哭。都快过年了,熬过了这个春,就好了。"捡干柴的老人转过身朝村里走。

"大叔,知道——豹子的落脚处不?"

老人摇了摇头。

她的目光凝聚的焦点又散开了。她没法不想儿子。可是今天她坐在门边确实不是等他,她在等着那个邻村的麻脸汉子。

那个汉子终于来了。

麻脸大汉进了她的茅屋,她就去灶下烧了一碗水端给他。然后她又从床头的一只破橱里翻出了一袋旱烟丝递给汉子。

"都霉了哇——"那汉子吭了一声,从腰间摸出一根旱烟锅,装满烟丝,吧嗒吧嗒抽了起来。

"几日动手?"大汉问。

"后天。"

"二十四?"

"唉。"

"有准头吗?"

"有准。"老妇人说,"二十四是他爹的祭日,他要回来上坟。"她现在心绪不像刚才那样镇定,她不知道自己是盼他回来还是怕他回来。

"二十四那天——去村头猪坊买点猪头肉回来给他吃。牢子在送死囚时也供好吃的,你的那个儿子,叫什么来着?"

"豹子。"

"豹子?他的脾性倔不倔?"

"什么?"

"力气大不大?力气大动起手来麻烦点。"

"不——太大。"老妇人说,她的眼泪扑扑簌簌地滴在桌子上。

他们有一段时间都没有话说,门外涸河里的枯苇在风中沙拉拉地响。一个掏蟹子洞的年轻人在芦苇中直起腰来。

麻脸大汉抽完了两袋烟就要走了。他走到门边又转过身来:

"老娘,这种事我干得多了,你可不要害怕。"

"不怕。"

"不要反悔。"

"不反悔。"

"还有,这事不能让新四军里的人知道。"

"唉——"

掌灯时分,那汉子走了,老妇人将他送出门外。

7

那个麻脸汉子走后,老妇人就倒在床上睡下了。半夜时分,她听到了村子里的狗在叫。一阵杂乱的脚步声朝她的茅屋门前移聚过来。她从床上坐了起来。不一会儿,她就听到有人在用手指轻轻地弹着她的窗户纸:

"老四,老四——"

她挑亮了床前木柜上的油灯,起来开门。月光中,她看见豹子瘫在门槛上。他的身上散发出浓烈的酒气和鱼腥味。村子里的几个打鱼人的背影正在走远:

"我们在太子坟遇见了他,两只饿狼差点把他啃了。"

她扶住门框好久没动,她的心中掠过一阵不祥的恐惧,她觉得时间仿佛突然出了问题。后天,腊月二十四正悄悄地向今夜延伸。

8

腊月二十四。豹子在慵懒的睡意中躺着。疲乏像冬眠醒来的蛇一样从他的肌肉里游走了。他模模糊糊地回忆起前天晚上太子坟地阴森的月光,以及村中那些狗日的打鱼人拽着他的脚把他拖回村子时的狗叫(当时,那些道上的碎石乱瓦硌得他的脊背疼痛难忍)。现在,一切都像是进入了正常安定的秩序。早晨,从他家茅屋土墙的方洞里照射进来的阳光使他醒了过来。随之,他闻到了一股诱人的肉味馨香。

他记起今天是父亲的祭日。窗外湮无声息,几只鸟在屋檐下筑巢,拨拉下一些草茎和泥块。他仿佛觉得清新的空气和灿烂的阳光已在他内心贮满。他的嘴边还挂着一丝前夜还没有完全消退的酒香——那种隐隐的土烧酒的味使他在回味中得到满足。

母亲挑起门帘从里屋走了出来。她的脸色像终年不化的积雪那样惨白。她把一碗猪头肉搁在豹子身边的小木桌上,在豹子的床前坐了一会儿,像是要跟豹子说话。豹子没有理她。他不知道母亲从哪里搞来了这些东西。豹子记得在以往的祭日中,常常是祭祀完毕后才能分享供品,他像是觉得屋子里的气氛有些异常,因为母亲坐在他床边一直没看他一眼,甚至她在跨过那道每日经过的门槛时仍被磕绊了一下,但是,多年的行窃经历使他在面临一件事情的时候从不考虑后果,他吃完了那碗猪头肉就翻身下了床。

豹子按照母亲的吩咐,来到了里屋父亲的灵位前。他在牌位的木龛上烧起了三炷高香,然后把供品摆成一个品字形,在一块圆状蒲团上跪了下来,双手合十。

豹子在磕头的时候,母亲在一旁看着他。她觉得豹子在烧香磕头的时候举止像个姑娘一样文静,她从豹子童稚而又虔诚的动作中感到了无限的宽慰。

豹子刚从蒲团上站起来,茅屋的那扇门就吱嘎一声开了。一个胸前围着白色肚兜的人突然闪了进来。他的手里抱着一个长方形的木质盒子,看上去是一个剃头匠。这个高大健壮的大汉身后跟着一个眉清目秀的小伙子,在豹子看来,那个娘娘腔的小白脸也许是大汉的徒弟。两个人谦卑地倚在门口。

"剃头吗?"那人说。

"滚滚滚,"豹子不耐烦地朝他摆摆手,径自走到外屋的一个大水缸前。他用水瓢砸碎了水缸里的冰块,舀起一瓢冷水喝了下去,然后他又掬了一点水在脸上抹了抹,他在缸中看到了自己蓬头垢面的影子。

"都快过年了,就剃一下吧。"母亲不知什么时候走到了他的身边,对他说了一句。豹子从来没有觉得母亲这样柔声地跟他说话,他仰起头想看看她,可是她已转过身朝里屋走去了。豹子用袖管揩了揩脸,走到那两个剃头人跟前,他突然意识到那两个人刚刚收敛了笑容。他们笑什么?豹子想。他浑身感到一阵冰凉,因为这两个人像是常常在梦中出现一样,使他觉得很不真实。

"什么价?"豹子说。

"一个铜板。"

豹子在有两根竖木靠背的简陋椅子上坐了下来,那人将白色的肚兜从自己胸前解下来,套在豹子的脖颈上。豹子觉得那肚兜的白色有些刺眼,豹子刚好来得及在木椅上调整好坐姿,以使自己舒服一些,那个大汉突然将一把锋利的剃刀架在他的脖子上。

"干吗?"

"别动。"

那个汉子手指微微在剃刀的柄上压了一下,一缕鲜血从刀架上流了出来,白色的肚兜上立刻有了几滴正在慢慢变大的血圈。

豹子的眼前一阵发黑,他意识到了巨大的恐怖,他一动没动。那个汉子没有让剃刀迅速地切割下去。这时那个站在门边始终一言不发的白脸(这时豹子忽悟这个白脸极有可能是那个大汉的儿子)朝他走过来,他从口袋里抖出一根细长的麻绳,将豹子的双手反捆起来。

豹子到这时才意识到这是一个阴谋。尽管阴谋的由来他还不十分清楚,可是他知道若要逃出这个可怕的灾难已不是一件容易的事了。

"你与我无甚怨仇,为何平白害我?"

"兄弟,这事怨不得我。你母亲雇我来杀你,她熬不过这个饥荒了,她怕死后留你在世上惹事。"那汉子说。

"妈——"豹子喊。

母亲不知去了哪里,风吹起那道蜡染花格的门帘,没有一丝声响。

母亲在里屋正把一丈粗黑的纱绫抛到梁上,她听不见儿子的叫喊。她回忆起许多个往昔的日子,恍若隔世。她的身体战栗着,她在系那个硕大的结时不得不停下来喘息。眼下,看样子是熬不过这个饥荒了。即使熬过去又怎样呢?老妇人想,豹子对她来说意味着耻辱,既然她决定自缢,她就不允许豹子存活在这个世界上。

"妈!"

"妈!"

"妈的,妈!"

"走吧。"那大汉在豹子肩上轻轻地拍了一下。

"哪里走?"豹子问,这时他看清那个大汉是个麻脸。

"太子坟。我们早上已替你把坑挖好了。"

"我要拉屎。"豹子突然说。

"不行!"

"我的亲爹,我拉完屎跟你走。"

"别想诈逃。"

"不逃。"

那大汉怔了一下,替豹子松开了绳索。在他眼里,豹子不过是一个瘦骨伶仃的娃娃,他不信他能逃了。

豹子朝床前的一个木制粪桶走去,那个徒弟模样的人堵住屋门,涨红了脸看着他。

豹子走到床边,猛地窜到床上,掀翻了枕头,抓起一个黑乎乎的东西,对着面前的两个剃头人。

那是一支驳壳枪。

"狗娘养的孙子。"豹子声音颤抖着,握着手枪重新走了回来。

那个麻脸大汉双膝一屈就"扑通"一下跪倒了,那个门边的年轻人也跟着跪了下来。豹子不很熟练地扣动了一下扳机,对面墙上印上了三个圆圆的小洞。豹子打完了三枚子弹,朝枪管内吹了一口气,屋里立刻弥漫了一股硫黄火药味。

"孙子有眼无珠。"那大汉趴在地上闷闷地说。

"爷爷饶命。"白脸跟着哼了一句。

豹子开心地笑了一下。这时母亲听到枪响,已从里屋跑了出来,她掀开门帘的时候,豹子瞥见了那根悬在梁上的纱绫的巨大黑圈。

"起来——"豹子在那个麻脸汉子的屁股上踹了一脚,母亲奔过来,伏在地上抱住了豹子的腿。豹子感到一阵厌烦和恼怒。母亲永远是属于那种既没有见识而又可怜的女人,豹子想。

"别开火。"母亲说。

豹子没有吱声。

"饶了他们,他们干这种事也是为了混口饭吃。"

"混饭吃?"豹子看了一眼在地上趴着的那两个人,迷惑不解地问了一句。

9

十七天之前。腊月初七。

午后,唐济尧在书斋里觉得无聊至极。他是一个很能克制的人,但是这些天总有一种不安和躁动的心绪伴随着他。尽管他能确切地知道引起他烦恼的那个东西,但他不愿意在那个东西上耗费心力。那个东西光洁而美丽的影像不知何时刻在他脑中久久不去。今天中午他外出看病回来就一直待在书房里仰望天窗。他刚刚临摹完了一幅东晋人的《奉橘帖》,现在,为了使性情平和下来,他拿起了一本旧线装书,慢慢翻看默念如仪,他念到臣子追述君父之功美以书其上后人因焉时,听到窗外的平台上有些响动。他推开屋门,走到临河的平台上。原来是大风将屋楞上的一片瓦吹落到了木槿花盆里摔碎了。唐济尧甩手掸了掸花叶上的泥块,正要返身进屋的时候,他看见豹子穿着一件花褂子歪歪斜斜地从河滩上朝他的宅前走来。豹子佝偻着身体,在逆风中他走得很慢。唐济尧看着他走路的样子有些好笑。天色阴沉下来,从河道的上游吹来的风使他觉得冷。他回到屋里,刚刚在书桌前坐定,豹子就敲开了他的门。

"豹子,你怎么穿着一件女人的褂子?"唐济尧笑着问他。豹子没有吭声,他第一次到这间屋子里来,好奇使他有些心不在焉,豹子觉得这间房子挺暖和,朝唐济尧的身边捱了捱——在唐济尧的脚边搁着一只黄色的金属火炉。

"看病?"

"不!"

唐济尧看了他一会儿,从墙上钩下一件羊皮短袄扔给豹子,转过身又重新拿起了那本书:臣子追述君父之功美以书其上后人因焉故建子道陌之头显见之处美其名谓之碑也。

"先生——"豹子突然叫了一声。

……

"你收下这个。"豹子从怀里取出一条狗腿和一瓶窨酒搁在唐济尧的书桌上。

"做甚?"

"收我为徒。"

"行医?"

"不,投军。"

唐济尧愣了半晌。他从书桌前慢慢站起来,走到豹子的跟前,把手放在他的头上。

"这狗腿是从村头王家铺子弄来的?"

"是的。"

"这酒!"

"以前弄的,我埋在河湾里,还有。"

唐济尧捏住酒瓶的木塞轻轻地旋转它,上面还有残留的泥土的痕迹。

"你是我的——父亲。"豹子跪在唐济尧的脚边,涨红了脸说出父亲二字。他不知道用这两个字来称呼面前的这位穿马褂的人是否合适。他想起了许多年之前河滩上的灿烂阳光,面前的这个人和父亲的唯一不同就在于:唐济尧使他敬重之外,还让他感到一丝胆怯。

唐济尧将豹子拉起来,点上了一支烟斗。

"鬼子来的时候,你们都吓得钻了地窖,现在日本人去了武汉,你要投军做甚?"

"混饭吃。"

"混饭吃?"唐济尧笑了起来,"军队里可没有狗腿和窖酒。"

豹子知道唐济尧话里的讥讽意思,他脸上有些火辣辣的。

"我再也不干了。"豹子说。

"什么?"

"偷。"

"很好。"

唐济尧在屋里来回踱着步子。天已将晚,风声中夹着几声凄厉的狗叫。整个村子仿佛都在摇撼。

"我不过一介穷儒,也许不能帮你什么忙。"

"先生——村里的人都说你跟新四军挺进中队的严副队长很熟。"

"不错,"唐济尧身上一阵燥热,"据我所知,我们这一带形势复杂,山上的一些土匪也打着新四军的旗号干打家劫舍的勾当。你的——过去的名誉使我不敢作保。"

"我早不干了。"

"很好,不过你还没有告诉我你投军到底想做甚?"

"我要杀——"

"谁?!"

一阵风将桌上的油灯吹灭了。豹子庆幸自己没有说出丁伯高的名字。在黑暗中他看不见唐济尧的脸,对方也像是在等着他的回答,他猜测唐济尧和丁伯高交情很深。他在黑暗的屋子里聆听着风声,等待着唐济尧将灯重新点亮。他的眼前出现了父亲吐血时威风凛凛的样子和母亲忧郁的面容。他并不怎样憎恶丁伯高,他只是想杀人。尤其是他回忆起腊月初二的那个夜晚,丁伯高的二姨太瞥他时的眼神,他模模糊糊地觉得,杀人也许是一件挺有趣的事。

"当然,"唐济尧点亮了油灯,"投军以后是免不了要杀人的,问题是杀谁。"

"嗯。"

"你总该听说过绿林好汉杀富济贫的故事吧。"

"嗯。"

"世间贫富不均是一切灾祸之源。"

"我要杀丁伯高这个狗日的,他的二姨太是个狐狸精。"豹子的声音低得像自语,而且他说得又快,他怀疑唐济尧没有听见。唐济尧转过身去划着了一根火柴点烟斗。

"我看你还是跟我学医吧,你父亲和我有些私交,我——"

"不。"

"你当真要投新四军?"

"当真。"

豹子由于觉察到唐济尧有了答应的意思,眼睛都有些潮湿了。

"也好!"唐济尧默想了一阵,终于说道。

10

腊月二十七。清晨。丁伯高来到二姨太玫的房间时,玫刚从床上起来。她看见丁伯高的脸又黑黑地瘦了一圈,眼眶深深地凹陷进去,便感到一阵隐隐的担忧。

丁伯高在挨着玫的梳妆台的一张靠背椅上坐下来。他静静地看着玫,长长地吐了一口气。他想起玫刚刚嫁过来的时候还时常梳着女学生模样的短发,看上去还像个孩子,现在,她颀长的身材,长发中散发出来的松脂一般的少妇气息使他沉醉。

"还在为昨天的事犯愁?"玫转过身来,嫣然一笑。

昨天夜里,厨子在出炉膛灰的时候,不慎引着了麦秸,厨房里大火蔓延起来,烧坏了两张桌子和一些水桶。这件事并没有酿成大的灾祸,但是它不祥的阴影却一直跟随着他。大年快到的时候,这样的事总让人觉得晦气。

"不,我听说——"丁伯高正要说什么,一个女佣端着一碗煎好的药推门走了进来。

她把药放在门边的一张茶几上,转身走了。

"我听说豹子组织了一个新四军支队。"丁伯高压低了声音,说道。

"什么支队?不就几杆破枪,一群孩子吗?"

"你怎么知道?"

"我昨天在舂米房听说的。用人们都在传这件事。"

丁伯高没有言语。过了半晌,他又说:"豹子这个人我怎么好像从来没见过?"

"就是那天晚上偷粮被吊在西厢房的那个人。"

"是他?"丁伯高脸上一阵抽搐。他开始大声咳嗽起来。

"他们有几个人?"玫问。

"七个。六个有枪。还有一个十三岁,没枪。"

"这事怎会让你心烦?"玫有些不解地问。

"眼下饥荒正紧。他们会不会——"

"什么?"

"没什么。"

丁伯高从玫的房间里出来,在院子东北角的几株天竺花旁遇到了大姨太。她手里正提着一个漆盒匆匆朝外走。

"你去做甚?"

"老四家的那个豹子投了军,我想去瞧瞧,顺便送点东西过去。"

丁伯高看着大姨太的背影,心头一热。

"等等。"丁伯高叫住了她。

丁伯高走到大姨太身边,从她手里提过漆盒,说了一句:

"我去吧。"

11

丁伯高拎着那只黑红漆盒走出丁家大院后,才意识到自己提着漆盒的样子有些别扭。那个椭圆形的东西在他手里不自在地晃荡着,他走过村中的广场时,听到了从村后马脊山传来的枪声。

丁伯高站在广场一角聆听了许久。一个村妇扛着木锄从他身边经过,丁伯高一把拽住了她。

"哪里的枪声?"

女人的胳膊让他捏得酸疼,她无力地笑了一下,没有挣脱他的手,眼睛看着地面:"听说是豹子和他的人在练靶子。"

丁伯高望着别处松开了她的胳膊,径自朝豹子家的那间茅屋走去。

"丁大爷,哪里忙着?"豹子的母亲跟他打了个招呼,她正把一条棉被拖出来晾在屋檐下晒。

丁伯高没说什么,他想说来看看她,又觉得似乎不太合适。他把手里提着的漆盒搁在地上,不知所措地笑了一下。

"豹子呢?"

"一早出去了,没魂。"老妇人蹊跷地望着他,井边的几个洗衣服的小媳妇也朝这边看,她们旁边,一个小孩牵着牛到河边去饮水。丁伯高脸色又黑了下来,他搓了搓双手,开始有些后悔来这里。

"进屋坐坐?"

"嗯。"

老妇人掸了掸身上的灰尘朝茅屋走去,丁伯高随后跟了进去。屋子里光线很暗,他觉得双眼一阵发绿。他在一张榆树架起来的桌子旁坐下,老妇人去灶下烧水。

"豹子什么时候回来?"

"没准呢。"

屋子的角落摆着一个木桶,没有遮盖,强烈的尿臊气使丁伯高忍不住直想打喷嚏。最后,他的目光移到了对面的土墙上。他注意到墙上靠近窗户的地方有三个圆圆的小洞,墙角下有一枚黄澄澄的弹壳。丁伯高身上一阵痉挛。

"这墙太旧了。"丁伯高说。

"是啊,雪一化就漏水。"老妇人将一碗热水搁在丁伯高面前。

"明天我叫人来粉刷一下。"

"怎好烦你?"老妇人不安地说。

"这窗子也该修一下了。"

"唔……"

丁伯高觉得老妇人坐在他对面很不自在。她的情绪悄悄地感染了他。他又清晰地听见了他曾一度忘记了的远处的枪声。

"豹子这些年变得很快,我都有些不认识他了。"丁伯高终于俯身喝了一口水,停了一会儿,他又接着说,"腊月初二那天,家里的几个用人抓错了人,竟将豹子当贼吊了起来,我当时就是没有认出他来,还以为是个外乡人,这事弄得……"

"豹子的品性是有点恶。"老妇人说。

"哪里哪里,孩子都有些癖好,大了就好了。"丁伯高憋红了脖子说道。

中午时分,丁伯高离开了那间茅屋往回走。他身上的衬衣让汗水粘在肉上很不舒服。太阳又阴沉了下去,东风吹过来枯草的气息,看起来又要下雪了。

12

腊月二十八。大雪封路。村中又饿死三人。

傍晚的时候,一个陌生的外乡人顶着风雪,沿着河滩朝村子里走来,他在村西的一个低矮的山冈上站立了很久,人们以为是村人请来看墓穴的风水先生。这个人在村中转悠了好一会儿,最后来到了豹子的茅屋前。他将一封书信交给豹子的母亲,就在夜幕中消失了。

13

深夜,母亲从梦中被外屋的喧哗声惊醒了,她不知道豹子是什么时候回家的,屋子里像是聚集了许多人。他们都抢着说话,使她一时听不清谈话的内容,但是她还是能分辨出村中的一个屠夫和儿子的声音。

"动手的时候,大家都不要乱。"儿子说。

"德顺和子民堵住后门。"屠夫说。

"天太黑,两个人怕是不够。"德顺显得有些胆怯。

"好,再给你一个,二狗子,你也去!"儿子的声音。

"好吧。"二狗子兴奋地答应着。他才只有十三岁。

……

"不过,大姨太她们几个女人怎么办?"

……

"我们最好要贴一张告示。"

……

风雪把窗户纸鼓动得沙沙地响,屋子很黑,外屋油灯的光亮从门帘中透进来,照亮了被褥的一角。母亲匆匆披上衣服,趿着鞋来到外屋。房间里顿时安静下来,母亲觉得,这里的每一个人都冲着她笑。她把傍晚那个陌生人送来的信递给儿子。豹子将信拆开,捏着信笺来回看了半晌,他弄不清信上说了些什么。他知道在座的有两个人读过私塾,但他没有将信交给他们念,只是含糊地说了句:

"今天就到这里。"

屋子里的人都相继散去了。豹子在桌前闷闷地待了一会儿,披上那件破袄,甩门走了出去。母亲一直看着他的身影在风雪中渐渐消失。还不如当初弄死他的好,母亲想。

豹子出了茅屋,径直朝村东唐济尧的宅子走去。

夜已经很深了,唐济尧还没有睡。他将豹子让进了屋,随手塞给他一个鸡毛掸子。豹子没有顾上拂去身上的雪片,把怀里揣着的那封信递给他。

"没什么大事。"唐济尧看了一会儿,将信扔在桌上,"中队让你设法安抚饥荒中死者的家属,令你明年春上率支队去江北集训并接受整编。"

"明年春上？几时？"豹子问。

唐济尧将桌上的信拿起来重新看了一遍。

"正月十七。"

14

大年三十。

雪飞不止。一个刺耳的消息已在村中悄悄地传播开了。丁家大院是村中唯一沉醉于节日气氛中的户落，大门在黄昏的时候就关上了。门前的屋檐下照例挂着三只扁桃形的灯笼。他们在忙于祭祀和置办过年食品的时候再一次忘记了罕见的饥荒带来的萧条，丁家的人似乎没有觉察到这个被漫天风雪裹着的村子和往昔的不同。

傍晚的时候，一个小孩从村中磨坊里听到了今夜有人袭击丁家大院的消息。他踏着齐踝深的积雪飞奔回家，把这件事告诉了他的父亲。这位丁伯高的远房亲戚一到冬天痔疮就发作了，此刻，他坐在马桶上痛得大汗淋漓。小孩见父亲没理他，就将这事比画着告诉母亲，他的母亲是一个哑巴。

这个胆小的女人在脖子上裹了一条方巾就朝村西的丁家大院跑去。由于饥饿和激动，她一次次地在雪地里滑倒，当她来到大院的门前，用力摇晃着门上的两只铜圈时，她已经成了一个雪人。

一个用人为她开了门。她被领到客厅里。丁伯高正和家人在一张摆着丰盛酒菜的圆桌前坐下。丁伯高像往常那样漫不经心而又温和地和她打了个招呼。她站在客厅的一角,冲着在场的每一个人足足比画了有两袋烟的工夫。但是人们在大年三十的餐桌上容易使自己沉入诗意的遐想之中,哑巴的比画使他们越来越觉得不耐烦。大姨太认为她一定是饿急了,就让人给她盛来一碗米饭,哑巴立即不再比画,缩在屋角大口地扒着饭,她在吃饭的时候还咬断了一根筷子。丁伯高笑了。哑巴刚刚搁下碗筷,一个用人就把她领出了丁家大院。

15

枪声响起来的时候,丁伯高正靠在炉火边打盹。他今晚喝得太多了,在浓浓的酒香中,枪声听上去并不显得怎样可怕。当一个用人慌慌张张冲进客厅,告诉他有人在用树桩轰门时,他还以为自己在做梦。用人问他该怎么办,他内心的极度恐惧被酒意遮盖了大半,他几乎是镇定地说了一句"不要慌",又在椅子上坐下了。

大门顷刻之间就被撞开了,人群像潮水一般拥了进来。在嘈杂的喧哗声中,丁伯高听到有人在高喊着他的名字,他才想起来逃跑。他在客厅里来回转了几圈,来到客厅外的走廊上。他看见村中一些他熟悉的面孔从他眼前闪过,朝北屋的粮仓跑去。他跌跌撞撞地沿着长廊朝前走了几步,又听到两声凄厉的枪响。

丁伯高跑了一阵,原来空阔而又宽大的院宅到处都是人。他不知道自己现在是在屋子的哪个部位,要逃向哪里。他模模糊糊地意识到自己来到一间屋子的门前,他用肩膀将门撞开,跌倒在房中湿漉漉的地上。又一阵脚步声在房子周围响起来,他看见窗口有几个黑影跑了过去。丁伯高把脸贴在地上冰凉的积水中,渐渐清醒了过来。他知道自己正趴在厨房的地上。

丁伯高意识到许多天以来他一直在担心的那件事(它在丁伯高的心中一直闪烁不定)终于发生了。奇怪的是,当它来临时丁伯高感到的不仅是恐惧,同时还掺杂着一种莫名其妙的激动。

丁伯高从潮湿的地上站了起来,他摇摇晃晃地跑到灶下,他从灶壁的洞口看见村里的打鱼人德顺拎着盒子炮摸进了厨房。丁伯高挑了一个没有生过火的灶膛,弓身钻了进去。他听见德顺哼着小调打开碗橱的门,从里面拿出一只鸡腿之类的东西啃了起来。灶膛里的空气令人窒息,丁伯高有了一种抑制不住想咳嗽的欲望,他顺手抄起一把草木灰塞在嘴里。

他蜷曲在灶膛里听不清外面的声音。那些零碎的声音在灶膛里变成嗡嗡的回响,鼓荡着他的耳膜。他开始觉得屋子飞快地旋转起来。过了一会儿,他听到了院子里的猪叫声,这种越来越微弱的声音使他慢慢陷入了昏沉的醉意之中。

丁伯高在灶膛里苏醒过来已是第二天拂晓。

四周阒然无声,那些抢粮食的人不知是什么时候离开的,院中被踩得黑黑的凹坑上又已经覆盖了一层新的积雪。风将几片雪花吹到他火辣辣的脸上,丁伯高觉得非常舒服。

走廊里,昏暗的灯笼还在风中摇晃着。有一些谷子散落在地上。黑暗的天空中有几只乌鸦盘旋南飞,在空荡的院子里留下一串飘忽不定的阴影和长长的啼鸣。在长廊的拐角处,他看见一个女佣人赤裸着下身靠在柱子上呻吟。他从她的身边经过时突然想起了他的两个姨太。他走到院中的雪地里,看见北楼上二姨太的房里还亮着灯,便朝楼上跑去。

房间里空无一人。一切都是原先的样子,他看不出这个房间曾遭到过洗劫。床上的被子还是他白天看到的那样,叠得整整齐齐,他嗅到了玫留下的淡淡的松脂的香气。他走到玫的梳妆台前,桌上的油灯快要熄了,他用针挑了挑灯芯。桌上有一本旧书,它被翻开在一百四十九页。丁伯高听着屋外风声吹动着干树枝发出的沙沙声,心不在焉地读了几行,当他读到:"眼见你起朱楼,眼见你宴宾客,眼见你楼坍了"一句时,眼前又闪现出玫的美丽的影子。

天快亮的时候,丁伯高听见楼梯口传来的脚步声,他刚刚走到房外,胳膊就让两个人死死抓住了。

"玫在哪里?"丁伯高问了一句。

"我们也不知道。"那两个黑影说。

16

午夜。玫坐在北楼卧室的梳妆桌前,已微微有了一些倦意。她仔细地辨别着楼梯和过道上的脚步声,没有心思继续看那本书。她不知道丁伯高为何到现在还不上楼来。她推开那本书,正准备下楼去看看,一个用人走了进来,她将一碗枣汤搁在玫的面前。

"你到楼下去看看丁老太爷是不是喝醉了。"玫说。

那个用人答应了一声,没有立即走开。玫觉得她似乎有些话要跟自己说。

"你还是早点逃吧。"那个用人说。

"怎么?"

"今夜豹子要带人来抄家。"

"你怎么知道?"

"现在大院周围已经埋伏了人,你快走吧,再晚就来不及了。"

那个女用人转身走了,她走到门边又回过头来:

"从后院逃。"

玫刚刚来得及穿好衣服,就听见了夜空中传来的第一声枪响。她屏住呼吸,她听见在风的怒吼声中混杂着一丝隐隐的人群的喧哗。

她跑出了卧室。

她走到楼梯口的边上,听见院外有人用粗大的木桩轰击大门。她看见院子里吊着的几只灯笼被风卷起来,像秋千一样晃荡着。她返身上楼的时候,看见大姨太赤着脚朝她跑来。

"什么事?"大姨太问。

"土匪。"

大姨太拽住玫的胳膊就朝楼下丁伯高的卧室跑。她们在走廊上跑了几步,看见大门被撞开了。人群拥进来,朝北楼的粮仓跑去。大姨太拉着玫躲到一辆板车的轱辘底下。她们看见豹子握着手枪带领两个人钻进了丁伯高卧室的同时,村中的一个屠夫和另外一个带枪的人在黑暗中上了楼。

"楼上怕是回不去了。"大姨太说。

"朝后院跑吧。"玫说。她想起了那个女佣的话。

她们已经有好长时间没有去过后院了。园丁早已把它辟为苗圃,在里面栽上了一些小松树和梅花。只有到了四月过清明节时,她们才去院中摘下一些松枝插在花瓶里。院中的积雪好久没有清扫,已有二尺多深。玫和大姨太来到后院,一眼就看见西侧的墙上有一个小洞。

玫记得那里原先有一个通往院后山冈的小门,但在一年前就给封死了。现在不知怎么被人扒出了一个小洞。玫和大姨太来到洞口,闻到了石灰和干黄泥的气味。

"这个洞口像是刚刚被扒开。"玫说。

大姨太没有吱声,拉着玫的手从那个洞口钻了出去。

她们倚着院墙喘了一口气,原野上风雪迷漫。她们正觉得今晚的事非常蹊跷,玫忽然听见黑夜中有人在叫她的名字,她看见院外的大枣树下站着一个人。

那个人朝她们走过来。

"你是谁?"大姨太问了一句。

"我是法安,跟我来吧。"那个人说。

玫知道法安是村中一个尼姑。她去年春天去马脊山踏青,经过那座孤零零的尼姑庵时,曾看见她在河边洗菜。

玫在风中打了一个寒噤。她似乎觉得眼前的情景比屋里喧动的人群更让人觉得可怕。她仿佛置身梦境,院外的枣树风雪和远处隐约可见的丛林都显得极不真实。

"跟我来吧。"法安又说了一声。

玫迷迷糊糊地被大姨太牵着手,在雪里狂奔。身后传来的嘈杂声和猪叫声渐渐地减弱了。她们又跑了一阵,慢慢地,她们听不见任何声音,才放慢了脚步。

最后,她们来到了那幢就要颓圮的尼姑庵前。

17

大年初一。

清晨,大雪刚停,放风筝的小孩就出现在雪地里。晌午的时候,太阳从云层中钻了出来,悬在村东光秃秃的树梢上。一种从未有过的新奇和激动伴随着灿烂的阳光照亮了村子的每一个角落。村子里的人们早就习惯了饥饿和死亡，但是对于冷清他们似乎永远无法习惯。昨夜的枪声几乎还没有停息，那些抢到了粮食的家中已经传来了打年糕的声音。早上，几个年届耄耋的人在街角专心致志地剖开竹篾修理那只破烂不堪的麒麟，另一些人扛着木头和门板去村西搭戏台。戏台到临近中午时才搭好，村中的几个被饥荒折磨得气息奄奄的瞎子就抖擞起精神，被人搀到了台上。她们唱着充满秽意但毫不露骨的乡村小调，一边敲着竹板，一边往嘴里塞着米饼。几个爱热闹的年轻人从早已封门的火药铺子里找来了鞭炮，那些鞭炮由于受潮和发霉，发出稀稀落落的声响，但是人们在令人陶醉的硫黄香味中忘记了一切。昨天晚上的枪声对他们来说已经变得非常遥远了。当丁伯高戴着一顶如漏斗状的尖尖的帽子，被人用绳子牵着走过村中的广场时，几乎没有人注意到他。

母亲很早就起来了。事实上，她昨晚由于一直在窗口谛听风雪中传来的枪声而通宵未眠。拂晓的时候，从丁家大院传来的嘈杂声渐渐地平息了，她吹灭了桌上的油灯，准备睡一会儿。她刚刚倒在床上，就有人来敲她的门。老妇人对于这么早就有人来给她拜年感到迷惑不解。但是拜年的人接踵而至，他们照例冲着她笑，和她寒暄一番，然后没完没了地谈起早已被她淡忘的陈年往事。一个刚刚饿死了两个儿子的中年寡妇还和她攀起了旧亲，实际上这位寡妇的外祖父曾和母亲的父亲一起在马脊山打过猎。她弄不清楚这些天村中发生的事，但她意识到由于昨夜的枪声，她的茅屋一夜之间变得热闹起来。邻居们送来的粮食和礼品堆满了床边的木桌。起先她在接受那些邻居的作揖问安时，还显得有些别扭，但时间一长，她就觉得没有什么不自在了。只是当她偶然想起以往的大年初一她去给丁伯高磕头拜年的情景时，才稍感到不安。邻居们的脸上镌刻着恐惧和恭敬，老妇人心底里升起的一种莫名其妙的舒坦的感觉，悄悄地淹没了她。

豹子和几个带枪的年轻人牵着丁伯高在村中转了三圈，他们开始感到厌倦和焦躁，他们的身后跟着几个提着裤子的孩子。中午的时候，这些小孩回家吃饭去了，豹子看着身边的几个无精打采的伙伴忍不住想睡觉。村里的人像是早就预料到了事情的结局，对于昔日的丁老太爷沦落为一个被人牵着到处乱转的"猴子"并没有感到太大的诧异。豹子和那帮牵着丁伯高游街的人在村中寂寞地走着，人们只是从那些土墙和阁楼的窗户上偶尔朝他们瞥上几眼，豹子本来想好在村中的广场上将丁伯高枪决，他们还请人在一张类似于判决书的羊皮纸上写满了丁伯高的罪状，准备在行刑的时候念。但是人们或者不知道他的意思，或者是被村西唱小调的几个女瞎子吸引住了，广场上始终没有什么人。当屠夫凑到豹子跟前问他该怎么办时，豹子不假思索地说了一句：

"在村中再游七圈。"

现在，已经到了黄昏时分。他们在村中转悠了一整天毫无结果，屠夫又一次来到豹子的跟前，他沮丧地提醒豹子，还

是趁早将丁伯高处决了算了,豹子懒洋洋地挥了一下手臂:

"好,那就枪毙吧。"

傍晚,他们把丁伯高押解到村头的那道干涸的河边。

太阳的余晖从西边温暖地照过来,河道里密密匝匝的芦秆被染成橙红色,河滩上没有一丝风声。远处的雪野上,行乞的人群像一条黑色的虫子在慢慢游移。

丁伯高站在河滩的边缘,感到了情形的不妙,在对于死亡的预想中,丁伯高和豹子都犯了同一个错误:那就是他原以为枪决会在众目睽睽的广场上举行,即便没有人感念他过去的善行而救他活命,至少他可以有充裕的时间做好心理的准备,选择就义时的姿势。现在,面对着空旷而温暖的河滩,那些他曾极其熟悉的茅穗和蜿蜒的丛林,村中悠闲的黑狗,丁伯高似乎不情愿在没有一个围观者的情形下死去。他正想对着旷野吼上两声,豹子一脚就将他撂倒了,他顺着河坡滚到了河底。

豹子和另外几个年轻人走到丁伯高的跟前,对着他的脑壳每个人开了一枪,头也不回地朝村里走去。

18

大年初二。

黎明。太阳像往常一样升了起来。村子里到处都是喜鹊的啼鸣。天气刚刚转暖,那些鸟不知从什么地方又飞了回来,衔着泥块和枯枝在刚刚褪去积雪的树梢上筑巢。天光大亮。村子中传出舂米的声音,白色的村落上空升起了淡蓝的炊烟。一个拾粪的老人佝偻着身子出现在田野上,他的身后跟着一条狗。

豹子昨天晚上在村里的酒店喝得烂醉,深夜,店主的女儿来到他的阁楼上陪他宿了一夜。大清早,他从酒店出来回家,清新的空气并没有使他苏醒过来,一路上他都在想着昨夜那个女人裸露的肩膀。他走到村后的一处繁密的桑林边时,遇到了唐济尧。

豹子好几天没有看见他了,他正想跟唐济尧打招呼,身子就歪斜着栽倒在雪地里。唐济尧走过来扶起了他。

"我把丁伯高那个狗日的杀了。"豹子说。

"嗯。"

唐济尧没有说什么,他帮豹子掸掉身上的雪花和草茎。

"玫在哪里?我要跟她睡觉。"豹子说。

唐济尧用手指了指远处。豹子看见法安的尼姑庵被一簇高大的榆树遮住了,门前有一个亮汪汪的池塘。

"玫怎么会在那儿?她去法安那儿干吗?"

"我们这就去尼姑庵看看。"唐济尧说。他的声音很轻。

"好吧。"

唐济尧搀着豹子的手,转过身,朝那座孤零零的尼姑庵走去。他们渐渐地离开了村子,大片的桑园遮去了他们的身影。

他们来到了一个深深的沟涧的边缘,那个马蹄形的沟涧里,积雪未化,一股清清的泉水从沟底流过,沟渠上横放着一块青石板搭成的小桥。

他们走到那座桥边,村中舂米的声音已经听不见了。

豹子觉得腹中一阵难受,他将食指放在嘴里,呕出了一摊清水。他感到眼前的那座石桥在不停地摇晃。豹子挣脱开唐济尧的手,径自走到了泉边,他俯下身子,掬起一汪水抹在脸上。清澈的水中映出他的脸,他刚刚在桥边趴下,准备喝水,水中又映照出另一个人的脸,那张脸上布满了笑容。

唐济尧将豹子的头按在水底。豹子觉得自己的鼻子和嘴碰到了污泥。他的双手在水中乱扒了一阵,浑浊的水面上泛出了一串串泡沫。唐济尧将膝盖压在豹子僵直耸起的脊背上,哗哗汩汩的流水浸湿了他的裤管。

过了很久,唐济尧看见水面上的泡沫越来越少了,豹子的身体也开始发软,他松开豹子,洗了洗手,返身爬上了那道沟涧,朝村里走去。

"你早哇——"村头那个拾粪的老人远远地跟他打招呼。唐济尧温和地朝那人点点头,绕过一片竹林,走到村里。

中午的时候,人们看见那个陌生的外乡人又来到了村中。四天前的一个傍晚,村人第一次看见他时,还以为是为死人选墓穴的风水先生。现在,村里有人传说他是新四军挺进中队的一个专员。当这个人和唐济尧并排走过村口的一个小巷时,在那里晒太阳的妇女都说这个陌生人长得很帅,正在给一个孩子喂奶的妇女补充说,这个人其实昨天就来到了村里,她半夜来到河边给她饿死的母亲烧纸时发现了他。

傍晚,村中广场边的一堵红墙上出现了一张布告。村里的大多数人都不认识字,并不认为这张黄纸跟他们有什么关系。薄暮中,他们在布告前站了一会儿,就散开了。布告的全文如下:

徐福贵,乳名豹子。民国十五年生,属虎。民国三十四年二月参加新四军。据查实徐福贵犯有下述罪行:

一、民国三十四年二月十二日(大年三十)子时率暴民洗劫开明绅士丁伯高家院,并于次日傍晚将丁枪杀。

二、惯偷。

三、公然抗拒新四军挺进中队赵副专员让其于民国三十四年二月十二日(大年三十)去江北集训的密令。

鉴于所列罪行,徐福贵已于民国三十四年二月十四日被处决,此布。

尾　　声

许多天以后的一个早晨,玫来到了唐济尧的宅前。三天后,村里纷纷议论着关于玫和唐济尧失踪的事。

武 则 天

引 子

唐贞观二十二年三月,太白金星多次在白天出现。自古以来,这一奇异的天象常常被人看作是更换天子的征兆。谶语和谣传在都城长安的街巷坊间悄悄流布,经由朱雀天桥浸漫于皇城禁苑。

在宫廷内部,一度盛隆祥瑞的贞观治世现已被一线阴霾所笼罩。皇太子承乾于贞观十七年发动的旨在篡位的宫廷谋反虽很快得以平息,但它似乎已兆示出日后一系列重大变故的相继发生。

三月十二日凌晨,太史令李淳风突然奉诏入宫。作为掌管天象、编修历法的卜祝史官,李淳风曾多次被太宗李世民召见。当他的坐骑穿过城北的一排堞楼,来到灞水沿岸的沙堤上时,李淳风多少有点意识到,皇帝陛下此番的召见有些不同寻常。

眼下时令虽值初春,但长安城中依旧是一派深冬景象。

灞水两岸寒鸦麇集,枯树和宫墙在晨曦中沉睡。在远处的终南山巅,经年的积雪尚未融化。

两名御前侍卫在马背上昏昏欲睡。马队进入中央南门之后,很快趱入一条便道,绕过太极殿西侧巍峨的护墙,径直朝太宗皇帝的寝宫走去。

唐太宗李世民看上去一夜未睡,略显浮肿的脸上布满愁容。尽管他强打精神,勉力支撑,遮掩不住的一脸迟暮倦态还是使李淳风吃了一惊。

对臣下素有仁蔼之风的太宗皇帝照例与李淳风寒暄了一番,随后立即将谈话引入正题。

"近来太白金星时常于白天出现,朕日思夜想,未知吉凶。爱卿长于天文历数及阴阳之道,不知有何贤见?"

李淳风略一思索,随即答道:"日月星辰变异之象虽为历朝所不免,不过,臣担心眼下太白金星的出现和坊间流传的《秘记》有关……"

"《秘记》?"

"据《秘记》上说,唐朝三世之后,有武氏起而灭之。"

"朕也已听说过这件事。"唐太宗忧心忡忡地说,"只是不知此人现在何处?"

李淳风面有难色,迟迟不敢答话。

太宗道:"朕今天召你入宫,就是为了这件事。如果天命已现,卿当直言相告。"

"以微臣之见,此人现在已居宫中,近在陛下肘腋。"

太宗闻听陡然变色,他沉默了半晌,若有所思地说道:"朕御宇十多年来,素以仁德仪服天下,殚精竭虑,不敢稍有懈怠,不知何故触犯了天怒……"

李淳风立即拜伏跪奏:"妖主惑乱朝廷,实为天数,并非我朝独有,陛下切莫过于自责。"

太宗亲手将太史令搀扶起来:"既然此人已在宫中,朕若将他除灭,卿以为如何?"

"臣以为期期不可,"李淳风答道,"俗话说天意不可违,此人虽然一时祸殃朝廷,但几十年之后必然锋芒渐消,惑乱自除,若将此人杀害,只怕祸患更甚,也许会危及大唐江山的根基。"

太阳已经升高了,阳光透过皇城的雉堞,将远处太极殿巨大的金顶衬映得闪闪发亮。在单调的宫漏声中,几名太监正在掖廷宫外的甬道上修剪花木。

在很长一段时间里,太宗皇帝似乎忘掉了陪坐在一旁的太史令,独自一人陷入了沉思。过了一会儿,太宗仿佛想起了另外一件事,他抬头向李淳风问道:

"朕听说你和术士袁天罡正在合写一部天地衰变的《推背图》,不知图中是否推衍了大唐的未来?"

李淳风不觉一愣。除了袁天罡之外,他们在终南山麓的清风观合演《推背图》一事绝无外人知晓,不知圣上从何处洞悉了此事。现太宗垂询,李淳风只得据实禀告。

"此图系由《周易》推化而来,现尚未齐备,臣不敢以此扰乱陛下圣听。"

"你不妨说来听听。"

李淳风答道："臣听说日长之时，亦为日短之初，长短相易，阴阳相长，为天地运行之常理。将来祸乱朝廷之武氏为一女子，积阴为阳，所行之事，刚毅勇决为丈夫所不及。不过，五十年之后，武氏气数将尽时，必有圣明之士出来收拾残局。"

"此为何人？"太宗急切地问道。

"淳风现在亦难以窥测。"

第 一 章

1

贞观十七年四月七日，皇太子承乾策动谋反获罪遭废，谪往黔州。与此同时，太宗皇帝驾临太极宫则天门，宣布晋王李治为太子，特赦天下罪犯，并赐酺三天。

当天晚上，太宗召来太尉长孙无忌、中书令褚遂良在内的四位重臣，在贞元殿内室举行了一个小小的仪式，庆贺太子新立。由于宫变甫息，圣上余悸未消，这一次的庆贺仪式并未像往常那样大事铺陈，极尽豪奢，显得有些冷冷清清。君臣相对默坐，枯寂无言。

太宗皇帝今年刚满四十六岁，自从武德九年登基即位至今，作为一代名君，已御宇十七载。眼下虽然正值盛年，往昔栉风沐雨,不避矢石锋镝的煊赫英气似乎已一去不返。承乾被废遭贬使他第一次经历了骨肉相残的怆痛,也终于使他看清了大唐王朝内忧外患、风雨飘摇的岌岌危局。银烛摇曳,灯影幢幢。太宗在重臣面前虽一再强作笑颜,但已遮掩不住满脸意消气萎的垂垂老态。

国舅长孙无忌脸上的表情也同样滞重而仪肃。他完全能够明白皇帝陛下此刻的尴尬处境。在太宗的十四个子嗣当中,陛下平常对四子魏王泰和三子吴王恪最为钟爱。早在承乾谋反之前,太宗即屡次向无忌做出过易储的暗示。眼下新立九子李治为太子,完全是长孙无忌一手操纵的结果。名相魏征去世之后,无忌居位显赫,权倾朝野。而晋王李治生性懦弱,仁厚无能,一旦陛下龙驭上宾,朝野上下无疑将是无忌的天下。因此,长孙无忌于持重泰然的外表之下,显露出夙愿已偿的自负和欣慰。在对自己的成功暗自陶醉的同时,无忌并没有意识到巨大的危险正朝他步步逼近:他劝立李治为太子的结果之一,便是为日后自己的覆灭埋下了祸根。

太子李治这年二十二岁。他对于自己突然被立为太子毫无准备,对于权力格局的悄悄变动也浑然不觉。事实上,他也没有必要知道得更多。既然他对权势和皇位素来没有兴趣,他所应该做的无非是顺乎天命,按部就班而已。在贞元殿内的宴席上,他看上去显得颇为轻松。

觥筹交错,月上宫墙,不觉已过初更。贞元殿内气氛沉寂,郁闷。太子李治恍惚中站起身来,经过一条暗香浮动的长廊,朝外室走去。随侍在侧的一名宫女悄悄地跟上了他。

看到太子离开,唐太宗默默地喝了一杯酒,突然对长孙无忌说道:

"朕在治这个年纪,已骑征天下,威服远疆,可太子现在仍似浑噩未醒,这如何是好？但愿治长大之后,能够威武雄壮一些。"

太宗皇帝的话中对晋王李治颇不放心,而且还隐隐透露出对英武潇洒的吴王恪的赞赏与愧疚。长孙无忌反驳道:"皇上勇猛剽悍,为开创天下的一代英主,太子李治却宽仁有德,将来必能守成有功,安抚苍生。以无忌之见,实为皇天所赐至福,陛下何忧之有？"

无忌话音刚落,中书令褚遂良、侍中韩瑗相继劝谏。褚遂良举例道:"太子新立之初,即上表圣上,恳请赦减承乾之罪,足见他圣德有礼。现太子虽未出宫门,仁爱之名已播于天下……"

太宗皇帝没有再说什么,只是微微地点了点头。

太子李治站在窗前,看见一个侍女在他身后垂手侍立。李治感觉到这个侍女非常面熟,好像在哪儿见过。

"恭喜殿下……"侍女悄声说道。

李治细细地打量着她,醉酒的不适顿时烟消云散。在半明半暗的烛光下,一张俊美的脸正满含期待地仰望着他。李治很快想起来,有一次他随父皇去禁苑看宫女们打球时曾经见过她。当时,一匹脱缰的烈马受惊,将试图降服它的宫廷驯马师一个个地摔在地上。太宗皇帝在一边看了一会儿,自言自语道:"这匹烈马难道无人能够降伏吗?"突然,一个女人的声音打破了沉默:"陛下,臣妾能制伏这匹烈马,不过,臣妾需要三件工具:一条铁鞭,一个铁锤,一把匕首。先以鞭笞,不驯则施以铁锤,若再不驯服就用匕首割断它的咽喉。"

这个稚气未脱的女人给李治留下了难忘的印象。他立即向身边的侍从打听她的名字,站在一旁的高阳公主向他做了个鬼脸:"这是父皇新选入宫的武才人……"

李治神不守舍地凝望着眼前的这位女人,一度忘了自己置身何处。贞元殿里,父皇好像正在和大臣们说着什么,话音似断似续。窗外树声沙沙,月光满地,风吹珠帘,熏香扑鼻,李治不觉心旌摇荡,难以自持。

李治从侍女手中接过一方汗巾,擦了擦脸,随后低声问道:

"你叫什么名字?"

"侍妾武媚娘。"侍女的答话如同耳语。

李治惘然若失地摇了摇头,将汗巾递还给她,转身欲去。

"太子殿下……"

武才人急切而大胆地叫了一声,握住了李治的手,脸上汗珠涔涔。她仿佛有许多话急于出口,又不知道从哪儿说起。

李治一时手足无措。他慌忙躲开她炽烈的目光。一阵强烈的晕眩过去之后,在被紫红的窗格衬得微红的光线下,他听到了细若游丝的喘息声。他不知不觉地将她拥入怀里。

恍惚中,她身上散发出来的奇异的兰麝之香很快将他带到了一个遥远而陌生的地方。如果说,武才人作为父皇宠幸的嫔妃这一事实犹如一道无形的屏障曾将他们远远隔开,那么现在,这道屏障已经变成了神秘的禁忌、恐惧和乱伦的快乐的混合体。

"殿下请快些回去吧,你在这儿已待得太久了。"武才人推开李治的手,用手帕擦拭着太子脸上的胭脂。李治若有所失地看着她,迟迟不愿离去。

"请殿下先回去,臣妾稍后再来,免得让人怀疑。"

武则天回到永巷的掖廷宫时,天色已近四更。一条湿漉漉的巷道浸沐在黑暗之中。当她走到一扇被月光照得银白的拱桥边时,远远地看见大太监魏安正提着灯笼在巷道的尽头等她。四年前,在武则天来到永巷的一个晚上,就是魏安给她送来了陛下幸召的御旨和沐浴用的澡盆与薰香。魏安像宫中所有的太监一样,贪婪、自私、面目凶残。不过,由于一种无法说明的原因,他对武则天却显得颇为亲近。皇帝初幸的那天晚上,当武则天洗沐一新在梳妆台前整理鬓发时,魏安隔着幕帘低声嘱咐她进宫面君时应当注意的种种细节。他那略带沙哑的嗓音使武则天进宫以来第一次感到了温暖。久而久之,魏安就成了武则天在举目无亲的宫廷中唯一的依靠。

宫女们纷纷回房之后,魏安打着灯笼来到了武则天的跟前,悄悄问她:

"武才人,见过太子殿下了吗?"

武则天疲惫地点了点头。

"这就好了,"魏安说,"今天你去贞元殿,我一直在为你担心。不过,你以后可要处处留神。皇宫大内看似风平浪静,实则瞬息万变。稍有差池,就会铸成大错。"

武则天谢过魏安之后,回到了自己的寝房内。她坐在窗下,目送着太监魏安的身影在巷道的尽头渐渐消失,长长地松了一口气。虽然夜色已深,武则天毫无睡意。从终南山方向飞来的一群乌鸦栖息在巷外的树枝上,冰凉的啼叫声撕破了月色中宁静的天空。她久久地注视着树梢的顶端展露出来的满天星斗,仿佛从晦暗不明的苍穹之下看到了一线光亮。

2

贞观二十三年仲春,太宗皇帝李世民在终南山的翠微宫里染病卧床。两个月之后,太宗的病情急转直下,到了夏初,已近弥留之际。秀丽的终南山谷中终日笼罩着一种神秘而紧张的气氛,含风殿内汤药和安息香的气息弥积不散。太子李治日夜侍奉在太宗的床边,寝食不安,前来探病的御医和大臣进进出出。宫中的侍女两眼红肿,暗自饮泣。唯有山谷中的清流和瀑布仍像往常一样淙淙流淌,随着微风送来一阵阵阴森森的凉气。

五月十二日,太宗皇帝命左右侍臣和宫女尽皆退下,将太子李治叫到了床边。

"看起来,朕的病情日笃,恐大去之期已不远了。生死乃人间常理,朕并不畏惧。朕所顾念的唯有我大唐宗庙江山……"

太宗刚刚说了几句,就已气喘吁吁,不得不停下来喘息,过了一会儿,太宗继续说道:"高祖在世时曾说,国有三哀:不辨贤能,知而不用,用而不信。今我朝四海升平,贤士良臣云集。无忌才智过人,敏于进退,遂良忠心可鉴,耿直善决,有此二人辅佐你,朕可无忧。将军李世勣,勇猛剽悍,是安邦定国难得的三军统帅。过去,我一直没有重用他,特意将他留下来辅弼你。现在我要将他贬往外地,等我死后,你可见机将他召回,让他担任仆射之职,这样,他必会对你感恩图报……"

太宗一席话尚未说完,李治早已泪流满面。随后,太宗又将太尉长孙无忌、中书令褚遂良召入含风殿内。唐太宗握着褚遂良的手,看了看两位大臣,说道:"这些年来,卿二人对朕忠心耿耿,朕一直对你们深为倚重。今将二卿召来,受孤遗命。太子忠厚仁孝,你们都是知道的,现在,朕将江山子嗣托于二卿,望善为辅佐,趋吉避凶,恪守寡人遗范,永保大唐社稷……"

无忌和褚遂良默然受命,含泪领旨。过了片刻,太宗长叹了一声,看着垂立在侧的李治说道:"朕现在可以放心地去见先帝了。"

五月十六日午后,太宗皇帝在含风殿溘然长逝。同一天,太子李治在太宗灵前宣誓登基,是为高宗。父皇初丧,李治悲不自胜,日复一日跪立在太宗灵位前,守护待旦。无忌见状,只得上前援例劝慰,命宫女将他扶入别房寝息。

这天晚上,李治在昏睡中醒来的时候,发现武才人正背对着他坐在床边暗自落泪。一轮新月悬挂在窗外秀木丛集的山巅,父皇灵堂里僧侣们的诵经之声远远传来,听上去如同梦寐。李治很快就觉察到,在夜凉如水的山谷里,不时传来马匹的悲鸣,其间还夹杂着女人隐隐的哭声。

李治久久地凝视着武则天瘦削的脊背,一缕浓浓的暖意掠过心头。自从贞元殿与她邂逅以来,他几乎每天都能在宫中看到她。每当他们目光相遇,她总是冲他会心一笑。李治仿佛一直是在隔着一层浓雾在看她似的。

李治将一只手轻轻地搭在她的肩上,武则天吓了一跳,她转过身来,擦了擦眼泪:"陛下……"

"现在是什么时辰啦?"李治问道。

"已过了三更天了。"

"窗外的山谷里,好像有人在吵吵嚷嚷……"

"陛下,"武则天答道,"那是宫女们在准备马车。"

"马车?"

"明天一早,先帝的嫔妃们就要前往感业寺了。"

"哦……"李治叹息了一声。他想起来,按照朝规,先帝驾崩之后,身边的嫔妃和宫女一律出宫削发为尼。

"这么说,你明天一早也要离开这里了?"李治又问。

武则天的眼泪又流出来了,她点点头。

"臣妾与陛下今夜一别,便是永诀……"

李治转过脸去看着窗外,山谷中的一条便道上,几辆黑乎乎的马车静泊在淡蓝色的月光中,一些太监和侍从的身影在树林中来回逡巡。

"陛下……"武则天突然拉住李治的手,脸上呈现出既腼腆又放浪的神色,"陛下,在去感业寺之前,就让臣妾最后侍奉陛下一次吧……"

武则天像往常一样含着哀怨与期待的目光大胆地看着李治。她的眼神中所包含的隐秘的成分再一次让李治感到了头晕目眩。在过去的年月中,他曾经一直在寻找自己与她单独相处的时机,现在,当机会来临的时候,他们所处的位置与太宗肃穆阴森的灵堂竟只有一墙之隔。

"可是……"李治下意识地朝门外看了一眼。

"门外的太监和侍卫在天亮之前是不会让任何人进来的,"武则天仿佛看穿了李治的心思,"请陛下快一点……"

李治昏昏沉沉地跟着武则天来到了内室的重重幕帘之中。当李治第一次在灯光下看见她秀美健硕的胴体时,灵堂里僧侣的诵经之声似乎越来越远。压抑不住的快乐的潮水因恐惧和罪孽感在他体内迅速暴涨。

在暗红色的灯光之下,李治感觉到她那袒露的肌肤宛若一面明亮的铜镜,映射出父皇虚胖而略显浮肿的身影,这个影子他怎么也驱赶不掉……

一种神秘的声音伴随着流水般的喘息灌满了他的耳朵,它与其说是来自他的心底,还不如说是来自他焦渴的躯体。

让伦理、罪孽和禁忌统统见鬼去吧。

3

安业寺位于朱雀大街以西约莫三十里之外,原先是蛰伏在长安城外废街中的尼姑庵,在武德九年被改名为感业寺之后,它实际上已成了收容前朝宫女的牢狱。寺内杂树丛生,断垣处处,在残破颓败的佛塔的阴影下,几座低矮的房舍散搁在荒野之中。

武则天和宫女们被遣送到这里的时候,已是六月的初夏。寺院中空气沉闷,除了树上的麻雀和喜鹊不安地鸣叫之外,唯有呆板、滞重的钟声在旷野里回荡。

这天傍晚,武则天和新近入寺的宫女们排着长队来到了一座佛堂前,接受剃度。主持剃度仪式的尼姑名叫法明,看上去约莫六十来岁。从她身上已经丝毫看不出一个女人的影子,她的身材像男人般健壮,嗓音粗犷、有力。法明向宫女们详细说明了寺院的院规以及宫女们必须遵循的种种礼仪之后,开始为她们剪发剃度。

落发的仪式虽无痛苦,但对于那些曾在华丽宫廷尽享优游,欢宴无歇的宫女们来说,仪式本身却显得惊人地残酷:随着蛾黛鬓云悄然落地,过去的岁月已一去不返,她们的残生将在这座荒寂的寺院中度过,除了一堆白骨之外,什么也不会留下来。

剃度仪式刚刚开始,感业寺中就响起了一片号哭之声。

排在武则天前面的一个宫女也许被这样一种仪式所包含的不祥内容吓呆了,任凭尼姑们苦苦相劝,怎么也不肯接受剃发。法明见状,笑嘻嘻地朝她走了过去,不动声色地在她脸上扇了几个耳光:

"你以为你是什么东西!"

那名宫女立即就不吱声了,泪水在她脸上无声地流淌。

武则天一声不吭地来到佛堂前的椅子上坐下,自己动手解开了头上高绾的发髻。她本能地意识到,现在就开始为自己命运的乖戾而哭泣也许还不是时候,她需要冷静下来,积攒起所有的精力来应对正在降临到她身上的一切。法明手里握着一把咔嚓作响的剪刀悄悄地来到她的身后。

"你知道她们为什么哭吗?"法明用讥讽的语调向武则天问道。

"她们在追念先帝的恩德。"武则天不卑不亢地答道。

"那你为什么不哭?!"

"我的眼泪早已流干了。"武则天大声说道,仿佛要使在场的每一个人都能听到她的声音。

"你叫什么名字?"过了一会儿,法明问道,语调已经平和下来。

她们来到感业寺的当天晚上,寺院里就发生了一件事。一名宫女在夜里偷偷跑出寝房,在院中树林里的一棵槐树上吊死了。第二天拂晓,当武则天随着宫女和尼姑来到佛塔前为先帝焚香时,她的尸体已经被人从树上取下来,横放在佛塔前的井栏边。按照先朝旧例,宫女们入寺为尼一方面是为先帝守节,另一方面,朝廷将她们幽禁在与世隔绝的环境中,也是为了使这些皇帝陛下所宠幸的嫔妃不至于将宫中的秘密泄露出去。但是,宫女的自杀往往会被当作不愿追随先帝的忤逆之举,自然法无可绾。尤其是在入寺的第一天就发生这样的事,更使法明怒不可遏,她下令对尸体鞭笞三百下。负责鞭打的尼姑似乎对此格外卖力,不一会儿,那名宫女的尸体便已血肉模糊,血腥之气招来了无数的苍蝇。

一名瑟瑟打抖的宫女紧紧地依偎在武则天的身边,悄悄问道:"这里的尼姑怎么比宫中的太监还要残忍?"武则天的回答却显得颇为平静:

"和皇宫中一样,在这个荒凉的寺院里,一个人如果不找出点事来做做,一定会发疯的。"

随着感业寺庭院里的桂树飘散出清新的芳香,夏天很快就过去了。在刻漏和日晷的阴影里,蟋蟀开始了不安的鸣叫,黑夜随之渐渐拉长。

宫女们仿佛一株株被寒霜打枯的树木,在清凉而悠长的钟声中静静枯萎。她们意气消沉不施粉脂,甚至脸也懒得洗。上吊自缢的事件在院中时有发生,她们的尸体在院外的草丛中有时一晾就是好几天。她们中的一些人很快就学会了通过自慰或同性间的相互亲昵来获取快乐,但这无疑加速了她们的沉沦和衰老。

武则天的情形似乎显得与众不同。她几乎每天天不亮就起来,承揽下了寺院里几乎全部的杂务:打扫庭院,去伙房帮着拣菜,给树木剪枝,照料花圃里的草木。她的耳畔时常回响着太监魏安在她临行前给她的意味深长的忠告:"当一个人好运来临的时候,他需要用冷静、大胆、谦卑和智谋来帮助自己获取更大的成功,而在逆境之中,他仅仅需要勇敢就足够了。"

武则天在寺院中默默地劳作,不久就赢得了法明住持和尼姑们的好感,同时也招来了同行宫女的嫉恨、讥讽和嘲笑。随着时间的推移,宫女们在对她的不满之中渐渐掺进了一种无端的猜测:倘若不是上苍在冥冥之中对她格外顾恤,一定有一种无形的力量在暗中支撑着她。她们的猜测也并非没有道理,它很快就在第二年的暮春得到了证实。

这天中午,寺院的尼姑和宫女们正在午睡。武则天独自一人出了寝房,沿着寺院的护墙朝远处一座废弃的佛堂走去。她一边朝前走,一边不安地回过身来四下里张望。

一名宫女隔着门帘的流苏远远地窥视着她的一举一动。她曾经一连几次看到武则天朝那座废庙走去。在沉寂的阳光中,她看见武则天在水井旁停下来,吊起一桶水洗了洗脸,随后她跨过花圃的篱笆,采撷了一把花束。她久久地注视着武则天健美颀长的身影,随之而起的一个念头使她不禁两腮发热,面色绯红。接着,宫女出了房门,悄悄地撵上了她。

武则天刚刚走进庙宇的院中,宫女就在身后跟了进来。

"姐姐……"宫女气喘吁吁地叫了一声。

武则天回过头,看见宫女脸上堆满浮靡的笑容倚在门扉边。

"你来干什么?"武则天问道。

"姐姐趁着午后到庙堂来,一定是在等什么人吧?"宫女笑嘻嘻地朝她走过来。

武则天后退了一步:"你想干什么?"

宫女淫狎一笑:"怪不得李氏父子都被你搞得神魂颠倒,姐姐果真貌若天仙……"

"放肆……"武则天怒道。

"姐姐何必认真,咱们寺中都是女人,谁来还不是一样……妹妹这双手待会儿会让你魂飞魄散的……"

宫女不由分说地朝她凑过来。她的手刚刚碰到武则天的腹部,随即就像被火烫了一样缩了回来,同时她的眼睛也惊恐地睁大了。

"姐姐……你怀孕了?"

武则天嫣然一笑。

宫女正想说什么,一个她所熟悉的声音在庙堂之内飘然而出:"院中何人喧嚷?"

"皇上吉祥!"武则天闻听伏地跪拜。

"皇上?"宫女自语了一声,她还没有来得及回过神来,高宗李治在一群侍卫的簇拥下已经出了庙门,朝这边徐徐走来。

"臣妾不知皇上驾到,罪该万死……"宫女脸色惨白,浑身战栗不已。

"大胆贱妇,先皇驾崩,丧期未满,你竟敢在神庙之中秽辱先帝,拿下!"高宗喝道。

两名御前侍卫立即挺剑上前。

"姐姐饶命……"宫女用哀求的目光看着武则天。

"事已至此,"武则天平静地说,"我想救你恐怕也不行了。"

4

皇帝陛下频频驾临感业寺的消息虽然经过严格的保密,但寺中的住持和尼姑们对此也并非一无所知。法明住持本能地感觉到,这桩艳情的两个当事人,一个是本朝天子,另一个是已故大行皇帝的宠妃,任何的闪失和唐突之举都将可能给自己引来杀身之祸。也许佯装不知,听其自然才是唯一可行的办法。

到了秋天,武则天所穿的黑袍法衣再也掩饰不住悄悄隆起的腹部,流言和猜测在寺院的尼姑和宫女们中间四处流传。武则天终日面色苍白,食欲不振,常常在伙房呕吐不止。法明不禁感到忧心忡忡。

一天下午,法明派身边的一个尼姑去请武则天来静修堂喝茶。尼姑去后不久就独自回来了。她告诉法明,武则天正在床上卧眠,她说如果住持有事找她的话,可以到她的寝房去。法明怔了一下,随后命尼姑从堂内取出一包上好的茶叶和两挂葡萄,朝武则天的住处走去。

法明来到武则天的床边,武则天手里拿着一本《大藏经》,正在闭目养神。她见住持进来,只是微微欠了欠身,算是打了招呼。

法明住持将茶叶和葡萄搁在床边的斗桌上,两人照例闲语了片刻。

过了一会儿,法明忽然说道:"武才人日后飞黄腾达之时,不知还会不会记起幽处寺中的贫尼……"

"法师何故这样说?"武则天冷冷答道。

"姑娘既已身怀六甲,重入皇宫只是早晚的事。"

武则天慵懒地闭上了眼睛,没有搭话。

法明继续说道:"贫尼长处寺中,于寂寞无聊之际,常以阴阳术数之道排遣光阴,年深月久,倒也略通相术。以贫尼之见,才人龙睛凤颈,眉吐英气,颇类伏羲之相,日后前程当不可限量。"

住持的一席话似乎触动了武则天纷乱而沉睡的记忆。在她七岁那一年冬天,曾有一个名叫袁天罡的江湖术士踏雪登门,在父亲的书房里拱炉夜谈。住持的话仿佛是那个术士苍老的声音的又一次重现,令武则天惊愕不已。

法明叹息了一声,喃喃说道:"自古以来,千红一哭,万艳同悲,女人的命运总是极为相似的,一旦容颜衰老,两鬓成霜,难免被人弃如草芥,枯索而终……"

武则天倏然变色,她从床上起来,朝住持躬身施礼:"小人眼拙福浅,不知高人惠临,还请法师多加指点。"

"才人不必多礼,"法明欠身相让,接着说道,"自混沌初开,天下江山莫不由男人主宰,女人纵有光风霁月之度,经天纬地之能,也不过是残虫小鱼,流花浮萍,略事点缀而已。对于女人来说,下福之人,自不免奉寻堂前,枯度一生;中福之人可入于钟鸣鼎食之家,夫唱妇随;上福之人将位列君侧,尽享富贵荣华。才人骨相非凡,日后造化又在福外……"

"何为福外?"武则天赶忙问道。

"贫尼不敢妄言。"

"法师但说无妨。"

"当位列仙班,君临天下。"

武则天听罢,早已泪流满面。她当即就地跪倒,叩头拜谢:"法师在上,谨受小女子一拜。"

法明慌忙将武则天扶起,低声说道:"贫尼现已老朽,恐怕看不到那一天了。若日后果成大事,我在九泉之下亦会引为荣耀。俗话说,欲行大事之人,必有非常之器,你宜好自为之。"

武则天呆呆地看着窗外。屋外乌云低垂,秋风飒飒,一场大雨已在眼前。

一个白雪皑皑的冬日,高宗皇帝派出的一队黄衣使者来到感业寺,宣召怀孕六月的武才人重入皇宫。武则天虽然觉得这件事是在意料之中,可是当它终于降临到自己身上,她仍然感到有些突然和仓促。

感业寺蛰居的漫漫长夜终于过去了,但武则天丝毫没有如释重负的感觉。在返回宫中的马车上,一名随行的侍女悄悄地告诉了武则天宫中近来所发生的一切。当时,高宗皇帝所宠幸的另一位女人萧淑妃现已产下一子,而没有子嗣的皇后王氏似乎正在竭尽全力设法将日益受宠的萧淑妃除掉……

武则天不安地想到,生性懦弱的高宗皇帝将一个先帝的嫔妃迎入宫中,不仅没有受到无忌等权臣的阻止和反对,而且据说还得到了皇后王氏的暗中支持,看来,这其中必然潜伏着一个鲜为人知的重大交易……

第 二 章

1

高宗皇帝继承大统之后,即开始了长达五年的永徽之治。在相当长的一段时间内,朝廷内外一度风平浪静。除了晋州发生地震,恒州豪雨成灾之外,几乎无事可述。

永徽三年三月,武则天在宫中生下一男,取名为弘。同年七月,王皇后的义子陈王忠被册立为太子。这年在后宫所发生的盘根错节的立储风波看似末端小节,但它却导致了往后宫中一连串令人眼花缭乱的纷争。

萧淑妃容貌艳丽,举止高雅,深得高宗宠幸。高宗曾不止一次地向她许诺,一旦时机成熟,他将立萧淑妃的儿子素节为太子。当高宗试探性地将这一意图透露给长孙无忌和褚遂良等大臣时,立即遭到了臣僚们的坚决反对。在立储这件事上,长孙无忌认为最合适的太子人选当为高宗长子陈王忠。高宗的意见既然没有得到长孙无忌等大臣的赞同,至于立长子陈王忠为太子一事他亦态度暧昧,曲意拖延,这件事就此搁置起来。

一天上早朝时,无忌偕同右仆射褚遂良、左仆射于志宁、中书令韩瑗等人再次联袂上奏,要求立陈王忠为太子。高宗皇帝似乎仍想将这件事拖延下去,他像往常那样敷衍道:"此事容朕再考虑考虑。"接着就要宣布退朝。

不料这一次,长孙无忌早有准备,他见高宗皇帝借故推延,便率众臣上前一步,绕过问题的实质,说起了另外一件事来。

无忌奏道:"近来听说陛下的第五皇子降世,臣等庆贺皇上。"

无忌所说的第五皇子就是武则天的长子弘。高宗一听,顿时面红耳赤,他与先帝嫔妃有染并生下一子之事,朝中臣僚尽皆知晓,只是不便明说而已。现在长孙无忌故意当着文武百官之面将此事挑开,似乎在蓄意与自己的面子过不去。无忌的言外之意非常清楚:他与朝中重臣之所以没有在这件难堪的事情上深究下去,是以皇帝陛下答应立陈王为太子为前提的。

"臣等请求陛下将武才人升为昭仪。"无忌进一步提出了交换条件。

高宗皇帝再也不愿意在这件令人不快的事情上纠缠下去了。他当即下诏将武才人擢升为昭仪，并册立陈王忠为太子。

当萧淑妃意识到自己成了这桩幕后交易的牺牲品时，愤怒和绝望终于使她失去了理智，她整日在房中哭泣，将存心前来抚慰的高宗一连数次挡在门外。此刻的高宗李治正被原罪和乱伦的恐惧以及对萧淑妃的愧疚之感紧紧包围着，迫切需要得到一个排泄的场所。萧淑妃对高宗的冷落无疑使她的处境雪上加霜。李治往往在刚刚吃了萧淑妃的闭门羹之后，立即命令宦官改道前往武则天的住所。命运仿佛故意在作弄她，注定了要使她铸成大错。当萧淑妃有一天突然从梦幻中惊醒过来，一切毕竟都已太晚了。

武则天在擢升为昭仪之后，她的前途也并非一帆风顺。尽管皇帝陛下几乎每夜都要驾临她的寝宫，而且皇后王氏在消除了自己宿敌的影响之后对她信任有加，但武则天并未获得足够的安全感。在朝廷的后宫内院，一个阴谋的暂告平息几乎立刻意味着另一个阴谋的开始，这是每一个身处后宫的女人们必须懂得的基本常识。

大太监魏安再一次来到了武则天的身边。他提醒武昭仪：随着萧淑妃在内宫的势力的消失，在王皇后眼中，武则天这块筹码也将失去作用。一旦王氏认识到自己身为皇后而形同虚设，女人的嫉妒心会促使她铤而走险的。况且王皇后的兄长柳奭素与无忌相善，目前已升任宰相之职，在朝中的势力正如日中天……

一天晚上,皇后王氏遣派一名使女来到武则天的住处,请武昭仪翌日散朝之后去颐云宫品茗小坐。即便来者只是一名宫女,武则天仍然郑重其事地远远出来迎接。她所表现出来的异乎寻常的热情一度使宫女感到手足无措。

武则天将宫女引入内室,命人奉上香茶之后,满面春风地对她说道:"妹妹深夜到此,不知有何吩咐?"

使女见武昭仪以姐妹相称,不觉一愣,她见武则天的脸上并无嘲讽之意,这才安下心来,说明了来意。

"还请妹妹转告皇后,明日散朝之后,我一定按时前去探访。"武则天说。

"妹妹今年多大了?"过了一会儿,武则天问道。

"十八。"

当武则天问到她家居何处,现家中尚有何人时,宫女早已泪水涟涟。武则天照例宽慰了她一番。

"妹妹生得聪明伶俐,日后必有洪福。"武则天略微停顿了一下,继续说道,"既然妹妹在朝中举目无亲,我看咱们日后就以姐妹相称,在宫中也可以有个照应……"

使女听武则天这么说,立即跪地叩拜:"常听人说武昭仪礼贤下士,待下人亲同手足,今亲蒙昭仪恩泽,奴婢就已感激不尽,怎敢妄自高攀,辱没了昭仪的名声。"

武则天笑了笑,说道:"我们同为女人,在宫中侍奉陛下,何分彼此?妹妹快快请起。"

使女见武则天诚意弥笃,便行叩拜大礼:"姐姐恩典,小人没齿难忘，日后或有效劳之处，纵然粉身碎骨，也在所不惜。"

武则天淡淡一笑，随手摘下一块玉佩，递给使女："这块玉佩请妹妹收下，权充见面之礼。"

"这么贵重的东西，小人怎么敢拿？"

"既然咱们已结为姐妹，往后就是一家人了，妹妹不必客气。"

使女收下玉佩，见时候不早，便起身告辞。武则天一直将她送出了嘉献门外。

她们走到一处无人的地方，使女拉了拉武则天的衣袂，低声说道："姐姐，我有一事相告。"

"什么事？"

"近来皇后娘娘宫中时有武士出入，仿佛在商量什么事情，奴婢虽不明底细，但料想对姐姐不利。"使女神色慌张地说。

武则天竭力显出平静的样子，点了点头。

"皇后娘娘这些天与萧淑妃也过从甚密，她们常常以污秽之语咒骂昭仪。"

"她们骂些什么？"武则天语含讥讽。

"她们骂昭仪祸过妲己，妖比褒姒……"使女想了想，又说，"以奴婢之见，近来宫中气氛紧肃，明日去颐云宫之事，姐姐似宜借故推托。"

"我知道了，"武则天拉住使女的手，"多谢妹妹一番苦心。"

看着使女远去的背影,武则天站在嘉献门外的秋风中,迟迟没有离去。

第二天一早,武则天派自己身边的侍女前往皇后宫中,以"偶染小疾,卧床不便"为由谢绝了王氏的邀请。到了晚上,王皇后便以探病为借口,亲自来到了武则天的住处。

王皇后没有想到的是,在昏暗的灯光下,武则天的寝宫外站着两排宫廷侍卫。王皇后在几名随侍的簇拥下来到门前,一位披铉执剑的卫士挡住了她的去路。

"皇帝陛下有旨,任何人不得入内。"武士语调矜持,目不斜视。

王皇后不禁倒吸了一口凉气。在来时路上,皇后一直心事重重,犹豫不决。以自己皇后的身份降尊前去探访一个昭仪使她难以容忍,有好几次,她甚至想半路回宫,以至于不到五百米的路程,她竟足足走了半个多时辰。

王氏身边的宦官见皇后被拦,便上前喝道:"放肆,皇后娘娘驾到,还不退下!"

门前的武士也不示弱,他并不答话,而是"唰"的一声亮出了宝剑。

在寝宫之内,高宗李治正和武则天纵谈天下文章,吟诗酬唱,对宫外之事浑然不觉。

2

永徽五年初春,武则天生了一个女儿。到了这一年的十二月,武则天又生下第二个儿子贤,此时,长子弘已年满三岁。

永徽五年可谓多事之秋。这一年,有两桩重大的事件在后宫相继发生。

一天清晨,王皇后未带任何侍从,独自一人朝武则天的寝宫走去。时值阳春三月,绵绵细雨时断时续。后宫假山深处的梅花吐蕊绽放,嫔妃和宫女正三三两两沿着御花园的幽僻小径散心赏梅。

近年来,王皇后意识到,无论是萧淑妃还是她自己,均被高宗皇帝撇在了一边,只有在武则天怀孕的那几个月中,高宗才偶尔驾幸皇后的宫殿。另一方面,武则天似乎也加强了对自己的防备,除了宫中例行的节日大典之外,两人见面的机会也越来越少。武则天对自己的冷漠、高傲虽一如往昔,但她并无过分的飞扬跋扈。当皇后得知武则天产下一女之后,她想利用探访之便暂时缓和一下两人日益紧张的关系。再说,武氏的子女亦为皇帝嫡嗣,自己作为一国之后,也理应对此略表关切。

王皇后想起来,她曾经和萧淑妃在自己的宫中内帐做过一番密谈。当她们谈到高宗李治为何撇下后宫三千佳丽,对武则天情有独钟时,萧淑妃答道:我听说武则天用禽兽之法魅悦陛下。王皇后忙问:什么禽兽之法?萧淑妃诡谲一笑,她比画着手指做出一个淫亵动作……想到这里,王皇后不禁也笑了起来。

武则天的寝房外显得空寂而冷清。几个奶妈和宫女见皇后驾到,便远远出来迎候。

"武昭仪在吗?"皇后问道。

"武昭仪到后园赏梅去了,"奶妈答道,"奴婢这就前去通报……"

"不必了,"王皇后摆了摆手,"我只是想来看看小公主。"

王皇后穿过一排回廊,走进了育婴室。小公主安卧在墙边的一张摇床里,看上去正在熟睡。房中的炉火照亮了她那红扑扑的小脸。王皇后多年来一直未能生育,似乎对婴儿格外喜爱。她从摇床里将小公主抱起来逗弄了一番。也许是房内木炭的气味过于呛鼻,王皇后很快就觉得头穴一阵窒息般的疼痛。她将小公主放回摇床,来到了屋外。

"公主正在熟睡,过两天我再来看她。"王皇后向门外的侍女和奶妈吩咐了一句,就匆匆离开了。

王皇后走后不久,散朝之后的高宗李治带着七八名宦官朝武则天的住处走来。这时,武则天也刚从御花园散心回来。她见高宗驾临,赶忙率领内侍前来迎候。

"皇上吉祥。"武则天拜伏行礼。

"免礼,免礼,"高宗哈哈一乐,"小公主现在怎么样啦?"

"她正在育婴室熟睡呢。"武则天答道。在散心赏梅的途中,她的脸经冷风一吹,显得红晕而充满光泽。她转身对一名宫娥说道:"还不快去将小公主抱出来让陛下瞧瞧。"

宫娥答应了一声,便朝育婴室走去。

过不多久,宫娥和一名奶妈神色慌张地从育婴室跑了出来。她们跑到高宗和武则天的面前,扑通一声跪倒在地:"启禀皇上、武昭仪,小公主……"

武则天一愣,厉声喝道:"公主怎么啦?"

"公主手脚冰冷,脸色苍白,怎么摇她也不醒……奴婢失职,罪该万死。"

武则天惊叫了一声,当即晕倒在高宗的怀里。

高宗皇帝来到育婴室,看见小公主僵直地躺在摇床里,双目紧闭,脸色如灰,看上去早已断气多时。高宗用威严的目光扫视着身边吓得直打哆嗦的宫娥和奶妈:"这是怎么回事?"

宫娥与奶妈早已魂不附体,她们面面相觑,竟不知如何作答。

武则天这时已经在几名侍女的搀扶下来到了门口,她像是强忍着眼泪,脸色和语调似乎都已平静了许多,她问道:"刚才,是不是有什么闲人来到这里?"

宫娥看了看高宗,又看了看武昭仪,迟疑不决地答道:"刚才,皇后娘娘倒是来过……"

"大胆。"武则天喝道,"皇后娘娘一行驾临,我怎么会不知道?"

"皇后娘娘这次来,并未事先通报,"宫娥硬着头皮往下说,"她只是一人前来……"

高宗一听,眉头立刻皱了起来:难道是皇后她……高宗素来不喜欢王皇后,这门太宗在世时钦定的婚事长期以来一直使他悒悒不欢。在他看来,王皇后表面上看似端庄有礼,实则智谋过人。她怂恿自己召回武则天的真实意图在于,一方面她可以利用高宗对武则天的宠幸来削弱萧淑妃的势力,同时,她又鼓动朝中大臣在立义子忠为太子这件事上与皇帝讨价还价。最近一段时间里,他又发现王皇后与宿敌萧淑妃常在一起密谋,形迹极为可疑。而此刻的武则天在他眼中却犹若一叶随风飘荡的孤舟,境况堪怜,无所依傍,若不是自己有意袒护着武昭仪,很难说王皇后会闹出什么事来。

高宗李治将这些事仔仔细细地想了一遍之后,不禁为自己的仁慈所感动,泪水夺眶而出:"一定是皇后杀了我的女儿。她已经不配母仪天下,我也许应当废了她。"

话一出口,高宗自己也吓了一跳。武则天亦颇感意外,她对高宗说道:"都因我未能看护好小公主,才有今日之祸,现在又触动陛下圣怒,罪及皇后娘娘,臣妾罪该万死。"

高宗只是冷冷地说了一句:"这事和你没什么关系。"随后拂袖离去。

小公主暴毙一事随后即在宫中闹得沸沸扬扬,王皇后的尴尬处境很快得到了无忌等朝中大臣的同情。无忌向高宗反问道:"如果皇后娘娘意欲加害武昭仪,杀掉一个公主又有何用?她为什么不直接向武昭仪下手呢?"

高宗闻听,倒也无话。

公主暴亡一事最后不了了之,但是这件事情的影响却使武则天看清自己的潜在对手:那是一个包括长孙无忌、中书令韩瑗、仆射褚遂良在内的强大的势力集团。

这一年的七月,宰相柳奭在高宗的压力下被迫辞职,迁任外省。他的妹妹皇后王氏虽未遭废黜,但实际上已形同幽禁。

这天傍晚,大太监魏安像往常一样早早来到掖廷宫,向武则天请安。武则天兀自坐在房内的梳妆镜前,脸色憔悴,像是通宵未眠。早些时候,魏安听说武则天和高宗皇帝曾秘密造访过太尉长孙无忌的府第,并带去十车金银罗缎,这次造访最后以不欢而散而告终。送去的十车金银,无忌只是象征性地收取了几件,大部分原封不动地退了回来。

魏安显然明了武则天眼下的心境,他进了屋,只是不声不响地垂立在一边。过了一会儿,武则天长叹了一声,对魏安说道:"这些天的事,你也许已经听说了。无忌这个老贼软硬不吃,真不知如何是好?"

魏安略一思考,便对武则天说道:"以无忌现在的权势,他当然不会将昭仪放在眼里。以老朽之见,昭仪与其徒劳无益地与无忌等人纠缠下去,还不如另辟蹊径,任用新官。"

"朝廷上下权臣皆为无忌党羽,何人可用?"

魏安上前一步,低声说道:"我听说卫尉卿许敬宗为人乖巧,极善权术,与无忌等人素有积怨。自从柳奭去职之后,宰相一职一直空着,昭仪若能说动皇上,让许敬宗递补空阙,他必能披肝沥胆以报……"

"好吧,"武则天说,"明天你先替我送些金银布帛给他。"

"还有一个人,昭仪亦应留意。"

"谁?"

"就是新任弘文馆十八学士之一的李义府。此人虽然目下官位低微,但他才智过人,内心狂野。加上他刚来朝中,无可依归,现昭仪深得陛下宠幸,恐怕他不等昭仪提拔,就会前来向你试探。"

武则天心头豁然一亮,连日来的忧悒颓丧顿时涣然冰释。

永徽五年八月,由武则天亲自撰写的《女则》一文在长安刊刻问世。这部著作列述了后宫女性理应遵守的种种礼仪,在朝廷内外产生了巨大的反响。

通常,这类对嫔妃女官的劝诫之书皆由品性方直的皇后负责撰写,比如说,高宗的母亲、长孙皇后曾有《女训》一书。不管从哪个方面来看,《女则》一文都是对《女训》的模仿与复制。但这似乎无关紧要。重要的是,此书的问世多少给世人这样一个印象:身为昭仪的武则天现已厕立于历朝贤淑女子之列,其位居皇后只是一个名目或时间问题。

太尉长孙无忌过去从未将武则天放在眼里。仅仅就在一个多月前,在武则天亲自登门拜访的第二天,他还不无轻松地对朝中一位官员说道,武氏居然敢称我为舅父大人,以她那样的身份,简直是不像话。现在,《女则》的刊行,却给了长孙无忌一个明确的信号,他不得不将朝中大事推到一边,认真地审视面前的这个对手了。

与此同时,幽禁之中的王皇后正在后宫度日如年。到了这一年的九月,一则颇为可疑的传闻在宫中悄悄播散,经由武昭仪上达高宗。传闻说,王皇后不甘心幽处后宫的寂寞,屡召巫女进入后宫,终日沉湎于巫术符咒之中。高宗立刻下令对后宫进行搜查。一场突击搜索的结果是,有人从王皇后的床铺底下发现了一只桐木人,这个桐木人的形状与高宗酷似,它的身上钉满了铁刺。看起来,这个妖魅的妇人正用一种奇异的巫术在加害圣上。高宗联想到自己近来四肢疼痛,时常恶心,国内灾祸不断,边疆诸战连连败北,顿时吓出一身冷汗来。

他当即将长孙无忌召入太极宫,再次向他表达了自己废后的念头:王皇后嫉悍凶险,不堪母仪天下,而武昭仪贤淑明达,可取而代之……

长孙无忌在一旁默默地听着。一直没有说话。在高宗情绪激动的时刻,沉默不语是无忌用来对抗圣意的最好的办法。不过,这一次,废除王皇后这一固执的信念却在高宗李治的心中扎下根来。这一信念与武则天的暗中筹划结合在一起,事情不久便已水落石出。

3

一天晚上,高宗与武则天正要宽衣就寝,一名太监忽然前来禀报:"中书舍人李义府有急事上奏。"

深夜上奏惊驾,必有要事。大凡宫内发生事变或边防战事吃紧一类的事才能在深夜惊动圣上。高宗命令太监呈上奏折。

奏折的内容使高宗颇感意外。奏文写道:"臣闻皇后王氏阴险妒能,有碍妇德,谋毙小公主在前,以巫术妖法谗害陛下于后,恳请圣上尽速废黜王氏,立堪为后宫懿范的武昭仪为皇后……"

高宗读完,脸上并无怨哀之色。想不到在长孙无忌一手操纵的朝廷之内,竟然有人不顾性命拥立武昭仪为后。高宗微微一笑,便命太监宣中书舍人李义府进宫。

李义府此刻正站在宫外的冷风中,不安地等待着消息。听到陛下召见,他有些喜出望外,立即抖擞精神,在太监的引领下来到了高宗的寝宫之内。

"你的奏折,朕已看过。"高宗对他说,"废立之议,朕早有酝酿,只是碍于旧制,故而延搁至今。"

武则天的身影在幕帐之后若隐若现,一股幽兰之香悠然飘出。

李义府看了一眼帐后武则天健秀的身影,说道:"臣等愿拥戴贤敏有礼、学识深湛的武昭仪为后,百死不惜。"

高宗说:"你的一片忠心朕已明悉,只不过朝中大臣对此事莫不援例反对,不知如何是好?"

李义府似乎听出了李治的言外之意,他沉思片刻,对高宗说道:"臣闻朝中大臣虽有反对之声,但拥戴武昭仪为后的,亦大有人在……"

"还有哪些人?朕倒想听听。"

李义府像背书似的一口气说出了十余人的名字。这些人大部分为朝中微臣,有些人甚至高宗都没有听说过。

李治摇了摇头。

李义府显然明白高宗摇头的原因，他上前一步，低声对李治说道："还有一位大臣……"

"谁？"

"英国公李世勣，"李义府说，"臣听说先帝驾崩前曾遭贬谪，今既蒙陛下召回，官拜司空，必知恩图报，唯命是听。"

高宗点了点头。

李义府走后，近来身心疲惫的高宗很快就酣然入梦。武则天却怎么也无法入睡。她知道高宗李治将在明晨的早朝仪式上再次提出废后之事，如果明天此事仍未获进展，它的搁置无疑将会给无忌等反对自己的人争取时间，另外也会使支持自己的势力尤其是高宗皇帝丧失信心。既然无忌已经看穿了自己的心迹，他只要稍微使用一点权术，她就有可能无声无息地永远消失。

只要稍加权衡，武则天不难看清自己现在所面临的险恶处境，在支持她的人中，除了李义府之外，尚有礼部尚书许敬宗。李世勣眼下面目不清。而反对她的人却浩若尘沙：左右仆射褚遂良、于志宁，太尉长孙无忌，侍中韩瑗，中书令来济，大将裴行俭……高宗皇帝对自己的信任与宠爱虽然已达到一个前所未有的顶点，但武则天深知"月盈而亏"的道理。况且李治生性怯懦，在朝廷重臣面前形同傀儡。想到这里，武则天已毫无睡意，再一次将熟睡中的李治推醒……

第二天拂晓，文武百官齐集于太极殿外，等候皇帝早朝。长孙无忌表情严肃，眉头紧锁，不安地来回踱步，仿佛等待着一场暴风雨的来临。他知道,今天的早朝不同往常,也许关系到朝廷和他本人日后的命运,昨天晚上,他秘密将韩瑷和褚遂良召到自己的府第,几乎一夜未眠。

褚遂良趁着平明时分浓浓的秋雾,悄悄地来到无忌的身边,他告诉无忌,就在半个时辰之前,他获悉了大将、长安令裴行俭被迁谪外地的消息,裴行俭掌握着京城的御林军,现在突然被贬也许透出了一个不祥的信号。

长孙无忌微微颔首,没有说话,但显然也吃了一惊。几个月前宰相柳奭被迫辞职,现在又走了一个裴行俭,看来武氏已经在有条不紊地向自己逼近了。自从武则天十四岁入宫以来,他从未将这个女人放在眼中,可如今,他仿佛一觉醒来,肌体上的一颗小疖已长成了一个巨大的毒瘤。

一群大雁自北向南,掠空远飞,给四周平添了一层冷寂而肃杀的气氛。

殿外的铜钟骤然响起,打破了拂晓呆滞的空气。大臣们鱼贯入朝,来到太极殿内。

长孙无忌看见高宗皇帝端坐于御椅之上,目光矜持而冷漠,与以前判若两人。这是无忌第一次在大殿之内感觉到天子的威严,虽然他因情绪激动而显得稍稍有些失控。

大臣们入朝甫毕,皇帝陛下即以肃穆的眼光久久扫视着群臣,然后用手指有节奏地弹敲着御座的扶手,迟迟没有说话,整个过程犹若经过预演。

当皇帝以满含责备和警示的目光注视着无忌时,长孙无忌不禁打了个冷战。

"皇后王氏扼杀公主，又以妖巫之术诅咒寡人，依法当诛。"高宗从容而自信地说道，"姑念她随朕多年，今免其一死，朕意将她废黜，改立武昭仪为后。"

高宗话音未落，右仆射褚遂良侧身上前，拱手奏道："陛下，臣有职责劝谏圣上行此废立之事。王皇后是先帝大行皇帝亲自从后宫挑选出来，侍奉陛下的，先帝临终前，曾握着臣的手说'朕将好儿好妇，托卿辅佑'，陛下亦在场听见，皇后王氏扼杀小公主一事并无明确证据，草草废免，臣恐民意难服……"

高宗冷冷地看了褚遂良一眼，未置可否地皱了皱眉头。

礼部尚书许敬宗上前启奏："陛下，臣在修编国史时曾知悉，一个寻常农夫遇有丰收之年，尚可娶一新妇，况陛下贵为天子……臣以为，王皇后礼仪尽丧，在妇德上确有无可挽宥的缺失，加之她多年来未有子嗣，陛下现将她废却，实属圣明决断。"

紧接着许敬宗上前禀奏的是侍中韩瑗。他说道："恕臣直言，废立皇后为国家之大事，现王皇后罪行尚未确证，若仅以未能生育一项而遭废，朝野震动，非同小可，势必会有损我朝元气，望陛下三思。"

"朕意已决，你且退下。"高宗李治不耐烦地朝韩瑗摆了摆手，随后微笑着朝英国公、司空李世勣投去意味深长的一瞥。

"英国公有何贤见，朕想听听你的想法。"

李世勣自从被高宗从外地召回京城之后，一直称病在家，很少过问朝中事务。在这之前，一连数次的废立之议他均未参加。许多年前，当他被唐太宗无端贬往叠州时，他就已经看穿了太宗皇帝的心思。以太宗这样的圣明天子尚在玩弄权术，李世勣不禁黯然神伤。现虽蒙高宗召回，官及司空，但经过这个周折之后，他对朝廷事务早已失去了兴趣。他见高宗皇帝此刻正以期待的目光召询自己的意见，便寂然说道：

"臣以为这是皇帝陛下宫中私事，何必由外人来说三道四？"

高宗见李世勣语含怨尤，但对废立之事并不反对，便微笑着点了点头。

这时，右仆射褚遂良第二次迈步上前。他从怀里摸出一只象牙朝笏，对高宗说道："既然陛下圣意已决，遂良已无话可说。只是臣以为先帝之命未敢遗忘，更不敢逆违，故直言劝谏陛下。如果皇上一定要另择皇后，也当从长计议，从天下名门闺阁的女子中重新挑选入宫未迟……武氏曾经侍奉过先帝，这是有目共睹之事，难逃众人耳目。若陛下一意孤行，必然会给本朝遗下大患，望陛下深思。"

褚遂良将象牙朝笏放在地上，脱下帽幞，不住地叩头，不一会儿就血流如注，使人不忍卒睹。

"臣褚遂良把朝笏敬还陛下，求圣上恕臣之罪，让遂良尸骨还乡……"

褚遂良用如此激烈的方式违抗圣意，不仅文武大臣没有想到,即便是高宗本人也是始料不及的。

在很长一段时间内,太极殿内鸦雀无声,笼罩着一股死一般的岑寂。高宗李治亦显得不知所措,他的脸上红一阵,白一阵,半天说不出话来。

正当君臣相顾,不知如何收场的时候,高宗身后的黄褐色幕帘轻轻翕动了一下,一个尖利的女人的声音突然在殿内响起:

"把这个老东西拉出去杀了!"

武则天话音刚落,早有两名武士上前,拽住了褚遂良的双臂。

长孙无忌凛然一惊,仿佛从昏睡中突然被窗外的雨声惊醒。从朝仪开始到现在,他一直在内心告诫自己不要唐突从事,以免在危急关头罹下大祸。可是眼下他已不能不有所表示了。他的语调和仪表已全无往昔的镇定、从容,犹若有一股无形的力量正在钳制着他的咽喉。

"褚遂良就算有罪,可身受先帝遗命……"

无忌的话听上去像是在哀告,又像是在自言自语,显得不伦不类,除了褚遂良用迷惑不解的眼神看了他一阵之外,朝中群臣和高宗皇帝谁都没有注意到他。

无忌意识到在今天的早朝仪式上,他与幕帘之后的那个女人尚未交锋就已落败。他感到了一种难言的耻辱,但他并未想到,他若要洗刷这一耻辱恐怕已没有时间了。

褚遂良被两名侍卫拖出去之后,高宗宣布退朝。

这一年的十一月一日,册封武则天为皇后的典礼在太极殿外举行。典礼的规模和声势几乎超过了皇上的登基大典。英国公李世勣亲手将皇后的玉玺交给武则天。随后,在鼓乐声中,武则天在侍女们的簇拥下来到肃仪门,接受百官的贺拜。

在册后大典举行的同时,王皇后和萧淑妃因谋行鸩毒,被废为庶人,囚于后宫,右仆射褚遂良越礼犯上,被贬为谭州都督。

第二天一早,太监魏安急匆匆赶往武则天的新宫,他提醒皇后:既然褚遂良曾蓄意置皇后于死地,现仅仅将他贬为谭州都督,这样的处罚是不是太轻了一点?

武则天莞尔一笑:"褚遂良紊以勇毅刚直在朝内著称,如果我草草将他杀掉,不等于是成全了他的名声了吗?"

过了一会儿,武则天又说:"倘若我一下子将他远徙黔州,那里的险山恶水只能使他的意志磨砺得更加坚定。现在,我打算逐级将其流放,我倒要看看一个忠臣良将的耐心能持续多久。"

"如此说来,我也就放心了。"

"《尚书》上说,大凡英明的国君都知道借用大臣与百姓之力,但最圣明的君王却懂得借用天地自然之力。"武则天说。

"还请皇后娘娘指点。"

"世上的任何事物无一不是可以改变的,老子的阴阳互易之术讲的就是这个道理。"武则天道,"就拿褚遂良来说吧,他现在一脸忠臣之相,但用不了多久,他会写信来向我求饶的。"

"这会儿,褚遂良在谭州还蒙在鼓里呢。"

"这就如同下棋,棋子怎么会知道我要将它推往何地呢?"

"不过,"魏安脸上闪过一阵忧郁,"长孙无忌在朝中树大根深,娘娘不可不防。"

"无忌狡诈阴险,善于权谋,不过眼下他已有所收敛。褚遂良不是他的股肱挚友吗?现遭流放,他怎么连个屁也不敢放呢?"

武则天看着窗外,若有所思地叹息一声:"只怕是无忌往后,大臣们也会一代不如一代了。"

褚遂良被贬往谭州不久,再度被贬往桂州,一年之后又被谪往爱州,在屡遭贬谪的过程中,武则天丝毫没有给他以喘息的机会。当褚遂良最终到达黔州时,他已意气顿消,豪情尽失。昔日的褚遂良已不复存在。他于心形两寂之中终于提笔给高宗写了一封信。信中已全无对当今皇后的不敬之词,惟余言辞恳切的哀告和央求了。武则天和高宗对此信照例不予理会,两个月之后,褚遂良在愧悔交加的恐惧中枯索而终。

4

褚遂良被贬之后,韩瑗和来济旋即遭到流放。长孙无忌见大势已去,只有终日闭门不出。厄运的阴影似乎远远没有散去,无论是武则天,还是新任中书令兼侍中的许敬宗都不会停止对他的追击。

在武则天给予无忌以最后的致命一击之前,朝中发生的另一件事也许应当略做交代。

废后王氏和淑妃萧氏在武则天册封之后即被囚禁于冷宫之中。一天傍晚,高宗皇帝从嘉献门外的一处废苑经过,看见萋萋衰草之中,矗立着一幢颓房。两名宫女通过墙上的一个孔窗往里递送食物。

"房内何人所居?"高宗向身旁的一名宦官打听道。

宦官犹豫了一下,便据实相告。

一旦听说王氏和萧淑妃被拘禁于此,高宗悲不自胜。皇后淑妃毕竟与他同床共枕多年,他虽然知道两人已被囚入冷宫,但却没有想到被幽禁于这样一个凄凉的所在。

李治独自一人朝颓房走来,隔着墙上的孔窗朝里叫道:"皇后,淑妃,你们现在哪里?"

静如墓园的房内立即传出几声隐隐的啼哭。过了半晌,王氏的声音从洞口传出:

"陛下,臣妾已被贬为庶人,为何仍用旧称?"

李治踮起脚尖,从墙上的洞口朝里窥望,当他看见昔日金枝玉叶的皇后和淑妃面容枯槁,形销骨立,不觉吃了一惊。

"陛下若念及旧情,令妾等重见天日,臣妾一定潜心念佛,以度残生,请陛下将此处改为回心院吧。"

李治潸然泪下:"你等不必悲伤,朕自有安排。"

这时,一直等候在远处的一名宦官走上前来:"陛下,趁没人看到之前,快点离开这里吧。"

宦官的话使高宗不寒而栗。宦官不时回过头去,朝远处不安地张望。一阵秋风从树林中刮过,吹落了几片枯黄的树叶。

高宗去冷宫探访王皇后和萧淑妃的消息很快就由宫中的耳目报告给武则天。武则天听后即对身边的两名太监说:"王氏、萧氏幽处冷宫仍不知悔改,反而对皇上胡言乱语,你们明天前往冷宫,将其各责笞二百大板。"

太监领命走后,武则天冷冷地对魏安说道:"由这两位太监前去侍弄她们,王氏和萧氏一定会筋酥骨软的。"

第二天下午,王皇后和萧淑妃被几名太监从颇房中拖到了院外灿烂的阳光之下。她们久处阴暗的房中,终日不见阳光,一旦置身于户外,便纷纷举手遮挡着迎面扑来的强烈光线,她们的这种稚拙的动作使太监发出了笑声,同时也引燃了他们内心潜藏的欲望。他们在宣布了皇后娘娘的旨意之后,便动手剥去了她们的囚衣。当这两位他们昔日不敢正目而视的女人一丝不挂地站立在他们面前时,太监们立刻淫亵地朝她们聚拢过来。

萧淑妃心慌意乱地用手挡住自己的私处,绕到了王皇后的身后,浑身战栗不已。王皇后没有任何挣扎或抗拒的举动,她见大势已去,便骄傲地扬起头,冷静地说道:"愿吾皇万寿无疆。既然武媚受宠,我只有一死了之。"她的冷漠和矜持使太监们吃了一惊。她默默地接受了命运给自己安排的结局。她知道,如果死亡不可避免,她唯一可以选择的只有庄严地死去。

萧淑妃似乎死不瞑目。她在临刑前的桀骜不驯的挣扎除了使太监更为兴奋之外，基本上是徒劳无益的。

在几名太监的轮番鞭笞之下，王皇后和萧淑妃很快就皮开肉绽，鲜血四溅。

最后，两名太监从王皇后和萧淑妃的尸体上各抓起一把肉，用锦缎包好，赶往宫中，向武则天复命。武则天鄙夷地看了他们一眼，随后说道：

"你们把这团脏东西拿来干什么？"

王皇后和萧淑妃的惨死使长孙无忌受到了极大的震惊。一天晚上，无忌惴惴不安地来到他外甥、高宗李治的寝宫。在闲谈中，无忌提到皇上为何要对两位旧妃施以如此残酷的刑法时，高宗的目光躲躲闪闪，一时无言以对。这时，武则天在幕帐之后意味深长地讥讽道："残酷？你当初诬告吴王恪时，比这好不了多少。"

无忌丧魂落魄地回到家中，武则天的话依旧在他耳边萦绕不去，他将家人和奴仆叫到内室，吩咐他们安排后事。

显庆四年四月，洛阳令李奉节上书高宗，控告太子洗马韦季方和监察御史李巢结党谋反。武则天终于得到了一个彻底扫除无忌势力的机会，她密令许敬宗将无忌罗织进去，并连夜进行审讯。

等到高宗意识到无忌罪无可免，试图救他一命时，已经来不及了。

对无忌的处理,武则天并未沿用对付褚遂良的老办法。她知道长孙无忌无论是在朝中,还是在地方州县都有极大的势力,此事耽搁下去必然夜长梦多。在无忌被流放黔南的同时,武则天命令中书舍人袁公瑜赶往黔州,令其自尽。

这一年的八月,长孙无忌在袁公瑜的不断催促下,在黔州的寓所悬梁身死。临死之前,无忌手持一杯"皇赐"的御酒,不觉老泪纵横。他的眼前再一次浮现出太宗四子吴王恪那英俊洒脱的面容,不觉喟然长叹:"我真是咎由自取,倘若当初立吴王为太子,亦不至于落到如此境地……"

袁公瑜在隔壁似乎有些等得不耐烦了,他故意咳嗽了几声:

"好了,好了,请太尉麻利一点,你这样拖下去,今晚恐怕我连觉也睡不成啦。"

第 三 章

1

不知从什么时候开始,高宗李治开始觉察到他治下的朝廷正在发生一系列潜在的重大变故。在武则天册封大典前后不到五年的时间里,朝内重臣长孙无忌、褚遂良、韩瑗和柳奭先后遭到流放,皆不明不白地死去。太子忠在永徽七年被废为庶人。与此同时,国家的年号一改再改,甚至连文武百官的官衔也一并被更换。虽然宫内的亭台楼阁,殿堂画栋一仍如旧,但先朝的体例衙制似乎正在遭受洗刷。

高宗现在刚及中年,但形容举止已日渐颓唐。他似乎没有精力将这些年来发生的事联系起来,弄清它的来龙去脉。光阴流逝,将他撇在了一边,给他留下的只是一种恍若隔世的梦幻之感,周围的一切越来越使他感到陌生。

即便高宗在罹病不朝的日子里,武则天也能将这个庞大的国度治理得井井有条。武则天时常出现在祭祀大庙、扶犁亲耕等重大场合,她似乎有着用不完的精力。这些年来,长安及邻近各州县风调雨顺。粮食和棉花连年丰收。她参与编修的《内轨要略》一书也已颁行天下。

另一方面,高宗亦感到自己的私人生活受到极大的限制,他虽有御妻嫔妃百人,但她们慑于王萧二人惨死事件的影响,往往故意躲避皇上。而武则天又迷醉于朝廷内外事务,对床笫之欢仿佛已失去了兴趣。

到了永徽六年的三月,高宗李治在难熬的无聊与寂寞之中,亲自发动了针对高句丽的战争。战事虽以大获全胜而告终,但它并未给李治带来多少乐趣与慰藉。他曾不止一次地对武则天抱怨说:"我现在就像一只褪了毛的鸭子,在宫中显得不伦不类……"武则天听后也不答言,只是淡淡一笑。

一年晚春,宫苑的梨花在沉睡的雨帘中悄然绽放。武则天的姐姐带着不满十八岁的女儿突然出现在宫中。她虽然已年近四十,孀居经年,但姿容未衰,风韵犹存。她的女儿正值豆蔻年华，举止柔媚，含苞待放。母女二人的出现仿佛使高宗皇帝在枯寂的年月中得到了某种补偿，他频频降旨将她们召入寝宫，赐予美食，相与狎笑。不久之后，随着母亲被封为韩国夫人，母女二人双双成了高宗枕畔的佳侣。

韩国夫人生性风骚，寡居多时，自然欲火难禁。高宗皇帝本来就身体贫弱，有了她们母女之后，更是抱病不朝，武后那里也很少光顾了。

一天深夜，高宗和韩国夫人正在房中狎戏，忽见窗外灯火通明，人声喧沸。一名太监在门外高声禀报："皇后娘娘驾到……"高宗皇帝在惊悸之余慌忙来到外室，对太监吩咐道："朕已就寝，让皇后明天再来……"

太监下去后不一会儿又返身进来："皇后娘娘执意要见陛下，说有要事禀告。"

太监话音未落，武则天已带着一帮侍女闯了进来。高宗见状面有难色，不禁怒道："朕已就寝，你贸然闯宫也不怕坏了宫中的规矩？"

"规矩？"武则天也是一脸怒气，"赶明儿我让人改了这规矩。"

高宗一愣，不觉低下头去。

武则天继续说道："自古及今，皇帝驾幸后宫，只凭一时兴起，如今臣妾思念陛下，为何不能随时前来问安？"

说到这里，武则天瞧了瞧内室的门帘，脸上笑容骤然收敛，大声喝道："内室何人在此，还不赶快滚出来说话?！"

没等高宗分辩,韩国夫人手忙脚乱地整理着衣裙,从内室走了出来,跪地叩头。

"皇后娘娘恕罪。"

"原来是姐姐啊,快快请起。"武则天脸上勉强露出一线笑意,"陛下这些天心情郁闷,我又忙于朝中事务,姐姐能来陪皇上开开心,我连感激还来不及呢……"

高宗见武则天话中含刺,也不便发作,满脸憋得通红。韩国夫人呆呆地僵立一旁,浑身战栗。

武则天从头上拔下一枚金钗,在手里兀自把弄着,忽然问道,"姐姐,你怎么没把外甥女一起带来啊?"

韩国夫人一怔,她与高宗彼此对望了一眼,一时竟不知所答。

过了一会儿,武则天像是想起了一件什么事,对韩国夫人说道:

"姐姐,姐夫贺兰氏已亡故几年了?"

"三年了,"韩国夫人啜嚅道。

武则天"哦"了一声,将目光投向别处。

"娘娘提这事干什么?"韩国夫人不安地问道。

"我是说,近日来阴雨连绵,姐夫的墓园也该派人去修一修了。"

武则天从椅子上站起来:"近来皇上一连几天没有临朝,我还以为他是生病了呢。特地过来看看,今见陛下龙体圣安,又有姐姐陪着,我也就放心了。"

武则天说完,转身径自离去。

武则天走后,高宗与韩国夫人兴味索然。两人在床上辗转反侧,一夜未睡。韩国夫人似乎受到了巨大的惊吓,第二天早上就发起了高烧,身上大汗不止,满口胡言乱语,终至卧病不起,旬日之后,韩国夫人于一天深夜气绝身亡。

韩国夫人的猝死在高宗看来大有蹊跷,朝中一时议论纷纷。在悲痛之余,高宗李治终于想到了要反抗了。但这种反抗在酝酿之初就显得有些孩子气,对于李治来说,这是第一次,也是最后一次。

龙朔二年十二月,武则天从东都洛阳回到了长安的蓬莱宫。这座修葺一新的轩峨宫殿在武后的眼中看来并不那么称心如意。尤其是到了深冬的午夜,北风刮过宫外枯树林,在屋檐和回廊下发出凄厉的啸声,常使武后从梦中惊醒。这年冬天,她一连几次梦见了王皇后和萧淑妃,梦见她们披着散发越窗而入,来到她的床边⋯⋯

武则天相信蓬莱宫中一定是出现了幽灵。她秘密召来道士郭行慎,在宫中的一间密室里设立祭坛,焚香驱鬼。在这样一个延续半月之久的仪式中,侍女和宦官一律被挡在了门外,只有武后与郭行慎二人密处室内,有时竟一连几天闭门不出。

自从贞观初年以来,唐朝王室对于在宫中行巫之事一直极为忌惮,一有发现,照例凌迟处死。因此,当宦官王伏胜将这一秘事奏明高宗之后,李治长期以来对武后的不满像决堤的河水一样不可阻挡地爆发了。武则天贵为皇后，居然和一个男人同处一室，它使高宗感到了一层难以遏止的愤怒与羞愧。另外，这件事也给高宗带来了一线隐隐的欣喜，如果武后一旦因此事遭废，多年来束缚着自己的桎梏亦将随之瓦解，他高宗又成了真正的皇帝。

问题在于，废后之事最好由大臣出面提奏，这样才会减少失败的可能性。而武则天近年来在朝中私树党羽，高宗旧臣已寥寥无几。经过再三思索，高宗李治终于想起了一个人来。

西台侍郎上官仪是本朝有名的诗人，曾参与编修《瑶山玉彩》一书，并自创上官诗体，与高宗李治长有文牍之交，目前官属三品，在朝中颇受敬重，若有他出面提出废后之事，似乎极为适宜。

上官仪于午后突然奉诏，急速赶往宫中。他来到高宗房内，喘息未定，高宗皇帝即以不容置疑的口吻向他表露了自己废后的愿望。

"皇后武氏恃宠骄横，天下臣民已有怨言。近来又与道士郭行慎幽居密室，行巫术狐魅之事，为本朝圣法所不容，有损皇后尊严，理当惩戒……"

"陛下的意思是……"上官仪诚惶诚恐地问道。

"朕意将她废免，"高宗说："你可立即起草诏书，于明晨上朝之时提出废后之事。"

"臣，臣，臣……"上官仪结结巴巴，只是一个劲地叩头。

高宗一见上官仪这副惊恐万状的样子，不由得火冒三丈。

他不禁怀念起无忌、褚遂良等旧臣来，同时也为武后专权以来朝臣的无能和怯懦而愤忿。

"你难道害怕了不成?"高宗喝道。

"不，不。"上官仪一迭声地答道，"废后之事关系重大，望陛下从长计议，慎重考虑。"

高宗严厉地瞪了上官仪一眼："你难道想违抗朕的旨意吗?"

"微臣不敢。"上官仪说，"陛下意欲废后，是否当真?"

这句话差点把高宗逗乐了，他再一次提高了声音："朕意已决。"

"可是，"上官仪不安地问道，"倘若明天上朝时，众臣出面反对怎么办?"

高宗笑道："你放心，举朝皆吾敌，朕亦不改其度。"

事已至此，上官仪似无话可说，他当场取过纸笔，起草了一封诏书。

这天傍晚，武则天正在蓬莱宫中散步，一名太监气喘吁吁地从门外跑了进来。当他将高宗意欲废后之事告知武则天时，她起先还不大相信。但类似的禀报接踵而至。

武则天站在花园的篱畔，看着渐渐西沉的落日，突然如梦初醒。她意识到，一件重大的事在朝中悄悄地发生了。生性懦弱的丈夫居然背着自己密谋废后，这大大刺伤了武后的自尊心，同时，也使武则天感到了极大的震慑：倘若不是情报及时，说不定明晨一觉醒来，自己已成冷宫之囚……

武则天赶到高宗寝宫的时候，上官仪尚未离去，桌上那封起草完毕的诏书似乎墨迹未干。高宗李治尽管一直在担心这件事可能泄密，但没有想到消息传得如此之快，当武后满脸怒容地出现在自己面前时，高宗不禁感到头晕目眩，差一点跌倒。

武则天径自走到桌前，抓起那封诏书，匆匆看过之后，将它撕得粉碎，接着她闭上双眼，开始大声地喘息。

上官仪匍匐在地，面若死灰。

武则天缓缓转过身来，将目光投向高宗，指着地上的那团废纸，语调平静地问道："这是怎么回事？"

高宗低下头去，没有答话。

"陛下近年龙体欠安，我一直将帮助陛下处理朝廷政务看成自己的职责。这几个月来，我寝食难安，兢兢业业地效奉朝廷和皇上，我所做的每一件事都是为了陛下的圣德能够光扬天下。现海内升平，国运昌隆，边疆番夷，莫不臣服，举国百姓，莫不安居乐业，可是陛下却听信小人谗言，做出这样荒唐的事来，这难道就是我的忠诚劳碌所应得的报偿吗？"

"可是，"高宗申辩道，"王伏胜昨天向朕禀报……"

武则天打断了高宗的话，温言说道："蓬莱新宫修立之初，臣命人将宫中邪异之气驱除，使圣上的新居祥瑞吉安，难道也是我的过错吗？"

武则天一连串心平气和的诘问已使高宗面有愧色。

"这，这……"高宗看了上官仪一眼，"这不是我的主意，废后之事都是上官仪提出来的……"

"我不管别人怎么说,重要的是你自己。你既为天子,也该有个天子的样子。"

说到这里,武则天走到高宗的身边,掏出手帕帮他擦去脸上的汗水,犹若一个母亲在照料自己的孩子似的。她继续说道:

"我为陛下日夜操劳,陛下也该顾恤我的一片苦心才是。我看陛下也有些累了,还是早早上床休息吧,好好睡上一觉,将今天这件事彻底忘了吧。"

随后,武则天返回蓬莱宫。在整个过程中,她始终没有看过上官仪一眼。

武则天回到蓬莱宫,立即召见大太监魏安和侍中许敬宗。对于这起现已流产的宫廷内变,他们也是刚刚听说。他们来到武后的住处,脸上似乎仍然余悸未消。

诗人上官仪看来已难逃一死,问题是他将以何种方式在世间消失。

许敬宗提醒武则天,诗人上官仪和王伏胜都曾侍奉过太子忠,给他们一个合乎情理的罪名并非难事。

武则天现已失去了在这件事上纠缠下去的耐心,听了许敬宗的话,武后当即向魏安问道:

"太子忠现在何处?"

"太子忠被废为庶人之后,一直幽禁在黔南。"魏安答道。

武则天略一思索,便说:"那就再用他一次吧。"

三天之后,上官仪和王伏胜以与原太子忠密谋造反为名被押赴曹市处斩,同时,原太子忠亦在黔南被赐死。上官仪死后,他的家族随之受到清洗,他的孙女上官婉儿作为幸存者,日后将在一系列朝廷变故中兴风作浪,起到关键作用。

2

高宗李治发动的这场宫廷内变虽在发轫之前即告破灭,但它给武则天留下的怆痛与不安远未消除。武则天内心非常清楚,诗人上官仪只不过是受命造反,充当了高宗发泄愤怒的替罪羊。只要高宗愿意,朝廷内外潜伏的反对自己的势力一有风吹草动,便会死灰复燃,使自己苦心编织的梦想毁于一旦。

在麟德二年七月,武后曾经向高宗皇帝上过一纸表奏,提出了泰山封禅的愿望,这封表奏送达高宗之后一连数日没有音讯。上官仪事件平复后,封禅的愿望再一次在武则天的心里激起了道道涟漪,现在也许是应该利用一下封禅大典来提高自己声望的时候了。她决定亲往高宗住处,与他当面商讨封禅之事。

高宗对此事依旧颇为犹豫。泰山为五岳之首,在道教经典中,它一直被视为万物滋始的渊薮,为阴阳交替消长之地。封禅的仪式神秘而复杂,历时漫长,耗费甚巨。自古以来,封禅大典一般在新皇初立,诏告天下,或夸耀圣皇仁德,祈福延年时举行。历代王朝中的秦始皇、汉武帝等人都曾举行过这种仪式。

高宗也许尚未从上官仪事件的影响中完全恢复过来,自己身为皇帝,却形同虚设,当无"圣德"可言。另外,武则天屡次提出封禅之请,其中必然隐藏着某种目的,想到这里,高宗推脱说:

"以先父太宗皇帝之英明圣贤,封禅之礼尚为魏徵止,何况我朝……"

武则天反驳道:"先帝未行封禅之典与本朝有什么关系?他不封,为什么我就一定不能封?莫非陛下做了什么亏心事,配不上禅封之礼吗?"

武则天语带讽刺,高宗感到太阳穴一阵剧烈的疼痛,他朝武则天连连点头:

"好,好,就照你的意思去做吧。"

"还有……"武则天瞥了高宗一眼,继续说,"自古及今,封禅大典的祭献仪式,均由帝王首献,公卿王室亚献。这样的安排未免礼有不周。泰山既为阴阳交汇之地,我以为应由皇后亚献,这样才能阴阳协调……"

高宗默然颔首。

十月二十八日,按照既定的计划,封禅的队伍由东都洛阳出发,浩浩荡荡往泰安迤逦而去。武则天这年三十六岁,极尽繁盛奢华的封禅仪式使她一度忘记了宫中的凶险祸咎,一路上所经之处,村舍、树木、山川河流的壮丽景色使她喜不自胜。

妩媚明朗的笑容再度出现在她的脸上,看上去犹若一位婷婷少女。

封禅队伍经过两个多月的长途跋涉,于元旦前夕到达泰山脚下。

元月三日,按例是武则天登坛祭献的日子,一夜的歌舞笙乐之后,武则天天不亮就起来了。经过斋戒沐浴,在女官和侍从的簇拥之下,武则天头戴凤冠,身穿锦袍,走上了祭坛的台阶。

在拂晓清冷的微风中,武则天屹立于首阳山巅,从一名女官的手中接过祭酒。山下苍茫的烟树还在晨霭中沉睡。一轮旭日却已喷薄而出,远处大小群峰尽收眼底。嘹亮的登歌和钟磬之音骤然响起,武则天面对着太阳升起的方向,徐徐跪地,双手合十,默默祈祷。当她想到自己十四岁入宫,二十五岁沦落感业寺,二十七岁重入皇宫的经历,不觉在欣喜之中隐隐感到了一丝悲戚。极度的欢乐似乎让人难以承受,大自然的无比神圣使她不禁热泪满面。她秀美的脸庞被步障的锦帷遮挡着,她一度听任泪水在脸上肆意流淌。

当天晚上,在武则天的亲自安排下,一场盛大的欢宴在行宫外的树林中举行。庄严肃穆的破阵歌舞和诙谐轻松的走索表演使武则天忘记了自己尊贵的身份,她喜形于色,无所顾忌,尽情地沉浸在欢悦的喜庆气氛中。

但是,在晚宴进行的过程中,却也发生了一点小小的不快。

这天早晨,武则天在首阳山举行祭献仪式时,她的外甥女魏国夫人一连几次借故向她挑衅。她固执地认为,自己的母亲韩国夫人的猝死,是由武后幕后操纵的结果。只是武则天在祭献仪式的过程中不便发作,她对魏国夫人的无礼未予理会。到了晚上,在观看歌舞的晚宴之上,魏国夫人再度对她流露出明显的敌意,她借与高宗亲昵之机,有意无意地用身体挡住了武则天的视线。武则天只得频繁地挪动位置,对魏国夫人视而不见。

在返回东都洛阳的路上,魏国夫人与高宗同坐一辆马车,她不时地从马车的轿厢中探出头来,朝武后的凤鸾大车张望,武则天的心被深深刺痛了。一个念头从她脑中一闪而过:也许应该给这个少女不更世事的愚蠢来一点必要的教训。

3

在泰山封禅的大典中,高宗的三子杞王上金和四子郇王素节因分别由杨氏和萧淑妃所生,而未能获准参加封禅仪式。郇王素节时为中州刺史,为人性情敏淑,机智过人,深得高宗宠爱。母亲萧淑妃惨死的记忆多年来一直在折磨着他,加上近来屡被冷落,他在忧愤郁结之中,写成一篇《忠孝论》,通过许王府仓曹参军张柬之送达高宗。由于素节长年在外,他并不知道父皇高宗如今在朝中已形同傀儡,这篇文章送往宫中不到一月,他便获罪降为鄱阳郡王,软禁于袭州,杞王上金亦因此事受牵连,被贬往湖南澧州。

乾封元年四月,封禅队伍辗转半年多,终于回到了都城长安。这一年,太子弘已年满二十。

在随后的几年中,北方番夷各族频频犯境,战事迭告失利。总章三年,长安城又发生了罕见的饥荒。为了趋福避害,武则天将年号一改再改。朝廷中反对武则天的势力正暗暗抬头。这股势力的核心由大唐王室的门阀贵族所组成,他们既无政治远见,又无治理国家的才能,武则天对他们早已失去了耐心。她的一系列革新计划往往越过这批门阀官吏,直接由出身寒微的下级官吏去实施。

这些大权旁落的门阀贵族对高宗李治已彻底绝望,他们迫切需要在朝中寻找新的代言人,无论从哪个方面来说,太子弘都将是他们心目中最合适的人选。太子弘风度翩翩,儒雅谦和,饱读经史,善恶分明。高宗李治现体弱多病,一旦驾崩,太子弘必将继承大统。每当武则天在朝中推行新政,贬抑贵族时,他们便来往穿梭于太极殿与东宫之间,久而久之,太子弘实际上已经成了复古派手中与武后对抗的一块筹码,而太子本人似乎对自己眼下的两难处境一无所知。

这一年的冬天,韩国夫人的女儿,现位居一品的魏国夫人与武后一同进餐时突然中毒而死。这件事情的起因是,武后的同父异母兄弟惟良和怀运在宫中置办了一桌酒席,以图改善与妹妹日益紧张的关系。魏国夫人于席间突然中毒身亡,一时在宫中闹得沸沸扬扬,武则天虽然于事后将惟良和怀运立即处斩,但这一大义灭亲之举未能阻止流言的传扬。

当太子弘感觉到所有流言的锋芒都指向自己的母亲时，他第一次陷入了痛苦而冗长的沉思之中。近日来，他在宫中一连几次碰到魏国夫人的弟弟武敏之，对方不是借故远远走开，就是充满敌意地对他侧目而视，武敏之早在一年前就被母亲指定为武氏继承人，改贺兰为武姓。朝中的一些遗老曾不失时机地提醒太子弘，武敏之将来很有可能接管大唐江山，倘若情形果真如此，那么母亲仅仅是因为一时嫉妒而毒杀武敏之的姐姐魏国夫人一事就显得荒诞不经。他怎么也无法忘掉母亲脸上偶尔显露出来的那种飘忽不定的目光，以自己目前的心力和经验，对其中的内容尚难以窥测。

一天晚上，太子弘来到蓬莱宫向母后请安。武则天不禁喜出望外，除了武则天亲召太子入宫问事之外，太子弘很少主动登门探望。弘按照礼仪和母亲说了一会儿闲话之后，便单刀直入，提起魏国夫人之死这件事来。

武则天一听，勃然变色，她怒道："这些事是谁告诉你的？是不是武敏之？"

"近来宫中谣言四起，连宫女们都在悄悄议论着这件事。"太子弘见母亲对武敏之已充满警觉，暗暗吃了一惊。

"你相信那些谣言吗？"武则天飞快地瞥了太子弘一眼。

"儿臣并不相信这件事系母亲所为。"太子弘淡淡答道。

武则天没再说什么，她走到弘的身边，替他拽了拽袍服的衣襟。

"弘儿，这事已过去了，你不要再胡思乱想了，"武则天说，

"这些年来,你在宫中潜心读书,温文有礼,深得朝中大臣们的嘉许,不过,既为太子,就要谨慎从事,要小心被别人利用……"

过了一会儿,武则天又说:"你现在年纪也不小了,你的弟弟贤都已生了孩子了,你也该及早完婚才是,我近来也一直在为你的婚事奔忙。司卫少卿杨思俭的女儿端庄贤惠,我想让你们明年春天择吉日成亲。"

太子弘早已听说过这件事,今见母亲主意已定,只得点头称谢。

太子弘走后,武则天忧心忡忡地对前来探访的太监魏安说道:"弘儿连婚姻大事似乎都漠不关心,我真不知道他心里到底想要什么。"

魏安听后只是嘿嘿一笑。

武敏之近来感到武则天的目光突然增添了几分严厉。他不安地意识到,既然武后怀疑自己泄露了魏国夫人惨死的真相,那么他的下场无论如何都不会十分美妙。他看来比太子弘更为了解武后的性格,趁着姨妈尚未朝自己下手,武敏之便终日与朝中女眷寻欢作乐。当太子弘将与杨思俭的女儿完婚的消息传到他耳中时,武敏之总算得到了一个发泄愤闷的机会。武敏之平常就瞧不上太子弘,而眼下弘在朝中声誉日隆之象与自己的颓唐败落恰巧形成了强烈的对照。这种对照无疑增加了武敏之对太子弘的仇视。一个大胆的念头在他心底闪过:为何不在日后的太子妃,或许还可能是未来的皇后身上抢先刻下一道痕迹?

武敏之一旦决定铤而走险,便立即将自己的计划付诸实施。他用重金收买了杨氏小姐的奶妈,通过她给杨氏小姐送去了一封辞章哀婉的情书。在一个风高月淡的晚上,武敏之终于获得机会进入了少女的闺房。杨氏小姐果具倾城之貌,长得楚楚动人。而武敏之风流潇洒,挺拔英武,两人初见之下便已坠入情网。

冰清玉洁的少女所撩拨起来的欲望和对太子弘的积怨加在一起,使武敏之度过了一个精疲力竭的夜晚。

一个月之后,东窗事发。武敏之在被押解赴雷州的途中,被护送的士卒用马缰勒毙。但是,这件小小的插曲未能使武则天由武姓子嗣继承大统的愿望破灭,不久之后,她的侄子武承嗣和武三思相继得到提拔重用。

4

咸亨五年三月,太子弘的婚礼在太极宫文华殿举行。新娘裴氏虽无杨氏般的娇美之貌,不过仪态大方,谦和贤淑。虽然年纪未满二十,但行为举止与太子弘甚为投合。婚后不到数月,太子弘苍白的脸上渐渐有了光泽,病弱之躯也似乎慢慢强壮起来。

这年夏天,太子弘与裴氏去洛阳避暑。为了排解旅途的寂寞,太子弘与随行的一位老臣聊起了一些宫中旧事。老臣偶尔提及,已故的萧淑妃在死后曾留下了宣城和义阳两位公主,她们一直被囚禁在掖廷后宫,到如今已有整整十九年了。

老臣只不过随便说说,没想到这件事在太子心中却激起了轩然大波。他联想到父皇以天子之尊,居然能够容忍已故宠妃的女儿在后宫囚禁达二十年之久,自己却泰然自处,不免替他感到了一丝羞耻。

马车刚刚驶离京城十里之外,太子弘即刻命令车队返回长安。现在自己既已知道了这件事,如果再撒手不管,那也未免太残酷了。老臣自觉失言,想要劝阻,看来已无济于事了。

太子弘的马车经由朱雀大街进入皇城之后,径直朝后宫驶去。

他们来到两位公主被囚禁的地方,太子弘和裴氏从车上下来,穿过一片稠密的树林,朝那幢破败不堪的颓房走去。

那位引路的老臣一边往前走,一边不住地长叹。

"先生为何叹息?"太子问道。

老臣久久地凝望着那幢阴森森的房屋,没有回答太子的问话,而是兀自感慨道:"和当年真是一模一样……"

"什么一模一样?"

"十九年前,你的父亲高宗皇帝来探访王皇后和萧淑妃时,好像也是夏天。我想起这件事来就像是做梦一样。只是,当年那些茑萝刚刚栽下去没多久,如今它们都已爬满墙壁了……"

太子弘远远望去,墙壁上翠绿的藤蔓之中开出了一朵朵白色的小花。其中有几株已经枯死,经年的花英在风中飒飒作响。几只乌鸦栖息在墙外的树梢上,喊喊喳喳地叫个不停。

太子弘在去洛阳途中半路返回的消息不久就由宫中的耳目密报给武则天。她正准备派人前去东宫探明原委,不料太子弘已经怒气冲冲地来到蓬莱宫中。

"弘儿这么急着来这儿,一定是发生了什么事吧?"武后问道。

"孩儿今天刚刚听说,我有两位姐姐现被囚禁在后宫,"太子弘答道,"母亲一直教导孩儿仁孝宽厚,遵循圣人教训,可为什么在宫中还有这样的事情发生?"

太子弘用不加掩饰的责问语调和她说话,使武后颇感不悦。不过,她还是很快就控制住了自己的情绪。

"两位姐姐?"

"就是宣城和义阳两位公主,"太子弘说,"她们十九年来一直被幽禁在宫中。"

"原来是这么回事,"武则天笑道,"这些年来,我一心辅佐你病弱的父皇,朝内朝外的事让人忙得喘不过气来,差点将她们忘了。你这一说,倒提醒了我……弘儿,以你之见,我应该如何处理这件事呢?"

"以儿臣之见,母亲不如立即将她们释放,让她们婚嫁生子,以沐大唐天子和母后的恩泽……"

"好吧,就按你的意思去办吧。"武后讪讪说道,"弘儿现在真是越来越懂事了。"

太子弘谢过母亲之后,退了出去。武则天看着他渐渐远去的背影,心里突然掠过一丝不祥的预感。

两个月之后,皇宫中紧接着又发生了另外一件事。武后的第三子周王哲的王妃赵氏因在高宗面前对武后出语不逊,激怒了武则天。武则天为了给这位不知天高地厚的媳妇以必要的训诫,将她关入别房思过。可是不知什么原因,性情刚烈的赵妃数日后竟绝食而死。她的丈夫周王哲似乎并不为此而感到悲伤。他像往常一样去校射场练习骑马,与太监去禁苑猎场狩猎。这一切,均被感情敏锐的太子看在眼里。

有一天,太子弘在弟弟打猎回家的路上拦住了他。太子照例提起了赵妃之事。周王哲不冷不热地对弘说道:

"我劝殿下还是少管点闲事为好。"

"为什么?"

周王哲神秘地冲他笑了一下,径自策马离去了。

当太子弘再次来到蓬莱宫面见母后时,武则天看来已失去往日的那种耐心。

"太子来找我,一定是为了赵妃之事吧?"

"正是。"

"弘儿,你现在的行为简直是一个仁慈的君王了。"

"母亲何故这样说?"

"半年前,你让我给长安的军士增发粮饷,我依了你。两个月前,你让我释放宣城、义阳两位公主,我又依了你,现在赵妃已死,你难道还要向我问罪不成?"

"儿臣不敢!"太子弘见母后声色俱厉,赶忙跪地叩拜,"启禀母后,孩儿记得母后写过一本《女则》,规劝天下女子恪守妇德,而现在,一个贤惠的儿媳妇却在您的家中饿死,这件事倘若传扬出去,恐怕会有损母后的圣名……"

"你要我怎么办?人都死了,难道你想让我给她偿命吗?"

"请母后恕罪。"太子弘深深低下头去。

过了一会儿,武则天的脸色平静下来,她流着泪对太子说道:"弘儿啊,我当年无依无靠,冒着九死一生的危险在感业寺中辗转数年,最后在宫中生下了你,希望你日后能成大器,内安臣民,外服远疆,可如今……我也不怪你,你现在之所以会用这些冠冕堂皇的话来教训我,指责我,是因为你现在还小,你并不知道宫廷之中许多事情的真相。"

"可是,赵妃纵有错失,她毕竟是您的儿媳妇啊。"太子弘似乎仍然想在这件事上纠缠下去。

武则天疲惫地闭上了眼睛,兀自叹息了一声,朝太子摆了摆手。

"我累了,你退下去吧。"

5

上元二年初春,彗星再度出现于长安城西北方的天空中,随后太阳突然变成了黄褐色。皇宫内院一时被各种谣传和猜测搅得人心惶惶。这年三月,武则天决定离开都城长安,移往洛阳的合璧宫。

当时,武则天的近侍、大太监魏安以七十四岁高龄染疴卧床。武则天虽然重务在身,极感劳顿,但还是亲延太医为他治病,并时常来到他的住所探望。到了四月,魏安的病情急剧恶化,渐至不治。

这天深夜,武后再一次来到了魏安的病榻前。自从武则天第一次来到掖庭后宫的永巷,被树上的乌鸦吵得昼夜难眠时,正是魏安给了她最初的安慰与支持。当她从感业寺返回皇宫,所有的宫人都对她侧目而视时,也是魏安独自一人来到嘉献门迎候她。在一系列宫廷内变的风雨之中,魏安成了自己最为忠实的伙伴。

武则天一想到魏安不久之后便将撒手尘寰,泪水忍不住夺眶而出。

"我也许等不到天后登上皇位的那一天了。"魏安也显得颇为伤感。

"先生还有什么事情要交代吗?"

"魏某孤身一人,除了娘娘之外,没有什么可以牵挂的,我所担心的只有一件事……"

"什么事?"

"这些年来,太子弘在朝中声名鹊起,朝中门阀贵族莫不对他寄予厚望,况且太子为人独断独行,近来对娘娘颇多怨言,日后他羽毛丰满,事情将很难逆料。目前宫中看似风平浪静,但一有不测风云出现,我担心您将会措手不及,使多年的心血付诸东流……"

武则天泪流满面,声音哽咽:"先生放心养病吧,这些事情武媚自有安排……"

"娘娘,"魏安挣扎着从床上坐起来,两眼布满了血丝,"你难道看不出事情已经到了间不容发的境地了吗?"

"请先生指点。"

"我听说,上月彗星在天上出现之后,中书侍郎李义琰、中书门下郝处俊已经多次与高宗皇帝密商,要将皇位禅让给太子弘,如果木已成舟,一场宫廷复辟在所难免,到时候,娘娘再想……"

"我已知道这件事了,只是……"武则天眉头紧锁,欲言又止。

"您顾念母子亲情,以至于对此事委决不下,亦是人之常情,不过事到如今,此事万不能再度拖延下去……"

"让我再好好想想吧。"

"宫廷之中历来瞬息万变,娘娘应当知道先帝太宗皇帝是怎么登上皇位的吧?"说到这里,魏安的嘴角掠过一丝阴冷的笑容,"也许今天你还好端端地坐在皇位上,可第二天早上一觉醒来,江山早已易帜……"

武则天不经意打了个冷战。以武则天的聪慧和胆识,她对自己现在所面临的险恶处境并非一无所察。同样,太监魏安对武后心中郁结的苦衷亦了如指掌。两人默默相对了很长一段时间,谁都没有说话。

三更的鼓声敲过之后,魏安对武则天说道:"自从娘娘初来宫中至今,魏安一直侍奉左右,竭尽愚钝,如今微臣大限已近,就让魏安最后效奉娘娘一次,将此事了结吧。"

"你想怎么办?"武则天吃惊地问道。

魏安没有接话,他背过脸去。

武则天从魏安的话中突然觉察到了某种危险,她从椅子上站起身来,大声喝道:

"魏安,没有我的旨意,任何人不得贸然从事……"

"现在已经来不及了,"魏安平静地说道,"几个时辰之前,我已派人前往东宫……"

上元二年四月十三日,太子弘遇鸩而亡,年仅二十四岁。太子暴毙的消息传到合璧宫时,高宗的脸上显露出一反常态的冷静。御医的查验报告很快送达高宗的案前,太子弘似乎是死于酒后的急腹症。高宗李治对医术一窍不通,另外他对太子死亡的真相看来也已没有什么兴趣,即便他对御医的诊断存有疑心,他也没有降旨对此事进行彻底的调查。

在场的宫女和宦官对皇帝陛下表现出来的冷漠或克制感到大惑不解,他们甚至难以从他脸上觉察到哀伤的痕迹,末了,高宗李治只是淡淡地说了一句:

"是我杀了太子啊……"

没有人知道高宗皇帝如何度过了这个仲春的夜晚,但是第二天一早,当高宗衣冠不整,神志恍惚地来到殿内上朝时,他仿佛在一夜之间就变得衰老不堪了。

高宗摇摇晃晃地来到御座上坐下,没有理会陪坐在一边

的武则天,他慵懒地对殿内的大臣看了一眼,随后说道:

"朕自从继位以来,一直遵循先帝遗命,以图大唐天下平安昌盛。怎奈李治德浅才疏,至于朝中灾乱迭出,家祸屡现,朕昨晚思虑再三,决定将皇位让给至仁至德的武皇后……"

朝中文武大臣闻听,莫不大惊失色。他们面面相觑,不知所措。

武则天也没有想到高宗居然会当着满朝文武的面说出这样的话来,他无疑是在向群臣暗示,太子弘是为自己所杀……

一位大臣流泪上前奏道:"陛下,太子暴亡,是我等辅佐无功,陛下如此自责,让臣等无地自容。臣恳请皇上为江山社稷着想,收回成命。"

高宗古怪地笑了一下:"如果大唐帝国注定要灭亡,那就让它亡了好了……"

高宗一言既出,朝中大臣立即放声恸哭。武则天见状,赶紧说道:"因太子新丧,陛下心中极度悲伤,以致神志恍惚,臣等姑且退下。"

高宗反驳道:"朕现在比什么时候都清醒,只可惜,有些事情朕明白得太晚了。"

武则天见局面眼看着难以收拾,便下令退朝。

6

太子弘的突然死亡将武后与高宗的第二个儿子从幕后推到了前台。雍王贤健壮英武,外表看似稚拙爽直,但内心却曲折多疑。长期以来,宫中和坊间早就流传着这样一则轶闻:雍王贤并非武后所生,许多年前暴毙的韩国夫人才是他真正的母亲。不管贤是否笃信这一传闻,韩国夫人、魏国夫人、武敏之的先后死去毕竟使他对母亲有一种天生的惧怕。在兄长弘为太子的年月里,武后除了在每年的节庆日派人送来几封"劝进"的书信外,平常很少注意到他的存在。

雍王贤既无政治野心,又无出人头地的非分之想,他白天在筵经院编修《后汉书》,到了晚上就时常与宫女和宦官们纵酒狎戏,欢宴竟夕。

现在,随着弘的死去,在他与母后之间,一道幕障被悄悄拆除了。经验和敏感使他意识到,太子弘的死显然是源于他一厢情愿的幼稚理想,源于他为父皇过于倚重。如今,他既已继立太子,前车之鉴促使他不得不处处小心,事事提防。

贤平常在宫中曾熟读老庄著述,深知无为独处的道理。因此,他在当上太子之后,几乎将全部的精力都用来对付可能会降临的灾难。不久之后,太子贤的防微杜渐简直到了病态的地步。武则天曾多次让他离开长安前往洛阳,协理朝政,他总是借故推诿,留在长安,做出一副与世无争的样子。凡是武后所赐的美食佳酿,他一概弃之不用,其中的理由似乎非常简单:韩国夫人、魏国夫人以及原太子弘的暴亡都是因为吃错了什么东西……另外,为了防备不测,他暗中吩咐左右亲信将一些武器藏入马厩,这样,一旦宫中有变,他也不至于束手就擒。

不过,高宗皇帝看来对太子贤的心思一无所知。现在,李治无论从哪个方面来说都难行帝王之实,前些年武则天的"建言十二事"刊布之后,她又召北门学士修撰典籍,天下臣民对武后独揽朝政似已习惯。李治也许只有将希望寄托在太子身上。这种希望是盲目的,对太子贤来说,它往往是杀身之祸的前兆。这位昏聩的老人时常派人给太子贤送来嘉奖诏书,仿佛存心跟自己过不去。什么"贤于处决"啦,"敏于利害进退"啦,尤其使贤胆战心惊的是如下一些文句:"深究经史之奥妙,开发圣贤之遗范,宽仁有王者之风……"

有一次,太子贤在与自己的老师、太子洗马刘纳言闲聊时曾这样说道:

"倘若我日后得到皇位,必拱手相让。"

刘纳言听后不禁问道:"莫非太子心中隐有不安?"

贤笑道:"我的安全感如果丈量出来,它只有六百五十里。"

刘纳言知道,太子所谓的六百五十里是暗指长安和洛阳的距离,言外之意非常明显。

太子贤没有想到的是,母后武则天对他一直非常钟爱。在武后的几个儿子之中,她内心对贤最为赏识,她虽然不像高宗李治那样溢于言表,但太子贤的强健体魄和能骑善射的习性让她颇感欣慰,她仿佛从他身上又一次看到了当年太宗皇帝的影子。对于一心推行新政的武后来说,聪慧好动的贤不仅不会像弘那样成为儒教的牺牲品,相反,也许他能成为自己未来的帮手。

不过，自从弘死后，贤的一系列反常举动很快就引起了武则天的警觉和不安。她知道，贤之所以故意躲着自己，完全是因为他听信谣言的结果。眼看着母子亲情日益殆危，武则天不得不在繁忙的政事中几次派人前往长安，急召太子来洛阳，试图澄清事实，消除隔阂。但太子贤照例推延，一封封书信石沉大海，她派人送去的食物和布帛，太子亦分毫未取。武则天渐渐产生了这样的疑虑和猜测：莫非太子贤另有图谋？

大太监魏安死后，素信巫术卜卦的武则天以为病中的高宗求寿为名，将一位名叫明崇俨的道士召入宫中，官拜正谏大夫。这个人的出现几乎立即导致了武后与太子之间关系的进一步恶化。

明崇俨也许看出了武后与太子之间的隔膜，有一次，他在武后的床边对她进言："我曾见过太子贤的面相，他骨骼峥嵘，薄福多难，日后难继大位，倒是英王哲和殷王旦颇有帝王之相……"

明崇俨的一席话显然加深了武后对太子贤的忧虑，但她依然没有放弃让贤回到自己身边的努力。几个月之后，武则天利用一次返回长安的机会，命人急速赶往东宫，召太子贤来太极殿相见。

太极殿与东宫只有百步之遥，武后身边的近侍不一会儿就返回禀报，太子贤宿疾新发，不便前来。武则天得到这个消息，显得黯然神伤，不觉中竟落下泪来。

一名太监见状上前劝道："既然太子称病不至，圣后为何不以探病为由亲往东宫看个究竟?"

武则天略微思索了片刻,便点了点头。

在武后驾临东宫的途中,太子贤就接到了门下的密报。他召来太子洗马刘纳言、张大安等人商议对策。张大安对他说,既然武后亲来探视,太子不可不见。太子贤对此事仍颇为犹豫,当武则天的步障鸾轿来到东宫外的肃义门时,太子贤在一念之下还是躲进了东宫花园的一间马厩。

武则天从坐轿上下来,张大安、刘纳言等人率领太子侍从远远出来迎接。

武后扫视了一遍众人,向刘纳言问道:"太子在哪里?他为何不出来迎接?"

刘纳言答道:"太子殿下宿疾未瘳,这会儿骑马出去散心去了。"

武则天冷笑了一声:"太子能骑马出去游玩,难道与我说两句话都不行吗?你们平素是怎么教导太子的?"

张、刘二人赶紧伏地谢罪。

武则天没有理睬他们,她独自一人绕过花园的护栏,朝太子的内房走去。

房间里空空荡荡的,朱阁倚窗,锦帘绸帐,一如往昔。残阳的余晖洒满了窗台,深秋的凉风从回廊下掠过,传来了一匹天山良驹哝哝的悲鸣。

屋子里酒香四溢,墙帷下挂满了兽角和鸟类的翎羽,桌上的一只三彩茶壶似乎余热萦绕。武后一想到太子贤在故意躲避着自己,不禁泪流满面。武则天在太子贤的床边枯坐了大略半个多时辰,直到日迫西山,才带领随从悻悻离去。

永隆元年八月,武后的近侍突然来到东宫,给他送来了《少阳正范》和《孝子传》两书,并嘱他仔细领略书中的精妙。太子贤内心十分清楚,这种看似"劝进"的赠书仪式实则上是母后在暗暗指责自己的忤逆和不孝。两天之后,武后再度派人从东都洛阳给他送来一封书信,申饬他不要纵情恣肆,贪恋声色。语词和行文皆十分严厉。

太子贤不安地想到,最近一段时期以来,他多次听说正谏大夫明崇俨妖媚皇后,声称自己无德继承大统,现在看来,道士明崇俨的挑唆似乎已经对母后产生了巨大的影响。他深知母亲的为人,一旦她嗅到了什么气味,并决定将某种计划付诸实施之时,她的动作往往迅雷不及掩耳。

太子贤整日忧心忡忡,如坐针毡,太子洗马刘纳言见状前去劝道:"我看殿下是过虑了,武后毕竟是你的母亲啊……"

他的话未能使太子愁肠百结的忧虑得以宽解,一连几天闭门幽思的结果,促使太子做出了一个大胆的举动。

一天深夜,道士明崇俨在返回洛阳的途中为刺客所杀。在当今的朝廷之中,居然还有人胆敢对武后的宠侍下手,使武则天十分震怒,她下令对此事严加缉查。几经周折,凶手赵道生终于供称:刺杀明崇俨之举系由太子指使自己所为……武则天当即下令拘押太子,并派人前往东宫搜查。搜查报告在翌日清晨就送到了武后的手中,其中一项使武则天简直不敢相信自己的眼睛：在太子贤的马厩里发现了五百余件刀枪兵器……

太子贤派人暗杀正谏大夫明崇俨，在宅内私藏武器，密谋造反的消息传到高宗李治的耳中，已经是两天之后的事了。

高宗皇帝一想到忠和弘的惨死，就不由得浑身瘫软，冷汗不止。虽然他在病中已卧床数日，但他获悉这一消息之后，还是命人即刻起驾，匆匆赶往武后的寝宫。

武则天表情严峻地端坐寝宫帐内，仿佛她料到高宗会来，早已在此静静恭候。

高宗李治为太子求情的一席话尚未说完，武则天就不耐烦地打断了他。

她反问高宗："天下何罪最难宽免？"

"谋反之罪。"高宗答道。

"以陛下之见，对谋反叛逆之罪应如何处置？"

"诛灭九族……"

"贞观十七年，承乾密谋造反，先帝太宗皇帝又是如何处置他的？"

"废为庶人，远谪黔南……"

"这就是了。"武后流泪道，"如今太子所犯之罪为十恶之首，我怎能徇私绾宥，况且眼下突厥屡犯边境，洛阳、长安连年灾荒，朝廷内外，人心不稳，若陛下一意袒护，大唐法度，何以为继？"

这种单调的一问一答式的谈话使高宗的处境显得极为可

笑。李治静默了半晌,随后说道:"我听说,太子杀明崇俨是实,至于造反谋变朕谅他不敢,太子原本善骑好猎,他在东宫私藏刀剑,或为防身习武,亦未可知,我们可以再细细调查……再说,明崇俨本为一个区区道士,太子将他杀掉,也算不得什么大罪……"

武则天觉察到高宗的话中暗含嘲讽,不禁大怒:"你这话是什么意思?"

"你如果执意要杀掉贤儿,"高宗泣不成声,"那就让朕同他一起去吧……"

第二天,高宗下诏,将太子贤贬为庶人,流放到两千里外的巴州。平常与太子相善的宦官侍从一律处斩。

太子贤怎么也没有想到,在长安的日子里,他曾处心积虑地提防着母后的毒鸩,他在被流放到巴州四年之后,当一位名叫丘神勣的宦官逼令他自杀时,他所得到的依然是一杯毒酒。庶人贤在惊愕之余,不能不想到这也许是上苍对他的故意嘲讽和作弄。

在被囚禁于巴州的枯索岁月中,庶人贤曾经写过一首哀婉凄凉的黄台歌词,表述了他心中积郁已久的愤懑:

种瓜黄台下,
瓜熟子离离。
一摘使瓜好,

再摘使瓜稀。
三摘犹为可,
四摘抱蔓归。

这首著名的歌词后来传到洛阳,陪伴着高宗皇帝度过了他生命中最后一段时光。

在病中,高宗李治时常让御医秦鹤鸣将这首词反反复复地念给自己听。他仿佛对自己日益颓朽的境况渐渐上了瘾。时值十二月的冬天,窗外大雪压枝,山岳潜形。高宗李治不时从昏睡中惊醒过来,喊着贤的名字。

"外面下着这么大的雪,贤儿远在巴州,不知是否平安?"

御医秦鹤鸣一时不知所答,只得陪高宗暗暗落泪。

十二月十二日,高宗皇帝离开嵩山的奉天宫,返回洛阳。二十二日,为了给高宗祈寿,武则天再度下令改元,将永淳二年改为弘道元年,并特赦天下。

这天午后,高宗驾崩于洛阳贞观殿,享年五十六岁。

按照高宗遗命,中书令裴炎让太子哲在灵前即位,是为中宗。

7

中宗哲这年二十八岁。在登上皇位之前,他的存在由于两位兄长在朝中的影响和声望而遭到冷落,平常似乎很少为人瞩目。无论是先帝高宗皇帝还是母后武则天,对他都显得极为平淡。

许多年前,武后一时性起将他的妻子赵妃处死,竟丝毫没有顾忌到他可能会有的种种不快。这些年来,朝廷中的变故一件接着一件地发生,几乎令他目不暇接,并使他养成了置身于事外的习惯。他平常很少过问朝中是非曲直,不像他的兄长那样在朝中拥有广泛的支持者。因此,当他被册立为太子,并在弘道元年登上皇位之后,他的周围连一个可以商讨政事的亲信都没有。多年来积压在他心中的自卑感以及身为帝王的盲目喜悦仿佛注定了要使他酿成大错。

既然他不知道如何使用自己刚刚得到的权力,那么他唯一可做的似乎只能是让他的亲族内眷分享自己的荣耀。

他的妻子韦氏被册封为皇后不久,他的岳父韦玄贞从普州参军一跃而为豫州刺史。韦玄贞到任后没几天,在韦皇后的策动下,中宗哲准备再度提拔他的岳父,让他担任侍中要职。中书令裴炎闻讯后立即前来谏止。中宗哲也许想尝尝初为天子的滋味,他不仅没有听取裴炎的劝谏,相反私下里对他反唇相讥:"朕是一国之君,让什么样的人担任侍中之职是我自己的事,只要我愿意,即便将天下拱手让给韦玄贞又有何不可?"

一个月之后的一天,武后突然传令,当日的早朝改在太极宫正殿乾元殿举行。这道谕旨看来是某种重大事件即将发生的明显征兆,一时间惊动了满朝文武。按照惯例,除了天子登基或重要的节庆日之外,倘若没有重大事件,早朝不会在乾元殿举行。

当文武百官在黎明晦暗的光线下走向乾元殿时,他们不安地注意到,大殿内外增设了御林军士卒,他们披甲执剑而立,表情肃穆。

像往常一样,中宗皇帝跟在武则天身后来到乾元殿,也许是他尚未从睡梦中完全醒来,他对于早朝仪式改在正殿举行以及殿内的紧张气氛并不在意。中宗皇帝正想登上御座,中书令裴炎从一旁突然闪了出来,伸手挡住了他的去路。

"你想要干什么?"中宗哲诧异地问了一句。

裴炎的目光躲躲闪闪,他朝左右做了一个手势,两名身材高大的御林军士兵立即扑上前来,抓住了中宗的肩膀。

中宗哲勃然大怒:"裴炎,你与朕开什么玩笑?"

裴炎和中书侍郎刘祎之上前向中宗行礼,随后,裴炎从口袋中掏出一道诏书,大声宣布:

"太后有旨,即日起废天子为庐陵王。"

中宗哲这才觉得情形确实不妙,他心有不甘地对裴炎说:"裴炎,你们是不是弄错了,朕有何罪?"

裴炎并不答话,他回过头来看了看端坐于御殿之上的武则天。

"拿下!"武则天喝道,"你刚刚登上皇位,尚未布政天下,就大封亲戚,私树党羽……你还说要将整个天下让给韦玄贞,这难道还算不上大罪吗?"

中宗哲的身体像颓墙一样坍倒下来,他似乎还想抗辩,两名军卒不容分说将他架往殿外。第二天,武后降旨将庐陵王贬往均州,半个月后又将其流放房州。

在中书令裴炎看来,既然中宗被废,高宗的幺子豫王旦实际上已成了皇位的唯一继承人。皇子旦性情懦弱,与他的父亲李治如出一辙。自从他降生的那天起,他的名字就由武则天改来改去——由叙伦改为伦,又改为旦,直到武后圣历元年,他的名字最后才得以固定。

中宗哲被废之后,武则天并非立即册立皇子旦为新帝,这使裴炎、刘祎之等人颇感意外。武则天看来是在故意拖延这件事。朝中遗老对此事看得十分清楚,武后实则上是在利用旧君已废,新君未立的间隙来察看一下朝廷群臣的反应。

满朝文武在国不可一日无君的焦虑中度过了一个又一个夜晚,在长达半月的对峙中,朝臣的态度,百姓的民意,武后深不可测的愿望三者之间似乎正在进行着一场潜在的、无声无息的较量,这一较量从某种意义上说是意味深长的。

二月十二日上午,礼部尚书武承嗣突然来到了武后的寝宫,他告诉姑妈:朝廷重臣和王室权贵正簇拥着皇子旦前往武成殿外,请求武后临轩。武承嗣分析道:"他们也许是来请您亲自登基,一统天下。"

这一意外的消息使武后在漫长的等待中终于见到了一线曙光,她即刻命令左右起驾赶往武成殿。当武则天兴致勃勃地登上殿楼,二十二岁的皇子旦看来并无拥戴武后登基之意,他只是援例向武后进献了"皇太后"的称号。皇子旦说话吞吞吐吐，始终不敢抬头看武后一眼，最后由中书令裴炎替他说完了要说的话。

武则天知道，既然朝廷重臣让皇子旦向自己进献了"皇太后"称号，那么立旦为天子似乎已不可避免。看来，自己君临天下的时机尚未成熟。

中书令裴炎目下已无当初长孙无忌之风范，更无许敬宗等人曲意谄媚之权术，他尽管对武则天忠心可鉴，但武则天心中隐晦的意图似乎已超出了他的想象力。他也许始终不敢在异姓女人统治大唐这件事上深想下去，这不仅导致了武后对他的失望，而且在不久之后就给自己引来了灾难性的后果。

三天之后，武后派承嗣前往皇子旦的寝宫，册立他为新帝，但等待着旦的并不是隆重的登基大典，而是幽处后宫、遥无尽期的囚禁生涯。

垂拱三年正月，武后曾一度驾临睿宗旦被幽禁的别宫，表示要归政于他。母子之间话不投机，出语言不由衷。睿宗照例谦辞不受，武则天亦不坚持。翌日午后，她下令将睿宗旦废为皇嗣。

睿宗旦在无任何过失的情况下遭到幽禁，很快就在朝廷内外激起了强烈的反应，除了大臣刘二轨、中书令裴炎向武后屡屡劝谏之外，一场讨伐武则天的叛乱也在千里之外的扬州城中蓄势待发。

第 四 章

1

随着睿宗旦被废为皇嗣,武则天正式在洛阳紫帐称制。她代天子颁发诏书,更改年号和皇旗的颜色,将东都洛阳改名为"神都",将洛阳宫改称"太初宫",并将衙门以官职的名称再度进行更改。

武则天现在已经六十多岁了,但她看上去依然眉如新月,肌若冰雪。她在分封武氏亲族的同时,将大唐王室门阀——贬往外地。她现在可以有条不紊地进行此事,而不需要察看任何人的眼色。对眼下大权独揽的武后来说,她离登上皇位,君临天下只差一步之遥,但武后知道,要跨过这一步亦并非轻而易举。

光宅元年,武则天治下的大唐帝国似乎出现了吉祥和瑞的征兆。全国各地报来的祥瑞绿章被刻在青藤纸上不断送达宫廷,这些绿章的内容读来饶有趣味,比如,河南刺史的一道绿章声称,在河南丰县,有人发现了一棵九穗灵芝;在山西的汶水县,一群白鹊栖息在县城外的合欢树林中,三日不去,远远看去犹如皑皑白雪。最使武则天感兴趣的还是嵩阳县令樊文献上的一枚赤心瑞石。这些绿章既是天降祥瑞的吉兆,又是民心归附的重要信号。

到了光宅三年,英国公李世勣的孙子徐敬业在扬州发动兵变,给一度祥隆的大唐王朝再次蒙上了一层阴影。

从这场叛乱的开始到最后平息,武则天始终没有将那些远在江南的书生放在眼里。在叛乱进行的过程中,她最为担心的似乎是另外一些事情。因此,当内侍上官婉儿将那篇扬州起兵的"讨武檄文"念给她听时,武则天的脸上仍不时地展露出笑容。

上官婉儿是诗人上官仪的孙女,现年二十一岁,七年前奉太后之命入内宫成为内侍。大太监魏安死后,她很快就成了武后的心腹之一。如累说魏安作为武后的谋士和帮手为她鞠躬尽瘁,那么现在上官婉儿所扮演的角色仅仅只是一个学生而已。她对武则天的敬畏几近崇拜,武则天的智慧、性格和处理政事的作风无一不给她留下了深刻的印象,并对她日后的命运产生了重大影响。随着时间的推移,祖父上官仪的惨死作为一道年代久远的陈旧布景,已被她渐渐淡忘。

这篇讨武檄文措辞尖刻,字里行间对当今太后多有不恭,上官婉儿不得不时常停下来,察看一下武则天的脸色。武则天细细地玩着那枚赤心瑞石,含笑不语,她似乎听得津津有味。

当婉儿读到"一抔之土未干,六尺之躯何托"时,武则天忽然问道:

"此文出于何人之手?"

"据说是一个名叫骆宾王的人写的。"婉儿答道。

武则天将这句话又默念了一遍,然后叹息道:"此人文才盖世,未为本朝所用,当是宰相之过……"

接着,武则天站起身来,向上官婉儿问道:"婉儿,现徐敬业在扬州起兵,以你之见,我当如何处置此事?"

"当立即发兵平叛。"婉儿答道。

武则天莞尔一笑,摇了摇头。

"徐敬业此次谋反虽肇始于千里之外的扬州,但祸根却在朝中。"武则天若有所思地说道,"据我所知,在朝廷各部及地方州县,同情徐敬业的官员大有人在,我若仓促起兵征讨,这些人即便不敢为叛军内应,但亦会借故拖延,从而助长叛军气焰。另外,朝中也会有人利用叛乱大做文章,在归政一事上向我施加压力……"

"那太后准备怎么办呢?"

"若要平息叛乱,必须首先除掉内患。"武则天冷冷地答道。

第二天,武则天将中书令裴炎召到内宫的英贤殿,与他商量平息叛乱一事。早在中宗被废之时,武则天即对裴炎大为失望,近几个月来,这种失望情绪在武后的心中与日俱增,尤其是上个月,当武承嗣请求准许建立武氏七庙以追尊武氏宗族时,裴炎就表示了强烈的反对。他以不容置疑的口吻对太后说:太后既为国母,应当以无私仁德仪昭天下,祭祀宗族本为私事,为此而特建七庙似有不妥,自古以来,尊崇内戚往往导致国破家败,汉朝的吕后即是一例……这件事最终不了了之,但裴炎将自己与吕后相提并论,却在武则天的心中留下了难以除去的刺痛。

现在,武后以平乱之事向裴炎问计,裴炎看来对自己所面临险恶处境并无太多的了解,他不假思索地答道:

"从叛军打出的'匡复庐陵王'的旗号来看,徐敬业之乱概由皇帝年长而未能亲政所引起、以臣之见,若太后归政睿宗,徐敬业之乱不讨自平……"

武则天的脸色由红转白,最后变成一线青灰色。她看了一眼侍立在侧的上官婉儿,不冷不热地对裴炎说:

"你的意见,我已知晓,你且退下,平叛之事尚要从长计议。"

诚惶诚恐的裴炎走后,武则天立即下令将其拘捕。随后,武则天召集朝廷重臣在贞元殿举行御前会议,商讨平叛方案。由于大臣们在会前就已知道了中书令裴炎被捕下狱的消息,因此御前会议很快就演变成了对裴炎一案的激烈争吵。

中书舍人李景谌赞同武后的意见,他认为裴炎有参与谋反的嫌疑,理当拘押审查。凤阁侍郎胡元范、刘景先立即据理反驳。武则天静静地闲坐一旁,始终一言不发,以至于争吵愈加剧烈。

最后,武则天似乎感觉到形势对自己越来越不利,她便突然发话:

"裴炎谋反之心已久。我已掌握了确凿证据……只是目前不便公布而已……"

"若裴炎有谋反之心,那么臣等也同样有谋反之心了……"刘景先与胡元范看来已准备孤注一掷。

"这可是你们自己说的,"武后对左右侍卫使了个眼色,"还不给我拿下?!"

这天晚上,武则天和上官婉儿刚刚回到寝宫,即有侍从来报:"千金公主前来向太后问安……"

武则天此时已感疲惫之极,便吩咐侍从道:"我今天太累了,让大长公主明天再来吧。"

2

千金公主是唐高祖的第十八个女儿,现在虽已年近六十,但姿色未衰,风韵犹存。她性格开朗活泼,举止优雅娴静,在年复一年的寡居生涯中渐渐为人们所忘却。只有当她与男宠们的风流艳事在宫中闹得沸沸扬扬时,人们才会意识到她的存在。

在泰山封禅大典到武后神都摄政,千金公主目睹了武则天在宫廷倡扬女权,推行新政的整个过程,李氏家族气息日衰,千金公主也许并不在意,重要的是,武则天的一系列革新计划给她呆滞、压抑的生活带来了一股从未有过的清新空气。当整个李氏王室在武则天的弹压之下感到惶惶不可终日时,千金公主却独享优游,与武后过从甚密。

这天晚上,千金公主在一名宫女的引领下来到了武则天居住的英贤殿。

武则天正躺在床上，由一名宦官替她按摩捶背。上官婉儿端着一碗汤药侍立在床边。武则天看见千金公主进来，只是冲她微微一笑：

"大长公主请坐。"

武后平常与千金公主极为友善，用不着虚礼和客套。

千金公主抱臂站立在窗幔边，饶有兴味地看着宦官给武后按摩，唇边不时掠过一阵温和而神秘的笑意。

"太后玉体有何不适？"千金公主问道。

"近来时感身上疼痛，已有数月……"

"请太医来诊视过了吗？"

"太医已看过多次，似乎不见好转。"

"这些天来，朝廷内外大事不断，太后应多加珍重才是。"千金公主关切地说道。

"多谢大长公主一片好心。"武则天说，"只是我亦不知道自己到底生了什么病，针灸和汤药都试过了。看来并无用处。"

"针灸和汤药只能暂时缓解病情，却无法从根本上除掉病兆……"

武则天笑道："不知大长公主有何见教？"

千金公主看了看室内的侍从，诡秘一笑，没有再说下去。武则天别有会心，也未加索问。

等到夜阑人静，房中只剩下武后和千金公主两人时，武则天拉着千金公主的手，悄声问道：

"刚才公主说到病症的根本,我倒想听听。"

千金公主想了想,没有立即回答武后的垂询,而是说起另外一件事来。

"在大唐王朝的文武群臣中,有一个重要人物,不知太后是否听说过……"

"不知公主指的是谁?"

"李淳风。"

"怎么没有听说过,他是朝中主管天象历数的太史令,"武则天笑道,"他所修编的麟年历我还曾推行过呢……"

"李淳风虽然官位轻微,在朝中很少有人注意,不过,说起来他还是太后的救命恩人呢。"千金公主道,"倘若没有李淳风,太后也许早已为太宗皇帝所杀……"

武则天大惊失色,赶忙问道:"大长公主这样说,有何凭据?"

千金公主仿佛陷入了过去事情的回忆之中,她的目光注视着窗外,缓缓说道:"此事说来话长。早在三十多年前,太宗皇帝曾在宫中发现了一本《秘记》,据《秘记》上说,唐三代之后,有武氏起而灭之……"

"这事我也曾听说过。"

"当时,太宗皇帝本欲杀掉朝中所有武姓之人,以绝后患,太史令李淳风劝阻了他。"

"公主是怎么知道这些事的?"

千金公主喟然长叹了一声,寂然说道:"多年来,我枯处宫中,寂寞难排,不知不觉地迷醉于阴阳术数的推衍与遐思中,我后来听说李淳风精于此道,便常去终南山中与他切磋,渐至无话不谈……"

"李淳风现在何处?"

"十多年前,他辞官息影山林之后,不久就仙逝了。在他临死前,我曾去看过他一次,他也知道自己在世之日无多。因为上苍也许不愿让他窥破更多的秘密。"千金公主看了武则天一眼,继续说道,"当时,他与道士袁天罡合演的《推背图》已臻齐备。"

"袁天罡……"武则天的脸上布满了惊愕的神情。

"太后莫非也听说过此人?"千金公主问道。

武则天没有说话,在单调而悠远的宫漏声中,她眺望着窗外疏朗而迷离的灯火,仿佛又回到了遥远的童年:在一个大雪纷飞的清晨,一名背负行箧的道士突然来到了家中……

"简直像做了个梦一样……"武则天在恍惚中自语了一声。

"太后这些年所成就的大事,在我看来,既是人力,亦是天为,"千金公主说,"至于太后近来常感不适,我想,那也许和阴阳失调有关……"

"何以见得?"武后转过身来,怔怔地看着千金公主。

"太后眼下的心情灵性已近纯阳至刚,可您的身体却仍是阴气弥积,混沌未醒,我担心长此以往,这不仅有损于太后的玉体,而且将会妨碍您日后的功业……"

"以公主之见,我该如何去做呢?"武则天问道。

千金公主笑道:"我看只有一个办法,采补阴气以使匮竭的身体得到滋养,究竟如何去做,我想太后不用我来多费口舌了吧?"

武则天随后也笑了起来,在千金公主诡谲而温和的目光下,她的脸上掠过一缕少女般的羞怯。

"如果太后不见外的话,我这里倒有一副现成的灵药……"千金公主低声说道。

武则天的眼前又一次浮现出当年永巷初夜时太宗皇帝那略显浮胖的脸,以及高宗李治虚弱而单薄的躯体,当她意识到近年来对宫中年轻男子那种难以抑止的好感时,她不禁微微有些气喘。

第二天傍晚,一个约莫三十岁的健壮男子在千金公主的陪伴下,来到了武则天居住的英贤殿。

武则天在帐帘后初见之下,此人果真像千金公主所说那样,生得健伟丰仪,挺拔俊美,跪在遍地锦绣的内房中犹如一尊铁塔,黝黑的肌肤显出油亮的光泽,细而浓密的眉毛护遮着一双略带忧郁的大眼睛,只是他初来殿中,显出几分怯意。

武则天细细察看这名男子,她一想到千金公主昨夜向她描述过的此人夜御十女的非常之器,不觉怦然心动,情难自禁。

她从幕帘之后慢慢走出来,来到他的跟前,低声问道:

"你叫什么名字?"

"小人冯小宝。"

"哦……"武则天瞟了千金公主一眼,"你起来吧。"

"多谢太后。"冯小宝站起身来,两眼大胆地直视着此刻已妆饰一新的武则天。

"听大长公主说,你的棒术十分高明……"

"小人不敢。"

武则天道:"我今天特意准备了一根如意棒,你现在就来耍一下如何?"

"恕小人无礼。"

冯小宝说完,立即脱掉了上衣,露出浑圆黧黑的脊背,朝武则天深深一揖,随后,他从桌上拿过那根如意棒,在屋里舞弄起来。

太后武则天和千金公主闲坐在一旁,一边泡着茶,一边不时地看上冯小宝一眼。在屋内敞亮的光线下,冯小宝手中的如意棒呼呼生风,身上的肌肉和胸前的一丛黑毛依次呈现出各种微妙的变化。

千金公主侧身在武则天耳边说了句什么,武则天不禁扑哧一下笑出声来,手里的茶水洒了一身。

"够了,够了。"武则天平静地吩咐道。

冯小宝收棒向武后行礼,他发现千金公主已经不知在什么时候悄然离开了。

"过来吧。"武则天含笑朝他招了招手。

冯小宝迟疑不决地向前走了一步。

"过来呀,"武则天又重复了一遍,她压低了声音对冯小宝说:

"小宝,除了棍棒之外,你还会玩些别的什么吗?"

冯小宝正色答道:"启禀太后,小人无所不能……"

武则天大笑起来。

潮湿而短暂的夜晚很快就过去了。武则天将冯小宝留在了宫中。武后也许觉得冯小宝这个名字有失风雅,便给他改名为薛怀义,让他帮着照料宫中花园的草木。一个月之后,武则天令薛怀义剃度为僧,以白马寺住持的身份时常出入宫廷,陪伴左右。

薛怀义生性好勇斗狠,加上武则天对他恩宠弥笃,不久之后就在宫中惹出是非风波。另外,薛怀义作为一个健全的男子堂皇出没于美眷如云的宫廷之中,也招来了朝中大臣的忌讳和不满。

一个名叫王求礼的补阙很快上表给武则天,建议将和尚薛怀义去势,以免日后淫乱宫廷。武则天看到这样一个不伦不类的上表,随即大笑起来,她对上官婉儿说道:

"若将怀义去势,我将他留在宫中又有何用?"

3

徐敬业的叛乱在光宅元年十一月即告平息,但它的阴影在武后的心中久久未能除去。虽然她通过这次叛乱的契机剪除了宰相裴炎,凤阁侍郎刘景先、胡元范,大将程务挺、王方翼等异己势力,可李唐门阀的根基依然未受动摇。这些世袭显贵和遭受贬谪的旧臣暗中勾连,并与朝中权臣幽通款曲,武则天日益感觉到,自己在朝中的影响力和权势正在受到无形的钳制,御史许有功、杜景俭等人更是独行其是,对武则天的革新计划置若罔闻,他们甚至敢于违逆武后谕旨,将朝廷重犯无罪开释,使负责侦讯审押的司刑寺形同虚设。

另一方面,远在江南的几个书生居然能在一夜之间集合十万人马兴兵举事,而朝廷竟毫无觉察,这至少也昭示出这个庞大帝国的中下层机构已面临瘫痪。如果不能及时地了解各地的隐情,防患于未然,克敌于未发,类似的事变势所难免。当然,如要彻底理顺这个积重难返的陈旧体制并非一朝一夕之事,况且,即便武则天决意清理这一体制,朝廷各部及地方州县的官员亦会竭力抗拒,他们或阳奉阴违,或敷衍了事……

看来,现在是利用民间势力发动一场自下而上革命的时候了。

垂拱二年正月,武则天批准了一个名叫鱼家保的人的上奏,在洛阳城的神庙四周设立了告密用的铜匦。铜匦分为四格,东西南北各面均有投书入口,依次为延恩、招谏、申冤和通玄四门。

铜匦亦称告密之门,它的设立通过布告昭示天下,一时间,全国各地的告密和鸣冤者从四面八方朝神都洛阳蜂拥而来,一度将神庙围得水泄不通。

地方州县的各级官吏莫不谈匦色变,他们不得不用极为小心而谦恭的态度对待那些潜在的告密者,倘若稍有得罪,这些人便会立即踏上前往洛阳的道路。这些告密者大都是一介草民,不过,他们的告密文书一旦受到朝廷的重视,官吏们轻则获罪下狱,重则人头落地。在朝廷内部,情况亦是如此。朝臣之间互相猜疑,彼此提防,惶惶不可终日。有些人仅仅因为同僚冷眼相视,便疑心对方告密而抢先下手。到了垂拱二年的秋天,朝廷大臣就已养成了上朝之前与妻子诀别的习惯。

武则天除了命令正谏大夫亲自接待那些奉旨告密的民众之外,自己和上官婉儿也时常于早朝之后来到紫宸殿,破例接见告密者。不久之后,武则天就敏锐地意识到,随着告密者的日益增多,罪犯的数量也在急剧增多,而主管诉讼的司刑寺和各级州衙已不能适应新形势的需要,因此,武则天在朝中新设肃政台。肃政台御史集调查、搜捕、审讯、施刑数职于一身,即便处死朝廷要犯,亦无需向武后通报。除此之外,为了缩短诉讼程序,武则天感到必须任用一批严酷的官员执掌法律大权。很快,武则天就亲自在告密者中挑选了索元礼、来俊臣、周兴三人担当要职。

武则天的这一措施不久就遭到了一部分朝臣的竭力反对。御史许有功、杜景俭,尚书省补遗陈子昂等人相继上奏,他们认为武后大开告密之门,任用酷吏的结果导致了先帝法律的名存实亡。朝廷及地方州县的官员人人自危,朝不保夕。"睚眦之嫌,即称有密,一人被讼,百人满狱。"从而使诬告、自相残杀之风假太后圣名大行于天下,国家似乎陷入了巨大的混乱之中……

武则天对于这些言辞锋利、直言犯上的奏折似乎并不在意,她下令将许有功等人贬往外地,而对他们遭受贬谪的原因未加任何说明。倒是这年七月发生的一件小事引起了武后的不快。

有一天,太子通事郝象贤被周兴控以谋反之罪,在他被押往曹市斩首的途中,郝象贤见已已必死,便索性对武后破口大骂,并将武后与冯小宝私通等丑事尽数抖搂出来。武则天自然怒不可遏,命令手下将郝象贤碎尸万段,与此同时,她又暗中颁布谕旨,以后在处死罪犯时,一定要用小木球堵住他们的嘴巴。

在上官婉儿看来,武则天在任用了索元礼、来俊臣等人后,全国上下似乎都被卷入了一场恐怖之中,她从上朝时官员们的脸色中可以清晰地看到这一点,连日来朝廷的混乱局面使她目眩神迷。不过,武则天看上去倒是春风扑面,踌躇满志,自从冯小宝入宫以来,太后素来忧郁的脸上再度容光焕发,而她的心思似乎也越来越让人难以琢磨了。

垂拱三年二月,武则天接受了礼部尚书武承嗣的建议,下令将乾元殿拆除,在其旧址上修建明堂,作为盛典时大宴群臣的场所。武则天将督建明堂之任交由冯小宝一手操持,不多久,修建明堂所需的树木和砖石便从全国各地源源不断地送往洛阳。

一个晚春的午后,武则天偕同婉儿乘坐一辆马车去明堂工地视察,在路途中,上官婉儿终于有机会向武后委婉地提出了自己心中积压已久的疑惑。

"近来,各地官员上奏弹劾索元礼等人的文书接连不断,在太后的书案上现已堆达数尺之高……"

武则天似乎正在想着自己的心事,婉儿的话并未引起她的注意。

"我听说,来俊臣等人还编列了一则《罗织经》,供审讯罪犯之用。"

"哦,还真有这样的事?"武则天说,"你不妨说几段让我听听。"

上官婉儿便将她熟记的《罗织经》从头至尾背了一遍。

"死猪愁,求即死是什么意思?"

婉儿道:"这是刑法的一种,意思是,倘若犯人受到这种刑法的逼供,便像死猪一样面露愁态,但求速死而已……"

武则天朗声大笑:"真亏他们想得出来。"

"太后,我近来时常在宫中听人说,您在任用来俊臣等人后,大唐王朝沿用百余年的法律都已废弛了……"

"法律?"太后冷笑道,"世上从来就没有真正的法律,以后也不会有。"

"可是……"

"婉儿,你现在还小,"武则天温和地拍了拍她的肩膀,说道:"有些事情你以后慢慢就会明白的。"

谈话间,明堂工地已在眼前。正在忙乱中的官员和民夫看见太后的马车来到,纷纷跪伏在道路的两旁。一阵和风吹来,山野中荞麦和花草的香气扑面而来,令人心旷神怡。

婉儿见太后困倦顿消,兴致勃发,便又说道:"启禀太后,婉儿尚有一事不明,还望太后点拨……"

"你说吧。"

"御史许有功、杜景俭、李日知等人曾在公开场合对您出言不逊,并在私下里辱骂太后,太后为何不借机将他们一并除去?"

武则天正色道:"婉儿,这些人都是我朝难得的忠臣,他们的意见也不一定没有道理,只不过不合时宜而已,我若将他们一一杀掉,日后谁来帮我治理天下呢?"

"太后的意思是不是说,您现在任用来俊臣等人只是权宜之计?"

"婉儿近来越发长进了,"武后用赞许的口吻对她说,"所谓的忠臣叛逆都要依时而定,虽然眼下朝廷内外一片混乱,但澄明的日子也已指日可待了。你要将目光放远一点,在处理目前棘手事情的同时,也要替日后稍作安排……"

武则天在上官婉儿的搀扶下从马车上下来,她没有理会那些前来问安施礼的官员,而是驻足朝远处眺望,难以数计的民夫蚁聚在工地之上,一座巨大的建筑物的雏形已隐约可见。在它的背后,大片开阔的麦地吐锦堆绣,令人赏心悦目。

几名官员牵来了两匹天山良驹。武后和上官婉儿骑马慢慢越过一道缓坡,朝野外走去。一队侍卫远远地跟在她们身后,密切注视着山野里的动静。婉儿紧紧地伴随着武则天,来到了山坡上一条黝黑发亮的小溪旁。

"婉儿,你在想什么?"武后回头看了看她。

"我在想,太后在朝中的宿敌,无非是李唐王公门阀而已。如今太后大开告密之门,选用严酷的官吏,这不等于是打草惊蛇吗?他们感觉到风声日紧,便暗中隐伏不动,太后又如何能将他们除灭呢?"

武后笑道:"婉儿果真是聪明伶俐,我当初将你选入内宫与我相伴,看来没有看错人。你说得很对,那些人目前的确兔子一样藏进了草丛之中。不过,他们已经受到了惊吓,他们的神经已像琴弦一样纤细,必然会在惊慌之余丧失判断力,我只要往草丛里丢一块石头,他们就会四下溃散,夺路而逃⋯⋯"

武后拽住了马头,似乎又想起了另外的什么事,她遥望着山下的人群,忽然问道:

"婉儿,你看到怀义了吗?"

4

垂拱四年春末,一个名叫唐同泰的人进宫面见武后。他突然来到内宫并非前去告密,而是来向武则天报告祥瑞之兆的。一天傍晚,唐同泰在洛水河边漫步时发现了一块紫色的石头,上面刻着"圣母临人,永昌帝业"八个大字。武则天从唐同泰手中接过瑞石,细细察看。经过长年河水的冲刷,这枚石头晶莹剔透,形同美玉,只不过上面的字体依稀显出新刻的痕迹。

武则天会心一笑。类似这种石头,她已接到过好几件了。最近一段时期以来,报瑞的吉兆从各地传向洛阳,像母鸡司晨,桃花冬放一类的绿章青藤早已压满了她的书案。在武后看来,近来祥瑞之兆纷涌迭现,不论出于巧合,还是出于人为,它至少预示着朝廷内外改朝换代的民意已蓬勃滋长。

武则天立即将这枚瑞石赐名为"宝图",将唐同泰擢升为游击将军。

五月末,武则天下达了一道诏书,命令各州都督、刺史以及李唐宗室外戚齐集神都洛阳,准备于七月间前往洛水岸边举行盛大的拜洛大典。就在拜洛大典的准备过程中,一封告急文书由百里之外的通州送达武后手中:李唐王室的叛乱突然爆发了。

太宗皇帝的兄弟韩王元嘉,霍王元轨,常乐公主以及宗室诸王早被朝廷近来的一系列告密捕杀之风搅得惶恐不安。他们知道,武则天下手将他们除灭,似乎只是一个时间问题。这年年初,洛阳传来的消息称,武则天将利用明堂竣工典礼之机,将李氏王室一网打尽,更坏的消息接踵而至:武则天在宫中大祭祖庙,灵牌上溯四十代,即将改唐为周;大和尚薛怀义正与一班僧侣日夜密商,编修佛爷转世的经文;武承嗣命人在一枚紫石上刻下"圣母临人"的预言,密使唐同泰晋献武后……

到了五月末,情况似乎更为明朗了。武则天将于七月间举行拜洛大典,并命诸王前去参加,一场屠杀看来已在所难免。

唐室王公之间彼此密书往来,谣言四起,除了在"如欲活命,勿来京都"一项上达成了一致意见之外,似乎也没有什么更好的应急办法。

起兵征讨的信号是由韩王元嘉之子、通州刺史黄国公撰首先发出的。垂拱四年六月,他给越王李贞写了一封信,信中称:"内人病渐重,恐须早疗,若至今冬,恐成痼疾。宜早下手,仍速相报。"随后,他又伪造了睿宗的玺书:"朕被幽禁,尔等宜各发兵救我……"这封用暗语写成的密信与伪诏一起很快就送到了越王李贞的手中。

李贞之子琅琊王冲性情急躁、鲁莽,他立即致函各王迅速进兵京都,自己则带领刚刚招募来的五千兵勇率先攻打济州。

当琅琊王冲起兵的消息传到神都洛阳,武则天并未张皇失措。她只是轻轻地叹息了一声,对上官婉儿说道:"看来,拜洛大典只得推迟了……"

武则天命张光辅为督军节度,率领十万大军西出洛阳,平叛诸王之乱。

七天之后,琅琊王冲于济州兵败身死。李冲的战死使得越王李贞、常乐公主等人决定孤注一掷。尽管大部分王室都督在惊恐之余徘徊观望,他们还是仓促起兵。不到十天,越王李贞兵尽粮绝,在豫州城外自杀身亡。至此,历时十七天的诸王之乱如昙花一现,遂告平息。

讨武之乱在这么短的时间内即被平灭,也出乎武则天的预料。这次事变中泄露出来的某种信号使武后兴奋不已,李唐王朝看来的确气数已尽,尽管叛军打出了匡复唐室的旗号,但天下臣民竟无人响应,它使武则天清晰地看到了人心的向背。

在叛乱之前蠢蠢欲动,在发轫之际左顾右盼,力求自保的诸王宗室未能逃脱厄运,韩王元嘉、鲁王灵夔等人被押回东都,在秋官侍郎周兴的逼令下,相继自杀。

十二月二十五日,武则天在洛阳南郊的"圣图泉"畔举行了盛大的拜洛典礼。在破晓的晨光中,洛水徐徐东流,武则天峨冠博带,迎风而立,向着冥冥之中的洛神拜谢祈祷。几乎在拜洛大典举行的同时,一场更大规模的杀戮也在迅速进行之中:

霍王元轨、纪王慎在流放途中被杀;

东莞公融及江都王绪被斩于市曹;

济州刺史薛顗、其弟薛绪被杀后,尸体暴晒示众;

常乐公主在狱中饮鸩自尽。

……

5

垂拱四年十二月二十七日,明堂终告落成。这座富丽堂皇的巍峨宫殿在竣工后的第二天即迎来了成群的赤雀,它们啁啾着盘旋于明堂的金顶之上,久久不去。翌日,几只凤凰飞临明堂西侧的御花园,最后落在了肃政台院内的一排梧桐树上。皇宫内外的许多目击者自称看到了这一奇妙的景象,武则天遂下令将明堂改名为万象神宫。

次年的正月初一,武则天第一次穿上了象征天子之尊的衮冕,在万象神宫举行祭典大礼,随后,她在侍女们的簇拥下登上洛阳宫正门的殿楼,接见文武百官。这是一个大雪初霁的清晨,洛阳城中的树木、街巷和房舍上依然一派银白,鼓乐声中,盛装的朝廷大臣在宫外的广场上一字排开,肃然站立。武则天俯瞰着远处重重叠叠的宫墙门楼和苍凉的烟树,一度忘了自己置身于何处。此刻,她仿佛正在遥远的巴蜀利州,跟着母亲去道观访仙;又好像正在前往长安的路上,瓢泼大雨将她的轿帘打湿;有时,她感到自己正在感业寺中的水井边梳洗,枯索的钟声送来桂子的清香……现在,她再也不是一个没有名分的异族女子厕身于李唐王室,而是名正言顺的武氏,不久将建立新朝,君临天下。

不过,武则天并没有立即登上皇位,从垂拱五年元旦到天授元年正月,武则天似乎再次陷入了令人茫然不解的等待之中,仿佛一个饥肠辘辘的人在故意推迟一场盛筵的到来。当上官婉儿不断催问她何时登上皇位时,武则天说:"现在已不是三年前了,如今即使我不想当皇上,恐怕也不行了。"

载初元年七月,在明堂潜心修行的十位高僧联名向武则天献了一部《大云无相经》,据《大云经》所载,武则天作为当今圣母,实为净光天女下凡转世,当王天下。武则天即刻将《大云经》颁行全国各寺院,并饬令在洛阳和长安修建大云寺,为收藏佛教经典之用。《大云经》的注疏者云宣和尚等九人均被赐紫红袈裟,位袭三品县公。

九月,长安人傅艺游率九百人长途跋涉来到洛阳,在洛阳宫门外恳请武后登基,傅艺游向武则天奏遭:"李唐运数殆危,改唐为周势所必然,当今太后为千古一人,光风霁月,上应天意,下合民情,理当即速登基……"武则天深为感动,她虽然照例谦谢不受,但还是将傅艺游封为鸾台侍郎。

一个月后的一天,武则天正在宫中午眠,忽听宫外有鼓乐之声隐隐传来,武后颇为诧异:今日宫内本无大典,何来喧嚷之声?她正要叫来寺从询问,上官婉儿已入门禀报:皇宫外聚集了一支万余人的游行队伍,他们敲鼓击磬,绕着皇宫游行请愿,恳求太后改朝换代。武则天在昏沉的睡意中由婉儿搀扶着,再次登上则天门楼,接见游行民众。

在游行队伍中,有商人、僧侣、官吏和普通百姓,他们打着彩旗,载歌载舞,站在远处观望的人更是难以计数,很多人似乎正从街市两侧的遮棚下跑出来,加入游行队伍。武则天见状不禁油然动容,泪如雨下。

可是,武则天的这一美妙心境并未维持很久,当她发现自己的侄子武承嗣站在游行队伍的最前面时,心中突然掠过一丝不快。几个月前,僧侣们向她进献《大云经》时,朝中就有人怀疑他是薛怀义所指使。现在,武承嗣在游行民众中招摇过市，看上去非常扎眼。武则天兀自叹道：这个武承嗣看来日后难成大器……

当天晚上，武承嗣带领二十多位各界请愿代表来到贞元殿，将数本绿色的奏折递交武后，奏折上有六万余人的签名，这些签名者除了文武百官之外，还有帝室宗亲、四方百姓和边夷酋长。稍后，皇子旦的表章也送到武后手中，他恳请母亲即刻登基，并赐自己武姓。

到了午夜时分，武则天方对殿外跪请不辞的文武百官们说：既然众愿难违，登基一事我可以考虑……

武则天一言既出，群臣莫不涕泪横流，叩首称谢，一时间万岁之声不绝于耳。

群臣退去之后，武后将承嗣单独留了下来。武承嗣原来指望姑妈给他连日的奔波辛劳予以奖赏，没想到武则天只是对他冷冷说道："你身为皇室内戚，堂堂礼部尚书，居然在请愿者中抛头露面，简直是不伦不类。"

九月九日拂晓，武则天在装饰一新的明堂里举行了即位大典，改唐为周，改年号为"天授元年"，大赦天下，全国欢宴七日。九月十三日，武则天下诏褫夺唐室王公的爵位，封武承嗣为魏王，武三思为梁王。并建武氏七庙，尊周文王为始祖文皇帝，追封五代。

九且十四日傍晚，千金公主再一次来到了武则天的寝宫。武则天考虑到也许是自己近来废黜李唐王室、整肃李党残余之事使她受到了惊吓,便对她温言劝慰了一通,并赐其武姓,将她收为义女。武则天并不知道,千金公主此番求见,完全是为了另外一件小事。

在她与已故太史令李淳风密谈时,李淳风曾偶尔提到狄仁杰这个名字,并预言此人将在日后平灭武氏、匡复唐室的过程中起到关键作用。当时,千金公主只是姑妄听之,未以为意。昨天上午,当她从一位远亲的口中再次听说狄仁杰这个名字时,她几乎被吓了一跳:狄仁杰不仅存在,而且,在越王贞死后,他已递补豫州刺史……

千金公主大概担心这样一个不祥之兆与武则天登基之初的喜庆气氛不太相称,她与武则天说了一会儿闲话之后,便起身告辞了。

第 五 章

1

天授二年以来,上官婉儿渐渐发现,登基之后的武则天似乎完全变了一个人。也许是《大云经》中净光天女下凡的传说无形中对她产生了影响,原先风骨峥嵘的面容变得明朗而安详,说话时语调迟缓而沉静,仿佛一条湍急的河道突然减慢了流速。这年七月,武则天颁布了一道谕旨:在宫中禁止杀猪宰羊。武则天的女儿太平公主曾悄悄地和婉儿谈及此事:"原来她除灭异己唯恐不及,如今好像有人在宫中踩死一只蚂蚁都会让她怏怏不快。"

随着上官婉儿与太平公主日渐亲密,她与女皇朝夕相处的日子也在慢慢减少。武则天整日与男宠薛怀义密处明堂寻欢作乐,有几次甚至在沉睡中忘掉了早朝的时间。

一天晚上,武则天做了一个奇怪而冗长的梦。她梦见自己在参加一年一度的亲耕仪式时,看见两名僧人在一片桑园中御风而行,其中一人看上去很像自己的父亲,他站在瑞云之上对武则天说道:"月过中天而偏,水堆河岸而溢,盛隆之极,亦是衰败之始,吉凶相陈,阴阳相易,古今一然,吾皇宜好自为之……"随后,两名僧人飘然远遁,如黄鹤一去杳杳无踪。

武则天从梦中醒来,衣裙已被汗水浸湿。她独自一人来到窗边,突然感到了一种无所依归的空落和惆怅。薛怀义在熟睡中发出静谧的鼾声,屋外树影幢幢,万籁俱寂,幽蓝的月光洒满了窗台。这样的夜晚仿佛似曾相识,当年在永巷的漫漫长夜中,她也曾这样凭窗独坐,枯索待旦。如果说当年的孤寂是一种掺杂着期待和恐惧的混合物,那么,现在,它已变得让人难以窥测,不可名状。她所梦寐以求的愿望得以实现的同时,武则天几乎立即感到了它的虚幻,了无意趣。

不过,这样的念头在她的心中只是一闪而过,经验和本能提醒她,眼下她还不能在这些浮靡的思绪上耽搁太久,她必须去思索一些更为具体而棘手的问题。

武则天知道,她在任用酷吏清除异己势力的同时,也给自己留下了隐患。告密和杀戮之风正在朝廷内外愈演愈烈。来俊臣的一个密使到达黔南之后,在一天之内就杀掉了六七百人。诬陷和滥杀遍行全国,不仅导致了民众的惶恐不安,也使朝廷变成了一个无赖云集的场所,这与开国之初的盛隆之景显得极不相称。

和往常一样,武则天一旦决定将某个计划付诸实施,她的行动之快,往往令人猝不及防。

这年秋天,武则天在批准了大臣李敬则"废除酷刑,恢复常法"的奏请之后,索元礼即以酷刑逼供被控,交与大理寺审讯,不久即被杀于狱中。现已居仆射之职的周兴看来亦难逃厄运,他的死颇具戏剧性。负责审讯周兴的官员恰好是他的故交来俊臣。一天晚上,来俊臣派人将周兴请到自己家中,饮酒闲谈之余,来俊臣面露难色,对周兴说道:"兄弟有一件难办的案子,还请仆射指点。我几乎用遍了《罗织经》中的刑法,犯人却死活不肯招供,不知如何是好?"周兴指了指桌上的一只酒瓮,对来俊臣说:"这有何难?你不妨将犯人放在一个大瓮里,四周堆上木柴,大火烘烤之下,不怕他不开口。"来俊臣笑道:"这个办法倒也不错。"

他旋即命人抬来一只大瓮,对周兴说:"现在请兄长进去吧……"

周兴死后,武则天并未立即诛杀来俊臣。来俊臣对武则天素来死心塌地,在她登上皇位的过程中建功殊勋。倘若仓促将他除掉,必然会使朝中亲信受到惊吓。另外,来俊臣正处于文昌左相武承嗣的卵翼之下，受到他的护佑，即便武则天有心将他除灭，亦非易事。正在这个时候，朝廷之中发生了这样一件事情。

豫州刺史狄仁杰为官政绩显赫，闻名遐迩。天授元年四月，女皇将他召回神都洛阳，官拜鸾台侍郎，后累升至大理寺卿、尚书省仆射及宰相之职。长寿元年，在武承嗣的指使下，来俊臣以谋反之罪控告狄仁杰，同时受到指控的还有御史徐有功、魏元忠等七位大臣。

狄仁杰知道武承嗣一直将自己视同世仇，必欲除之而后快。现既遭拘押，倒也并未慌乱失措。他曾任大理寺卿，对朝廷法律了如指掌。武则天近来曾向大理寺发布了一条谕旨：凡是初审时肯服罪之囚犯，不仅可以免用刑法，亦可免去死罪。因此，当来俊臣对他开始审讯时，狄仁杰即从容说道："周朝既立，奉天承运，气象日新，我乃李唐旧臣，难奉新主，谋反是实，甘愿一死。"来俊臣听后哈哈大笑："狄仁杰老儿，你堂堂大理寺卿，未及施刑便招供如仪，想必早已听说我来某的厉害了吧？"

一同受牵累的几位大臣似乎心有灵犀，除了魏元忠之外，一律即刻服罪。来俊臣也未便施刑，只得将他们收押在监，听候处置。

当天晚上，狄仁杰将一封密信藏于棉衣之内，说服一名狱卒，将其送还家中。

狄仁杰之子狄光远接到狱卒送来的棉衣，颇感蹊跷，眼下正值隆冬季节,父亲让人将棉衣送回,也许其中别有隐情。他很快就在棉衣内找到了父亲的密信。第二天一早,狄光远即通过凤阁侍郎乐思晦之子入宫向武则天告发。

乐思晦在两个月前获罪被杀。他的儿子虽然只有八九岁,却异常聪慧。武则天在贞元殿一见他唇丹齿白,目如秋水,便心生爱怜之意。女皇在问明了他入宫求见的原委之后,便对他说道:

"狄仁杰与你非亲非故,你为何替他送信求救?"

孩子答道:"来俊臣在朝内作恶多端。两个月前,家父即死于来俊臣之手,现在他又要加害当今宰相……"

武则天笑道:"你小小年纪,知道什么?有些事你不懂就不要乱说。"

武则天亲自替他掸掉了身上的雪花,并握住了他那冻得通红的小手,只是因上官婉儿侍立在一边,她不便将他揽入怀中。

"想不到乐思晦还有这么个儿子……"武后看了婉儿一眼,若有所思地说。

接下来的谈话一度偏离了正题。武则天已将狄仁杰一案放置一边,极有耐心地与孩子拉起了家常。她问他多大年纪,读过哪些诗文,并当场赐给他一对玉制的小佛像。

最后,武则天问他愿不愿意入宫读书,孩子在谢过女皇之后,依然显得忧心忡忡,欲言又止。

武则天像是看出了他的心思,她笑了起来:"你不用担心,狄仁杰是不会死的。"

孩子走后,武则天久久地注视着他的背影,对婉儿感慨道:"要是弘儿还活着,他的孩子也该有这么大了吧?"

第二天下午,武则天将狄仁杰等七位大臣召入宫中面询。大臣们一见女皇便纷纷跪倒,其中一名老臣当即泪如雨下,武则天来到狄仁杰身边,问道:

"你既已服罪,为何还让人送信鸣冤?"

狄仁杰说:"臣等若不服罪,恐怕今天就见不到陛下了。"

武则天将手中的一纸奏表扔给狄仁杰:"那你为什么要给朕上《谢死表》呢?"

狄仁杰粗粗看过奏表,十分震惊:"臣等并未写过《谢死表》,这是别人伪造的。"

武则天继而又逐个询问了另外的几位大臣,他们的回答与狄仁杰如出一辙。武则天在仔细核对了他们的笔迹之后,脸上顿时掠过一线阴云。

"你们都起来吧。"武则天对大臣们说道。

站在一边的武承嗣见状便上前劝谏:"狄仁杰等人阴险狡诈,陛下不可听信他们的一面之词……"

"放肆,"武则天怒道,"还不给我退下!"

2

延载元年六月,右卫大将军薛怀义第三次领兵攻打突厥默啜。经过将近半年的长途跋涉,他于这年初冬回到了神都洛阳。和前两次出征的情景一样,薛怀义率领部卒在定襄至海热尔一线的沙漠地带游走数月,未见敌方任何踪迹,便班师凯旋。他除了给女皇陛下带回了一些鸟类的羽毛和几只羚羊的羝角之外,几乎一无所获。仿佛薛怀义的此番出征不是为了远驱狄夷,安服边陲,而仅仅只是一次野外狩猎而已。

薛怀义和他的部将们来到紫禁城外,朝中的文武大臣早已在那里迎候多时。不过,薛怀义感到意外的是,女皇陛下未像往常那样亲自出门迎接他。

在不到四年的时间里,武则天命令薛怀义三次领兵攻打突厥,一直使朝内文武感到迷惑不解。人们不久便有了这样的猜测:女皇频频驱使不谙兵法的薛怀义出征边塞,也许预示着大和尚和女皇之间的关系出现了某种难以弥合的裂隙。

女皇本人也不知道这种裂隙是怎样产生的,很长一段时间以来,大和尚很少在女皇的宫中留宿,大部分时光都居住在白马寺里。有时,女皇不得不降尊派使女前往白马寺召他入宫随侍,而薛怀义往往借故推脱。即使薛怀义偶尔奉旨前来,神色也显得极为勉强。武则天不安地意识到,自己毕竟已经七十二岁了,而薛怀义正值盛年,精力充沛……去年春末,薛怀义与自己的女儿太平公主之间的闲言传到她耳中时,她的心再一次被揪紧了。武则天虽然不会甘心于目前"形同弃妇"的境况,但一时也没有什么办法。有一回,大和尚与太平公主竟然在武后的宫中苟且偷欢,被突然返宫的武则天撞个正着。隔着几道幕帘,她听见女儿不知羞耻地对薛怀义说:"怀义,我与女皇味道是否一样？""当然不一样。"薛怀义说道。接着太平公主又问他如何不一样，薛怀义的回答更是淫亵不堪，不忍卒闻。武则天一想到自己当年和高宗李治也曾谈过类似的话题，不觉面红耳赤……

薛怀义如今是右卫大将军兼鄂国公，位极人臣，煊赫一时，连武承嗣和来俊臣见了他都不免随马执缰，心揣敬畏。随着他对女皇的厌倦渐趋明显，他在宫中的行为也日益荒唐，几乎到了疯狂的地步。他对于恶作剧似乎非常迷恋，常常以扇打大臣的耳光取乐。他在白马寺中私蓄童娈，终日与之狎戏无歇。他动辄在宫中举行佛教的无遮大会，悬灯结彩，当众抛撒钱袋，以至于有人在哄抢中竟被践踏而死。

薛怀义这次出征归来，武则天未到城外迎接，使他在震惊之余大为羞怒。第二年的正月十二日，为了庆祝自己得胜还朝，薛怀义在万象神宫举行了盛大的佛事庆典，整个仪式隆重壮丽，极尽豪奢。善男信女云集宫外，一时人头攒动，万人空巷。薛怀义原以为女皇陛下会像往常一样前来参加这次盛典，不料，直至曲终夜深，灯阑人散之时，武则天始终没有露面。薛怀义终于失去了理智，他一时兴起，便决定放火焚烧万象神宫。

当武则天在侍女的搀扶下登上肃天门的殿楼，眺望西北方被烧红的天空时，大火显然已经无法扑救。这座耗时数年建造起来的天堂神宫在一夜之间即被化为灰烬。

万象神宫被焚烧后的第二天，御史周矩再次入宫面询武后，上本弹劾薛怀义。未等周矩把话说完，武则天就打断了他："万象神宫被烧掉了,咱们再建它一座就是了。"

周矩说："大火烧掉万象神宫,陛下尚可补救,倘若燃及江山社稷,臣恐救之不及……"

"有这么严重吗?"

"臣闻薛怀义在白马寺内私自招募了一千多名武功卓绝的僧人,似有谋反之嫌。臣以为应将薛怀义交由大理寺审讯。"

"你也不是不知道,"武则天叹了口气,"怀义现在已经发了疯,倘若将他交给大理寺审问,只会惹出笑话。我看这样吧,你若担心薛怀义谋反,就将寺中的那些僧人发配到外省去吧。"

周矩见女皇圣意已决,也不便再说什么,只得领命而去。其实,事到如今,武则天也并非不想将薛怀义除掉,况且她近来又有了一个新的男宠——殿中省御医沈南璆。不过,若将薛怀义定罪,势必将由大理寺审讯。女皇担心,薛怀义见大势已去,也许会将他与自己及女儿之间的秘密尽数抖搂出来,几年前郝象贤临刑前的一幕似乎还历历在目。

周矩走后不久,太平公主入宫求见。出乎武则天的预料,太平公主也是为了薛怀义之事而来。她的忧虑和母亲一样,既然薛怀义胆敢纵火焚烧明堂,他发誓严守秘密的诺言就成了一句空话。

母女俩的谈话因碍于很多不便启齿的内容而显得小心翼翼。当然,两个当事人由于心领神会,许多枝节问题自可略去不提。

"薛怀义近来在宫中胡作非为,陛下得想个办法制止他才行……"

武则天冷冷地瞪了她一眼:"你倒来让我想办法!他如今对我的话只当耳边风……我也不知道他怎么会变成现在这副样子。"

"如果陛下觉得为难,"太平公主说,"那就将那个秃驴交给我吧。"

"交给你?"

"我是说,让他在宫中无声无息地消失。"

"你准备怎么办?"

"我自有办法。"

"那好吧,"武则天想了想,又补充说,"不过你要小心从事。"

薛怀义纵火烧了明堂之后,似乎也有些惴惴不安。他知道倘若女皇在这件事上深究下去,他将面临怎样的后果。好在事情并不像他想象的那样糟糕——武则天不仅没有责怪他,而且还降诏让他负责重建万象神宫。他的一颗悬着的心终于放了下来。

这年春末的一天,太平公主派一名宫娥悄悄来到白马寺,交给他一封书信。公主约他当晚到后宫的御花园中幽会,并在信笺中夹了一缕青丝。薛怀义接信不禁喜出望外:自己外出征战经年,这个风骚的女人毕竟有些熬不住了。天还没有黑下来,他便像个女人似的在寺中精心打扮起来,寺中的一帮僧众忽见住持心花怒放,亦不明所以。

这天深夜,薛怀义未带任何随从只身前往皇宫北门。御花园中夜凉似水,月光如洗。在春虫的鸣叫声中,四周一派静谧。大和尚站在回廊下朝远处张望了一会儿,很快就看到了太平公主,她正站在一座被月光照得发白的拱桥上向他招手。

薛怀义见状赶紧穿过一片花圃,朝太平公主走去。他一想到久未触碰的公主的娇美玉体,顿时心跳气喘,脚步也加快了。当他走到桥头的一处池塘边时,数十名健壮的妇人手持刀剑、棍杖,纷纷从树篱间闪了出来,将他围在了当中。

薛怀义似乎被吓了一跳,他对太平公主说:"公主,你这是干什么?"

太平公主笑道:"和尚,你不是吹嘘夜御十女,法力无边吗?就让我的这几个宫女先侍候你一会儿吧。"

薛怀义自知死期将近,便索性纵声大笑起来。他对面前的这群宫女说:"诸位姐姐一哄而上,小宝倒是受用不起啊……"

薛怀义被杖毙之后,他的尸体被立即运回白马寺,在一座佛塔前当众烧化。

3

一到春秋两季,洛阳城中的乌鸦便会飞临到皇宫御花园的树丛里。武则天在不安的睡眠中对它们的聒噪已渐渐熟悉。女皇已经七十四岁了,胭脂和薰香再也遮掩不住额角的皱纹以及身上散发出来的衰老的气息。她每天天不亮就从床上起来,由几位宫娥替她梳洗化妆,然后赶往洛阳宫早朝……这样的情景日复一日,枯索无趣。她不由得怀念起在四川的广元度过的闲暇岁月,怀念起那里古老而安宁的院落、树木、云朵和溪流。有时,她仿佛感觉到自己刚刚从童年的梦呓中醒来,天竺花的香气尚未散去,她就已经变得衰老不堪,而中间的岁月早已不知去向。

幽处宫廷的深处,犹如置身于一个黑暗而浩瀚无边的沙漠中心,从某种意义上说,这个栖息地只不过是阴谋、权术与搏杀所织成的无形网络。女皇终于意识到,在衮冕和玉玺的背后,她所寻求的也许仅仅只是安宁,而她所得到的似乎更加微乎其微。长寿二年,她收复了安西四镇,扩大了帝国的版图与疆域,境内百姓安居乐业,随处呈现一片太平盛景,但所有这一切都不会像往常那样给她冷寂的内心带来安慰和砥砺了。

自从长子弘和雍王贤去世之后,庐陵王哲又遭流放,女皇的身边如今只剩下了一个唯唯诺诺、了无生气的皇嗣旦。而在她早已选定的皇位继承人中,无论是武承嗣还是武三思,都已让她感到失望。他们身材矮小,缺乏教养,毫无帝王之气。现在,武则天在决定让皇嗣李旦还是武承嗣继承大统一事上颇费踌躇,女皇在这件事上表现出来的反复无常与她以前的果敢、坚毅判若两人。她一会儿频频召见皇嗣,并时常与他共进晚餐,一会儿又试图说服太平公主嫁给武承嗣,为他日后登上皇位扫清障碍(她的这一意图遭到了女儿强烈的抗拒),不管事实最终如何,武则天的内心非常清楚:她实际上已在着手为自己安排后事了。

文昌左相武承嗣看来已经看穿了女皇的心思。她在立储一事表现出来的犹豫和摇摆的确是一个不祥之兆,来俊臣曾多次提醒他,一俟女皇对皇嗣的怜爱苏醒复生,武承嗣和他自己除了被抛尸荒野之外,不会有什么更好的结果。就目前的情形来说,他们可以选择的对策也许只有一个,那就是将皇嗣李旦立即除掉。

早在两个月前,武承嗣就在为这件事着手进行准备了。当时,有两位官员因私自谒见软禁中的皇嗣被告发,武承嗣下令将二人于市曹腰斩。随后,他进而控告皇嗣李旦结党谋反,试图将他一并除灭,后因女皇未能准奏,这事就被搁置了起来。长寿二年十月,武承嗣秘密收买了女皇身边的一个近侍,再次告发李旦宠妃刘、窦二氏在背后口出污言,诅咒女皇。正当武则天准备对此事进行调查的时候,刘、窦二妃却在皇宫之中突然神秘地失踪了,似乎已遭诛杀,尸体也被除灭了(窦氏在身后留下了一个六七岁的儿子,就是后来的明皇李隆基)。

武承嗣和来俊臣并未就此罢休。他们在没有得到女皇准许的情形之下,擅自带领军卒闯入东宫,将皇嗣的近臣和仆从拘押审讯,以便搜索李旦谋反的证据。几名侍女因经受不住陈醋灌鼻、针刺胸腹的酷刑,立即成供,而其中一位名叫安金藏的低级官员却表现出了惊人的忠诚。他未及施刑,便高声叫道:"我什么也不会说的……皇嗣旦并无谋反企图。"说完,他拔剑出鞘,在自己的腹部划了一刀,然后怪笑着将肠子从腹内掏了出来。亲自负责审讯的武承嗣和来俊臣没有想到安金藏会用如此惨烈的方式进行违抗,顿时面无人色,几乎不知所措。

一名奴仆很快将此事报告给了武则天。女皇看来也被吓了一跳。她吩咐左右立即起驾赶赴东宫。当她来到审讯室,安金藏已经奄奄一息。女皇命令太监帮助安金藏把肠子塞入腹内,用丝线缝合后涂以炭灸,等候御医前来救治。

三天之后,安金藏在昏迷中醒来,看见武后正站立在他的床边,不觉热泪横流。武则天也流下了眼泪,她对安金藏说:"我身为一国之君,居然连自己的儿子都保护不了,多亏爱卿不惜性命相救……"

第二天,武则天下诏免去来俊臣御史中丞之职,将他贬往外省。武承嗣虽未受处罚,但来俊臣离京之后,他在宫中的势力随之一落千丈。当武则天终于决定将流放在外省的狄仁杰、徐有功、魏元忠等大臣一一召回京都时,他只能眼看着这些昔日的宿敌被相继委以重任。

武则天将狄仁杰等大臣召回洛阳之后,破例在贞元殿举行了一次盛宴,以示抚慰之意。在酒后的闲聊中,女皇对狄仁杰、徐有功等人说:"你们两人都是三次贬官,三次复用,今有幸安然回京,也是你们的福气……"

狄仁杰当仁不让:"这也是陛下和社稷之福。"

武则天含笑不语。她又转过身来对魏元忠说:"元忠,我记得你曾两次获罪将斩,都是在临刑前被我免除死罪的,像你这样的人在历代王朝中虽不胜枚举,可在本朝也算是屈指可数了,为什么你总是遇到那么多的麻烦呢?"

魏元忠回答说:"那是因为来俊臣日夜都在盼望将我杀掉啊。"

"为什么呢?"

魏元忠笑道:"臣犹如一只肥羊,来俊臣大概是想将我杀掉后,做成一锅鲜美的羹汤吧……"

武则天对陪坐在一旁的武承嗣瞥了一眼,没有再说什么。

徐有功官居正谏大夫之后所做的第一件事就是再次弹劾来俊臣。在这之前,来俊臣就已遭到周矩、王德本等人的参奏,现在,随着朝中屡受贬抑的老臣纷纷回京,弹劾来俊臣的奏表在武则天的书案上已堆达数尺之高。武则天知道来俊臣现已必死,但依然试图借故拖延。徐有功的奏本送达武则天后一连数月没有回音。神功元年四月的一天,女皇在花园散步时突然对上官婉儿说:"我现在再也不想杀人了,这种事情我早已厌倦。来俊臣自入宫以来,虽然朝廷内外对他颇多怨言,但他对我一直忠心可鉴。可如今即便我想救他也已不行了。这也算是他平常滥杀无辜的一种报应吧。"

回到房中,女皇提起朱笔,在徐有功的奏折上批了一个

"可"字,泪水扑簌而落。婉儿照例劝慰了她一番。

这年五月十六日,来俊臣口含木枚,被押赴市曹处决。洛阳城中的居民早已蚁聚在市曹两侧,将邻近的街道围得水泄不通,随着来俊臣人头落地,愤怒的市民在顷刻之间冲散了行刑的队伍,闯入市曹争抢尸首。一位店铺伙计在混乱之中得到了来俊臣的一只眼睛,按捺不住巨大的喜悦,在洛阳的街市上狂奔不止,逢人便告……

有关行刑的场面传到宫中,已是当天的傍晚。武则天坐在寝宫的南窗前,浑身战栗不已。过了好一会儿,她才安静下来,对身旁的几个宫娥长叹了一声,自语道:

"看起来百姓们是痛恨来俊臣,可实际上他们是在恨我啊,只是百姓不便明说罢了……"

4

来俊臣弃世后不久,重新被召回神都的狄仁杰官复宰相之职,同时,武承嗣在朝中的权势也受到了限制,他从文昌左相被贬为散官特进。狄仁杰正在有条不紊地利用自己的权力,他相继提拔了姚崇、宋璟、苏味道等人,当他向女皇推荐另一位更为重要的人物时,遭到了武则天的拒绝。此人就是张柬之,在神龙元年发生的复辟政变中,他将起到举足轻重的作用。

万岁通天二年,经由太平公主举荐,女皇武则天又得到了一个新的男宠,名叫张昌宗。张昌宗时年二十二岁,喜弹琴瑟,工于音律,面如睡莲,口含兰麝之气,俨然一个翩翩少年,武则天对他自然一见倾心。接着,张昌宗又将自己的兄长张易之介绍给女皇,张易之体健貌美,善制春药,不多久,张氏兄弟双双成了武则天枕畔的伴侣。

翌年初春,张氏兄弟的侍奉和羽化登仙之术似乎在女皇身上发生了作用,武则天以七十六岁高龄居然新眉重生。她在兴奋之余立即下令,在后宫新设控鹤府,网罗天下美男俊少,以供女皇赏玩取乐。这座禁苑实际上已成了武则天的"三宫六院",只不过,它在修经编史的名目下被装饰得很好。

张氏兄弟在朝中恃宠专横,权倾一时的煊赫气象终于引起了朝内大臣的不安。魏元忠、姚崇、宋璟等人先后向女皇上表弹劾,宋璟甚至当着武后之面,公然称张易之为"夫人",讥辱之意,溢于言表。这场纷争最终由魏元忠再度遭到流放而暂告平息。

狄仁杰看来敏于进退,精于得失。他对张昌宗、张易之等人祸乱朝廷一事只当视而不见。他这年已有六十多岁,而且久病不愈,狄仁杰自知大去之期已近,他现在更为关注的是另外一件事,那就是困扰武则天多年的立储事件。它无疑是当务之急,刻不容缓。

女皇在宠幸了张氏兄弟之后,心情虽一度好转,但立储问题依然在耗磨着她正在衰竭的心力。她历经艰难凶险创立的"武氏"江山看来无以为继,犹如一个富甲天下的商贾积攒起万顷良田,千座房宅,却找不到合适的继承人。女皇有时不安地感觉到,她的身边已无可以信任之人,即便是张昌宗,也常常给她带来难以言说的烦恼：他在控鹤府仍然与太平公主藕断丝连；上官婉儿作为自己最宠爱的近侍之一，近来也已让她失望，她与张易之在后宫行淫之时被人当场抓获……而朝中的大臣早已学会了玩世不恭，阳奉阴违。在这些人中，最使女皇伤心的当属魏元忠。她曾多次救元忠于生死，对他可谓恩重如山，仁至义尽，可魏元忠不仅不图报答，相反一味违拗圣意，处处与她为难。在武则天看来，魏元忠不惜性命屡屡谏责圣上多少显得有点矫饰——他只不过是在替自己赚取一些"忠臣良相"的可怜的名声罢了。

在所有这些事情的背后，武则天终于看清了这样一个事实：她依靠权术与智谋夺取了江山，现在她自己也正在陷入这样一个古怪的泥潭之中。现在，她唯一感到安全的地方也许只是贞元殿的龙床，在那里，她躺在男宠们的臂弯里，在男人的肢体散发出来的汗味中沉沉睡去，忘掉尘世的一切。有一次，女皇正在洛阳宫外的一座花园里小坐，一名清扫树叶的园丁悄悄来到她的身旁。在闲聊中，园丁问她："陛下现在荣华尊贵，一应俱全，为何郁郁不快？"武则天想了一下，答道："荣华尊贵不过是浮萍流云而已，朕的所思所想，所欲所忧，天下无人能够知晓……"

"那么陛下如今最想做的事又是什么呢？"园丁问道。

武则天的回答使他们两个人都吃了一惊："朕想将这座宫殿一把火烧掉了事……"

在朝廷的众位大臣中，武则天好像只对狄仁杰抱有持续的好感。狄仁杰风趣幽默,举止沉静,处变不惊。他在与女皇谈论国家大事时,也时常能使武则天发出爽朗的笑声。一天晚上,武则天再次将狄仁杰召入宫中议事。她告诉狄仁杰:她昨晚做了一个奇怪的梦。她梦见一只巨大的鹦鹉在御花园中振翅高飞,它羽毛艳丽,叫声清亮,女皇从未见过如此美丽的鹦鹉,便站在回廊下久久观望。不料,时隔不久,这只鹦鹉的羽翅突然为大风所折,扑然坠地……

狄仁杰听后淡淡一笑:"以臣之见,此梦意味深长,鹉者武也,鹦鹉显然是陛下的化身,两翅即为陛下的两个儿子。现在庐陵王已被废贬在外,皇嗣旦又遭禁于内,故而有折翼之象。倘若陛下能重新任用他们,鹦鹉必能复振于天空,翱翔高飞……"

"以卿之意,我当立庐陵王或皇嗣旦为太子?"

"正是,"狄仁杰答道,"臣知陛下在立储一事上委决不下。臣与武氏兄弟并无血海深仇,而陛下皇子对臣亦无恩宠可言,臣所顾念的唯有陛下的江山而已。请陛下想一想,子侄对您孰轻孰重,孰疏孰亲?即使儿臣日后忤逆母意,终究还是母子,陛下千秋之后,得享宗庙祭奠,亦在情理之中,如陛下立武氏外侄为太子,一旦他们大权在握,事情就很难说了……"

女皇沉吟了片刻,默默地点了点头。

"不过,朕有两个儿子,卿以为立谁为妥?"

"当然是庐陵王显,他毕竟是陛下的长子啊,"狄仁杰说,"况且,年前契丹兵马犯境,围我幽州,就打出了'还我庐陵王'

的旗号,臣以为陛下如召回庐陵王,可以一举安定天下。"

武则天神秘地笑了笑,朝侍立在侧的一名太监做了个手势:"好吧,我现在就将庐陵王还给你。"

狄仁杰惊愕万状,不明所以。

不一会儿,庐陵王显就已从重重幕帷之中悠然走了出来。

"国老不必惊骇,在几个月前,朕已秘密将庐陵王召还洛阳,现在我就把他交给你吧,"武则天眼中亦闪烁着泪光,她转身对庐陵王显说,"还不快谢过国老?"

狄仁杰如梦初醒,老泪纵横,当即摘冠降阶,叩头不止。

圣历九年九月,庐陵王显被册立为太子。

一年之后,狄仁杰宿疾猝发,旋即卧床不起。这年十月的一天,女皇武则天和太平公主一同前往狄府探病。狄仁杰在弥留之际亦谈笑自若,而武则天却静坐床侧,面色忧戚。

女皇对狄仁杰说:"爱卿之后,谁人堪当宰相重任?"

狄仁杰平静地答道:"当今大臣姚崇、宋璟、苏味道、李峤文章盖世,谦恭有礼,是难得的良臣。若论文能安邦、武能统帅三军,宰相一职当非张柬之莫属。我记得,我已是第三次向陛下推荐此人了。"

武则天因为张柬之在仓曹参军任上曾帮助萧淑妃之子素节向高宗递送过《忠孝论》一文,一直对此事耿耿于怀。现在见狄仁杰又一次保举柬之,女皇只是冷冷说道:"朕已经任用了就人。"

"张柬之生来就是名相之材,陛下仅仅委以司马之职,似乎未尽其用……"

武则天默默不语,过了好一会儿,她才说道:"好吧,朕同意你的奏请就是。"

女皇在临走之前,仿佛突然想起了一件什么事来,她接近床头,低声对狄仁杰说:

"朕另有一事,还望国老坦言相告。"

"陛下请直说吧。"

武则天看了太平公主一眼,嘤声说道:"两个多月前,朕听千金大长公主提起,先朝太史令李淳风曾与术士袁天罡合演《推背图》一书,不知国老可曾耳闻?"

狄仁杰答道:"臣并不知跷。"

"书中预言,将来夺我武氏江山之人,即为爱卿……"

狄仁杰似乎大吃一惊,随后他开怀大笑起来:"史官卜祝所言,未可为信。今臣将撒手西还,而陛下社稷稳若泰山,足见此言虚妄无理,陛下何忧之有?"

武则天也笑了起来。

在回宫的路上,天空突然狂风大作。太平公主一连几次提醒武则天:张柬之万万不可重用。此人的智谋与权术与狄仁杰不分伯仲,但狡诈阴险尤为狄公所不及。倘若陛下重用柬之,无异于自织罗网……

武则天听罢,注视着道路尽头灰黄的天空和漫天的沙尘,徐徐答道:"朕一言既出,再难收回……他们爱怎么闹就怎闹吧,我对朝中的一切已经没有太大的兴趣了……"

尾　　声

神龙元年正月二十二日,宰相张柬之在崔玄晖、李湛、桓彦范等人的簇拥下。带领军卒突然包围了女皇居住的迎仙宫。

这场蓄谋已久的宫廷政变使女皇猝不及防。她的男宠张昌宗和张易之在宫中当即遭到斩杀。当张柬之带领太子李显和众位大臣闯入武则天的寝宫时,女皇显然已经明白了这场事变的实质。

她没有理会张柬之的一番跪奏和表白,而是对面前的大臣逐一扫视了一遍。最后,她的目光落在了太子李显的身上。

"这件事是你指使的吗?"

李显看了张柬之一眼,点了点头。

女皇又转脸对李湛和崔玄晖说:"别人闯宫谋反似乎还情有可原,你们两人都是朕一手提拔起来的,朕平常待你们不薄,为何也到这里来凑热闹呢?"

崔玄晖答道:"臣这样做,正是为了报答陛下的大恩大德啊。"

武则天笑了笑,慵懒地闭上了眼睛,朝大臣们无力地挥了挥手。

正月二十四日,中宗皇帝正式即位。

二月一日,中宗在洛阳宫举行了复辟唐朝的仪式。神都洛阳更名为东都,被贬在外的唐室王公被悉数召回,恢复原先爵位。宗庙、徽号以及官衙名称仍改用先朝旧制……

神龙元年十二月二十六日,武则天在软禁地上阳宫幽寂而终,享年八十三岁。她在枕畔留下一纸遗诏记录了她弃世之前的某种含混不清的愿望:

请不要将我看成皇帝吧,我只不过是一个皇后而已。

图书在版编目(CIP)数据

迷舟/格非著.—杭州：浙江文艺出版社,2020.6
ISBN 978-7-5339-5925-8

Ⅰ.①迷… Ⅱ.①格… Ⅲ.①中篇小说-小说集-中国-当代
②短篇小说-小说集-中国-当代 Ⅳ.①I247.7

中国版本图书馆CIP数据核字(2019)第264618号

策划统筹：曹元勇
责任编辑：王丽荣
封面设计：人马艺术设计·储平
责任印制：吴春娟

迷舟

格非 著

出版：浙江文艺出版社
地址：杭州市体育场路347号　邮编：310006
网址：www.zjwycbs.cn
经销：浙江省新华书店集团有限公司
印刷：上海中华商务联合印刷有限公司
开本：850毫米×1168毫米　1/32
字数：185千字
印张：9.375
插页：4
版次：2020年6月第1版
印次：2020年6月第1次印刷
书号：ISBN 978-7-5339-5925-8
定价：56.00元(精装)

版权所有　侵权必究
(如有印、装质量问题,请寄承印单位调换)